필경사에서
심훈기념관까지

심훈을 찾아서

심 재 호 지음

도서출판 문화의힘

그날이 오면

심 훈

그날이 오면 그 날이 오며는
삼각산이 일어나 더덩실 춤이라도 추고
한강물이 뒤집혀 용솟음칠 그날이
이 목숨이 끊치기 전에 와 주기만 하량이면
나는 밤하늘에 날으는 까마귀와 같이
종로의 인경을 머리로 들이받아 울리오리다
두개골은 깨어져 산산 조각이 나도
기뻐서 죽사오매 오히려 무슨 한이 남으오리까

그날이 와서 그날이 와서
육조앞 넓은 길을 울며 뛰며 딩굴어도
그래도 넘치는 기쁨에 가슴이 미어질 듯하거든
드는 칼로 이 몸의 가죽이라도 벗겨서
커다란 북을 만들어 둘처메고는
여러분의 행렬에 앞장을 서오리다

우렁찬 그 소리를 한번이라도 듣기만 하면
그 자리에 꺼구러져도 눈을 감겠소이다

그날이 오면...
심훈(沈熏)

그날이 오면 그날이 오며는
삼각산(三角山)이 일어나 더덩실 춤이라도 추고
한강(漢江)물이 뒤집혀 용솟음칠 그날이,
이 목숨이 끊기기 전(前)에 와주기만 하량이면,
나는 밤하늘에 날으는 까마귀와 같이
종로(鐘路)의 인경(人磬)을 머리로 들이받아 울리오리다,
두개골(頭蓋骨)은 깨어져 산산(散散)조각이 나도
기뻐서 죽사오매 오히려 무슨 한(恨)이 남으오리까

그날이 와서 오오 그날이 와서
육조(六曹) 앞 넓은 길을 울며 뛰며 딩굴어도
그래도 넘치는 기쁨에 가슴이 미어질듯하거든
드는 칼로 이 몸의 가죽이라도 벗겨서
커다란 북을 만들어 들쳐 메고는
여러분의 행렬(行列)에 앞장을 서오리다
우렁찬 그 소리를 한 번이라도 듣기만 하면
그 자리에 거꾸러져도 눈을 감겠소이다

- 1930년 3월 1일 -

살아 숨 쉬는 **기념관**

1936년 9월 16일 심훈은 세상을 떠났다.

2014년 9월 16일 〈심훈기념관〉이 심훈이 떠난 그 날, 심훈의 집 필경사 앞에 세워졌다. 심훈이 세상을 떠난 지 78년만이다.

심훈기념관을 세우기 위해 당진시는 '심훈기념관 관리·운영에 관한 조례'를 만들고 각종 건축공사와 전시물을 위한 일과 관리 운영에 주도적인 역할을 했다.

한편 유족이 대표하는 〈재미 심훈기념관〉은 이전의 약속대로 당진시와 '심훈 선생 유품 보관과 사용'에 관한 협약을 맺고, 그동안 모으고 정리해 온 심훈 유물과 친필, 영화 각본, 일제 총독부가 새빨간 연필로 검열한 시집 〈그날이 오면〉, 사진, 심훈의 책상 등 국보급 유산 4천여 점을 전시용으로 내놓았다. 우리 민족의 방대한 문화자산이다.

집주인 심훈이 세상을 떠난 뒤 필경사는 모진 세월에 시달렸다. 그 때마다 지붕이 헐어지면 부곡리 주민들이 푼돈을 내서 지붕을 다시 이었다. 집이 무너지면 주민들이 대들보를 일으켜 세웠다. 빈집 마당에 잡풀이 우거지면 오가면서 맨손으로 쥐어 뜯었다. 그리고는 드디어 당진 시민들이 일어서면서 심훈기념관이 서게 된 것이다. 결국 〈심훈기념관〉의 주인은 고향을 지켜온 부곡리 사람들과 당진시민인 것이다. 나는 심훈기념관의 주인은 부곡리 주민과 당진시민이라고 선언했다. 〈심훈기념관〉은 '우리'의 기념관이 되었다.

심훈기념관은 어느 기념관도 갖지 못한 풍부한 문화자료(전시자료)를 가지고 있다. 해마다 철을 바꾸면서 새롭게 전시할 수 있다. 우리의 심훈기념관은 '살아 숨 쉬는 기념관'이다.

살아 숨 쉬는 우리 기념관을 위하는 일이라면 그 길에 나도 우리 가족도 웃통 벗고 참여할 것이다. 심훈기념관을 위해 몸과 마음과 노력을 아끼지 않으시는 '여러분들께' 감사한다. 특히 당진시에 감사한다.

이 책은 심훈기념관의 역사이며 안내서 및 소개서가 될 것이다.

필경사에서 **심재호**

심훈을 찾아서

제1부
사진으로 보는 심훈

필경사

심훈이 설계하고 지은 필경사. 소설 「상록수」를 이 집에서 썼다. 그 오른쪽에 심훈이 잠들어 있다.

심훈기념관

1936년 9월 16일 심훈이 세상을 떠난 78년 뒤 2014년 9월 16일에 개관한 심훈기념관
(당진시 송악읍 부곡리 상록수길 97)

심훈

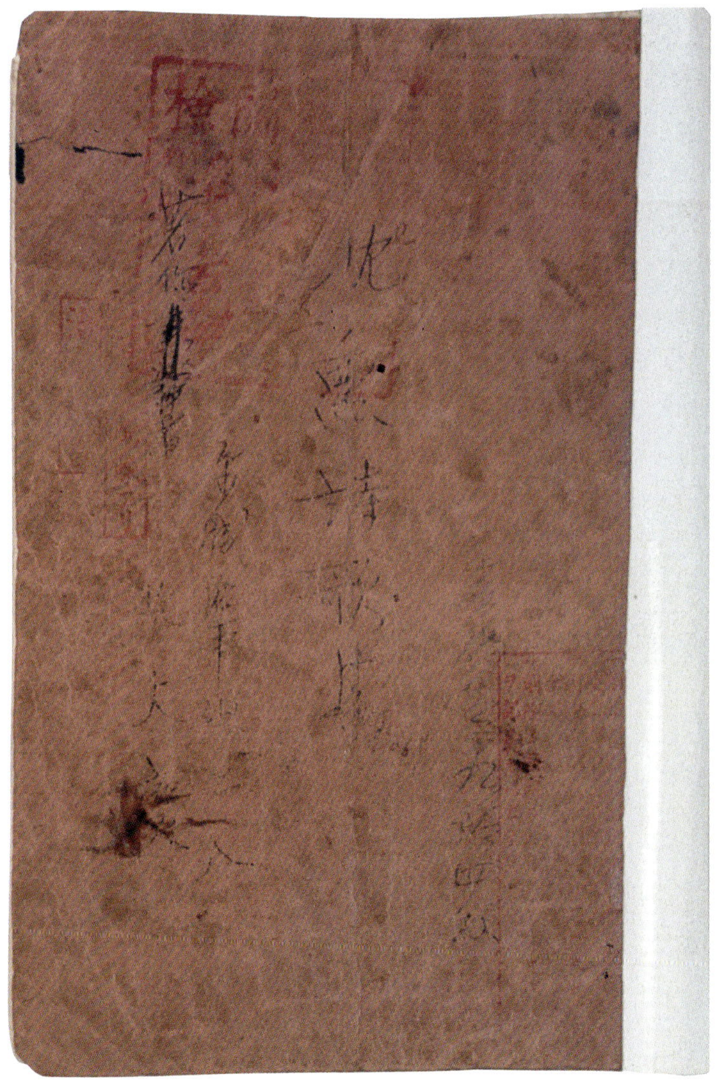

「일제 총독부가 검열한 〈심훈시가집〉, 검열을 한 붉은 도장이 찍혀 있다.

〈심훈시가집〉 속표지

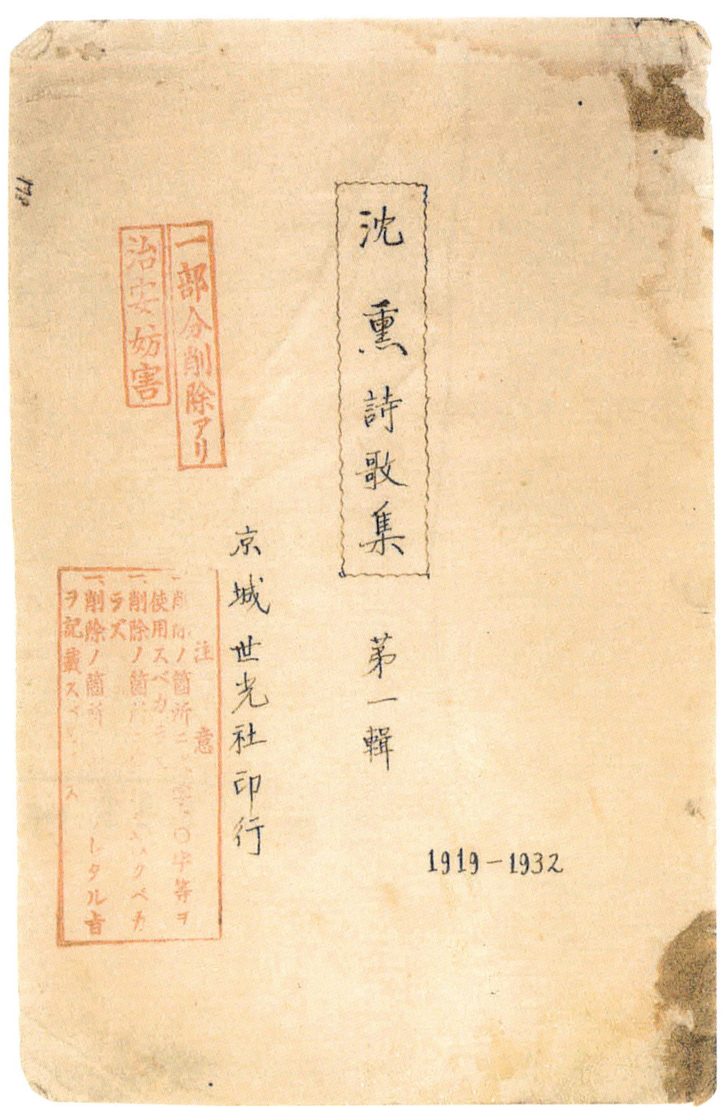

〈심훈시가집〉(그날이 오면) 일제 총독부 검열본 둘째 장

검열로 만신창이가 된「그날이 오면」검열판

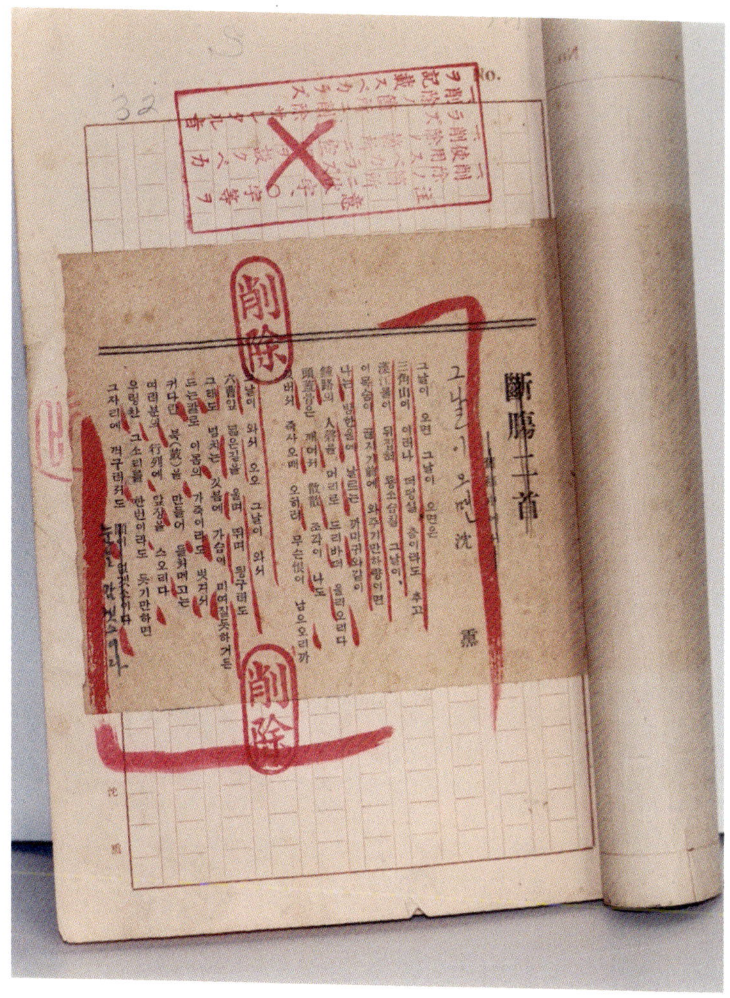

일제총독부가 검열하고 '출판불허' 도장을 찍은 심훈의 시「그날이 오면」

심훈의 서대문 감옥 수감기록

判決

住所 京城府貞洞三十四番地
本籍 江原道旌善郡旌善面鳳陽里二百八十番地
培材高等普通学校四年生
辛鳳祚　七月二十二日生　三十一年

住所 京城府和泉町昌二十六番地
本籍 平安南道大同郡大同江面船橋里番地不詳
セフランス聯合醫学専門学校一年生
金瓚斗　十二月十五日生　二十三年

住所 京城府和泉町昌二十六番地
本籍 平壌府大察里百十二番地
前同校一年生

判決原本　朝鮮總督府裁判所

0386

住所 京城府通洞六番地
本籍 釜山府佐川洞二百四十一番地
前同校一年生
金鳳烈　八月十四日生　二十二年

住所 京城府壽松洞十六番地
前同校一年生
徐永琬　七月七日生　二十一年

本籍 咸鏡北道明川郡上雲南面上坊洞百五十九番地
青年會舘英語夜学校生
恩秀事　黄金鳳　十二月十九日生　二十一年

判決原本　朝鮮總督府裁判所

住所 京畿道始興郡新北面鷺梁津里石里六十　沈綱連方
本籍 全道全郡北面黒石里百七十六番地
京城高等普通学校三年生
沈大燮

0387

심훈을 〈독립운동죄〉로 서대문감옥에 가둔 수감기록(보훈처 공훈심사과 제공)

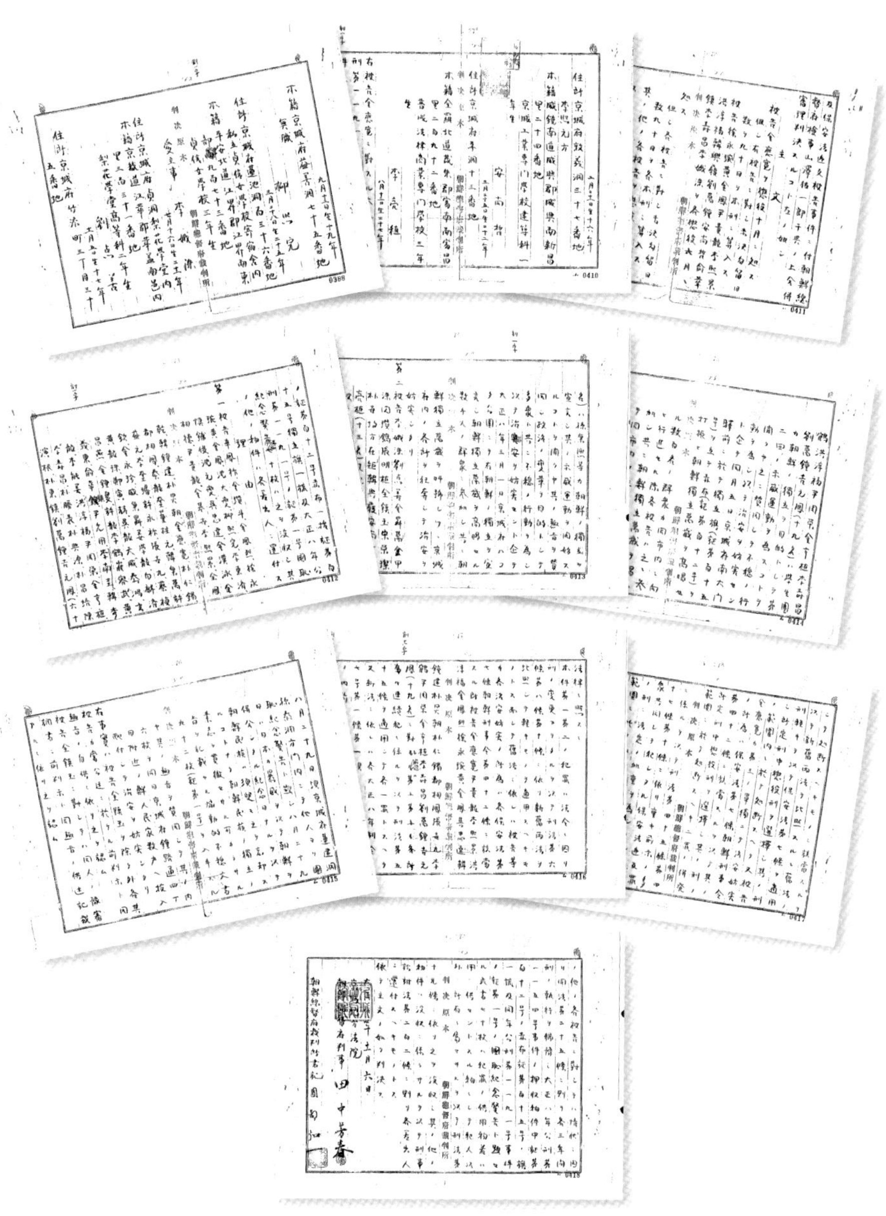

검열판 「감옥에서 어머님께 올린 글월」

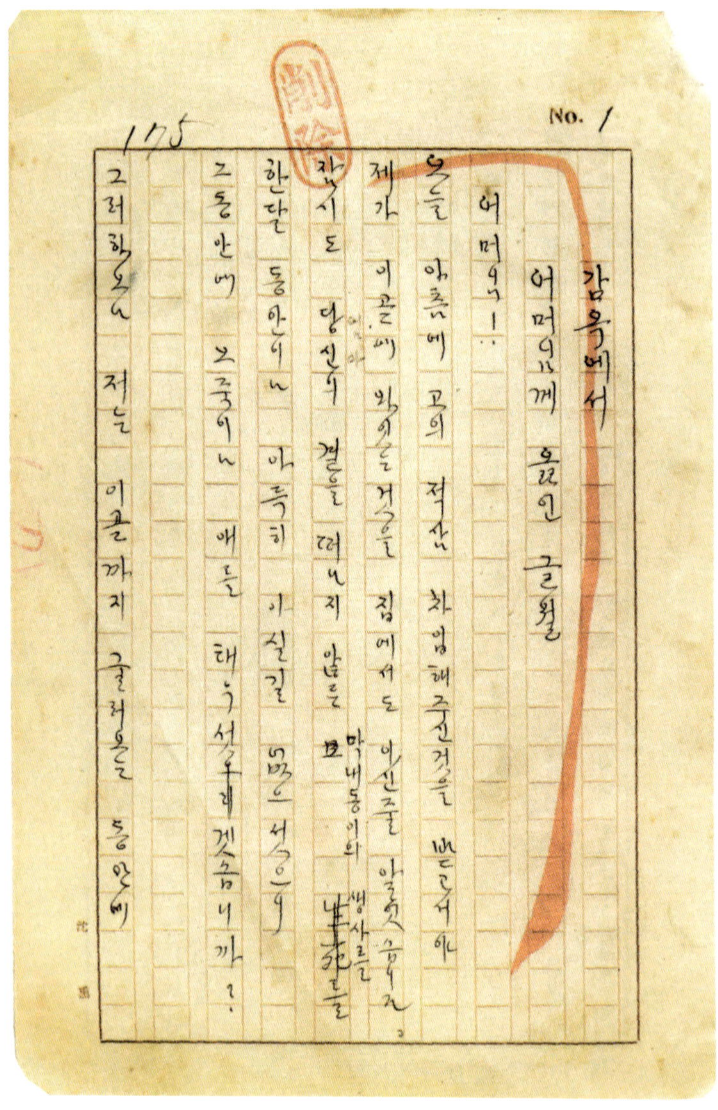

3·1운동 당시 「감옥에서 어머님께 올린 글월」을 일제 총독부가 삭제해서 되돌려온 원본

검열판 원본 시집

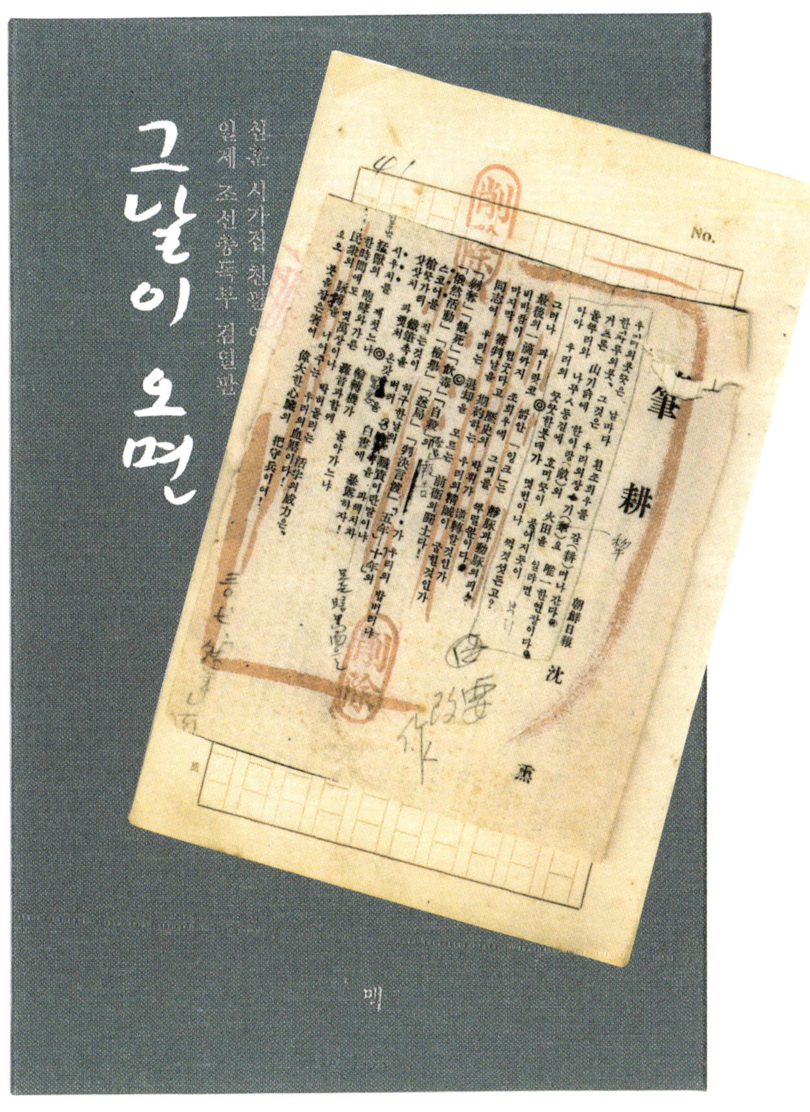

심훈이 가편집하고 일제 당국에 제출한 시집 「그날이 오면」 검열판의 원본(자료 심재호 제공)을
심훈 유품보존회에서 출간한 시집 「그날이 오면」(2013년)과 일제가 검열한 원고 「필경」

〈문학을 잠재운 일제의 가위질〉 (한겨레21 1998.8.22)

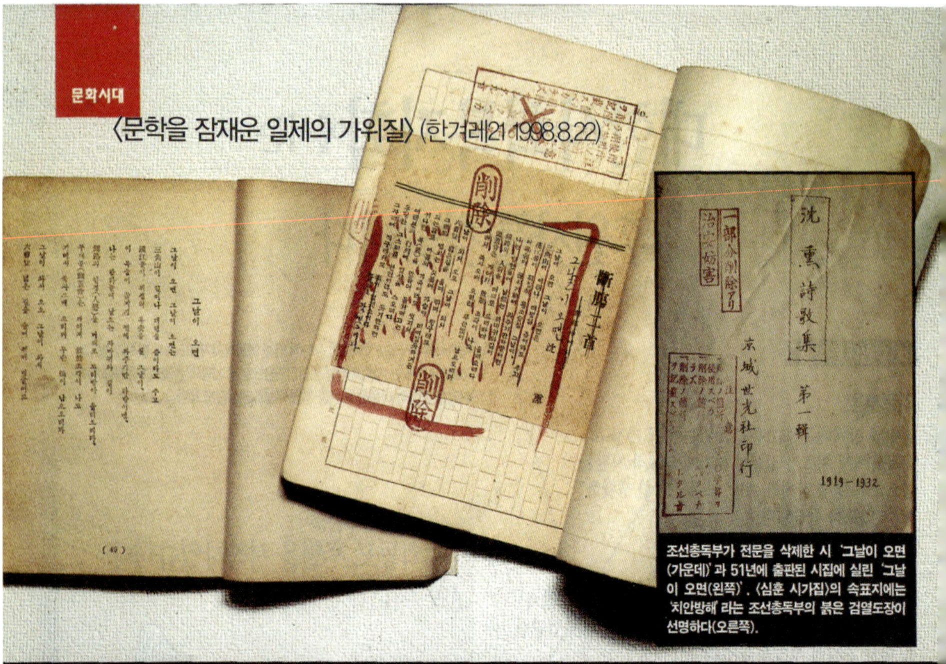

조선총독부가 전문을 삭제한 시 '그날이 오면(가운데)'과 51년에 출판된 시집에 실린 '그날이 오면(왼쪽)'. 〈심훈 시가집〉의 속표지에는 '치안방해'라는 조선총독부의 붉은 검열도장이 선명하다(오른쪽).

문학을 잠재운 일제의 가위질

민족시인 심훈의 〈그날이 오면〉 등 육필원고 〈한겨레21〉 독점 공개

심훈은 민족저항시인으로 뚜렷한 자취를 남겼다. 〈상록수〉를 들고 있는 심훈의 막내아들 심재호씨.

지난해 3·1절, 해방 50돌을 맞아 열린 조선총독부 건물 철거기념 문화제 행사에서 일제시대의 대표적인 민족시인 심훈의 시 '그날이 오면'이 낭독된 것은 잘 선택된 역사의 아이러니였다. 왜냐하면 심훈은 자신도 참가했던 3·1운동을 회상하며 '그날이 오면'을 썼고, 이 시를 포함한 시집은 바로 이곳 조선총독부의 검열에 걸려 출간되지 못했기 때문이다. 결국 심훈의 시들은 검열관의 손에 의해 갈기갈기 해체되고 심훈 자신도 해방을 보지 못한 채 36살의 나이로 요절했지만, '그날이 오면'은 민족독립과 통일을 염원하는 민중들의 가슴속에서 면면이 살아남아 반세기가 지난 뒤 마침내 조선총독부 건물이 해체되는 현장에서 울려퍼진 것이다.

"그날이 오면 그날이 오며는/ 삼각산이 일어나 더덩실 춤이라도 추고/ 한강물이 뒤집혀 용솟음칠 그날이/ 이 목숨이 끊어지기 전에 와 주기만 하량이면/ 나는 밤하늘에 날으는 까마귀와 같이 종로의 인경을 머리로 드리받아 울리오리다./ 두 개골은 깨어져 산산조각이 나도/ 기뻐서 죽사오매 오히려 무슨 한이 남으오리까/…."

심훈의 바로 그 시집 〈그날이 오면〉의 육필원고가 그의 사후 60년 만에 처음으로 공개됐다.

일제 검열실상 연구의 귀중한 자료

미국 뉴욕과 워싱턴에서 언론인으로 활동하며 이산가족찾기 등 남북화해 운동을 펴온 심훈의 막내아들 재호(61)씨는 8월의 문화인물로 선정된 심훈 기념행사에 참석차 귀국해 심훈의 유고시집 〈그날이 오면〉의 육필원고를 공개했다. 재호씨는 이와 함께 심훈이 급서하기 직전에 손기정 선수의 베를린올림픽 마라톤 제패 소식을 듣고 쓴 유작시 '오오, 조선의 남아여' 원고도 함께 공개했다.

심훈(1901~1936·본명 심대섭)은 우리나라의 대표적인 농촌계몽소설 〈상록수〉의 작가로,

심훈을 찾아서

'그날이 오면'을 비롯한 민족저항시를 쓴 시인으로 근대한국문학사에 뚜렷한 자취를 남겼다. 특히 1930년 3월1일 발표한 '그날이 오면'은 절명시를 쓰듯 민족독립의 비원을 노래한 대표적인 저항시로 유명하다.

이번에 재호씨가 공개한 원고는 심훈이 1932년 조선총독부의 검열을 받은 당시의 원고로 30년대 한국문학사와 일제의 악랄한 검열 실상을 연구하는 데 귀중한 자료가 될 것으로 보인다. 원고는 심훈 이름이 인쇄된 가로 15.5cm, 세로 23cm 크기의 2백40자 원고지에 심훈이 검은 잉크로 쓴 것으로 총 1백85쪽에 기름종이 표지가 붙어 있다. 시집은 서시격인 시 '밤'을 비롯한 시 65편과 머리말, 그리고 경성고보 4학년 학생으로 3·1운동에 참가했다가 체포돼 서대문형무소에서 어머니에게 몰래 보낸 편지인 '감옥에서 어머님께 올린 글월'이 말미에 덧붙여져 있다.

표지 제목은 심훈이 직접 '심훈 시가집'으로 썼으며, 안표지에는 1919~1932년으로 연대를

표시한 것으로 보아 경성고보 재학시절부터 32년까지 쓴 시를 묶었음을 알 수 있다. 겉표지와 속표지에는 '치안방해'라는 이유로 내용의 일부분을 삭제했음을 알리는 조선총독부의 붉은 검열도장이 지금도 선명하게 남아 있다.

전문 통째로 삭제한 시 8편에 이른다

총독부는 '그날이 오면'을 비롯 '필경' '통곡 속에서' '조선은 술을 먹인다' '태양의 임종' '광란의 꿈' '잘 있거라 나의 서울이여' '북경의 걸인' 등 8편을 전문 삭제했다. 그리고 '나의 강산이여' '독백' '조선의 자매여' '동우' '토막생각' '어린 것에게' 'R씨의 초상' '만가' '곡 서해' '현해탄' '무장야(武藏野)에서' '상해의 밤' 등 12편은 최소 한 단어에서 최고 절반 이상까지 삭제토록 했으며 말미의 '감옥에서…'도 전문을 도려

냈다.

일제가 집중적으로 가위질한 부분은 대부분 조선의 독립염원을 암시하거나 당시 조선의 암울한 시대상에 대한 비판적 분위기를 풍기는 부분으로, 예외없이 이 잘려 나갔다.

심훈은 이처럼 일제가 시집을 거의 난도질하다시피하자 시집출간을 포기, 결국 이 시집은 해방이 된 뒤 심훈의 둘째형 설송에 의해 세상에 빛을 보게 됐다.

6·25전쟁 와중인 1949년 7월5일 출판된 시집 발간사(발간사는 1949년에 쓰여진 것으로 돼있다)에서 둘째형 설송은 이 시집이 나오게 된 상황과 소망을 심훈을 대신하여 이렇게 적고 있다.

"본고중 시가는 1933년(32년의 착오인 듯하다) 제1집을 발간하려고 당시 왜정에 검열을 신청하였다가 반 이상이나 삭제의 적인이 찍혀 퇴출되어 뜻을 이루지 못하고 다른 저서를 압수당할 때에 이 원고는 타(다른 곳)에 숨겨 두었던 것이다…. 최후의 발간으로 이 소책을 새 세상에 보내어 자유없는 민족 특히 문인의 비애와 투지의 일절을 회고하게 하여 완전한 독립과 영원한 평화운동에 일조가 되기를 바란다…."

성균관대 국문과 윤병로 교수는 "그동안 시집 〈그날이 오면〉의 서문 등을 통해 검열받던 당시의 원고가 남아 있다는 사실을 알고 있었으나 실제로 보기는 처음"이라며 "이 원고의 시들과 검열 흔적 등을 면밀히 연구할 경우 30년대 일제의 검열기준 등 검열 실상을 밝히는 데 중요한 자료가 될 것"이라고 평가했다.

한편 재호씨가 심훈의 시집 원고와 함께 최초 공개한 마지막 작품 '오오, 조선의 남아여' 원고는 심훈이 1936년 8월10일 새벽 손기정 남승룡 두 신수의 베를린올림피 마라톤 제패 소식을 알리는 〈중앙일보〉 호외를 받아보고 주체할 수 없는 감격으로 호외 뒷면에 단숨에 써내려간 즉흥시이다. 이 작품 역시 일제 때는 발표되지 못하다가, 해방 뒤 나온 시집 말미에 수록됐다.

재호씨는 〈동아일보〉 〈신동아〉 기자로 일하다 74년 미국으로 건너가 〈동아일보〉 미주 편집국장을 역임하고, 〈일간 뉴욕〉을 창간하는 등 언론인으로 활동하며 남북한 이산가족찾기운동을 벌인 재미언론인이다. 재호씨 자신도 1987년 6·25 때 인민군에 징집된 뒤 소식이 끊어진 첫째형

심훈의 시집 원고와 함께 처음으로 공개한 마지막 작품 '오오, 조선의 남아여'의 육필원고.

재건씨가 함흥에 생존해 있다는 사실을 확인하고 1987년 북한을 방문해 상봉했다.

재호씨는 "아버지는 사상가나 혁명가라기보다는 민족주의자였다. 작품에 대해 여러 가지 해석과 비판이 있는 줄 알지만, 아버지의 작품은 문학적인 측면보다는 당시의 시대적 상황을 반영한 사회적 측면에서 평가를 받아야 한다"고 말하고 "주로 미국서 산 데다 마땅한 기회가 없어 원고의 공개가 늦어졌다"고 밝혔다.

마라톤 제패의 감격 담은 즉흥시도

재호씨가 공개한 심훈의 육필원고와 〈상록수〉 초판본(1936) 등은 국립중앙도서관에서 8월 말까지 열리는 심훈 기념전시회에 8월13일부터 전시되고 있다.

심훈이 '필경사'라고 낭호를 짓고 소설 〈상록수〉를 썼던 충남 당진군 송악면 부곡리 189번지 심훈의 초가집은 기와집으로 단장돼 현재 충남 문화재 자료 제313호로 지정돼 있으며, 당진에서는 1977년부터 심훈과 〈상록수〉를 기념한 상록문화제가 매년 열리고 있다. 상록문화제 추진위원회(위원장 안승환)(0457-355-4857)는 올해부터 심훈문학상을 제정해 신인 작가를 대상으로 시상할 예정이다. [21]

이인우 기자

남북이 다같이 부르는 노래 「그날이 오면」

이각경 씀

이철경 씀

위 두 분은 독립운동가이며 교육가인 이만규 선생의 쌍둥이 자매이다. 이각경 씨는 북에서, 이철경 씨는 남에서 한글 글씨의 독보적인 존재로 활동하고 있다. 심훈의 부인 안정옥 여사가 두 분의 글씨를 받았다.

By Shim Hoon

WHEN THAT DAY COMES

When that day comes
Mount Samgak will rise and dance,
the waters of Han will rise up.

If that day comes before I perish,
I will soar like a crow at night
and pound the Chongno bell with my head.
The bones of my scull
will scatter, but I shall die in joy.

When that day comes at last
I'll roll and leap and shout on the boulevard
and if joy still stifles within my breast
I'll take a knife
and skin my body and make
a magical drum and march with it
in the vanguard. O procession!
Let me once hear that thundering shout,
my eyes can close then.

* Maurice Bawra, Poetry & Politics 1900-1960
(Cambridge : Cambridge University Press, 1966), pp 92-93

영국 옥스포드대학 모리스 바우라 시문학 교수가 번역한「그날이 오면」(캠브리지대학에서 출판)

심훈이 유학한 중국 지깅대학의 오늘날 모습(사진 한기현 제공)

『상록수』 초판본

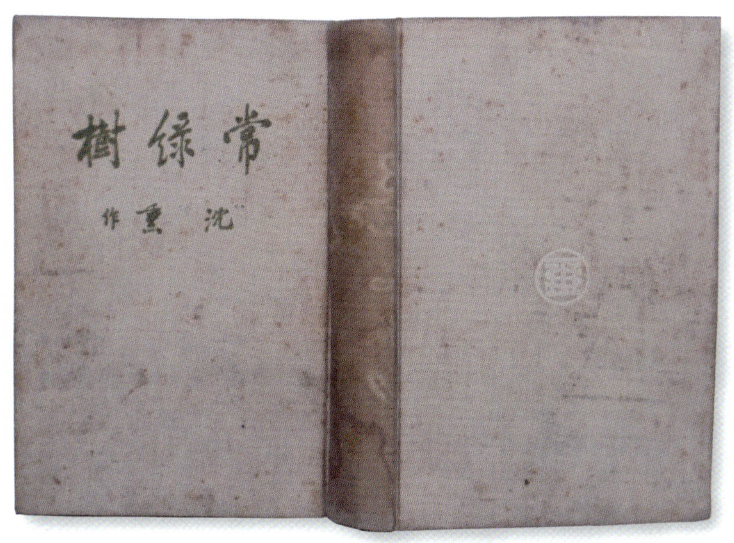

표지 글씨 : 손재형 / 속표지 그림 : 청전 이상범

심훈이 계획한 영화 「상록수」의 시나리오

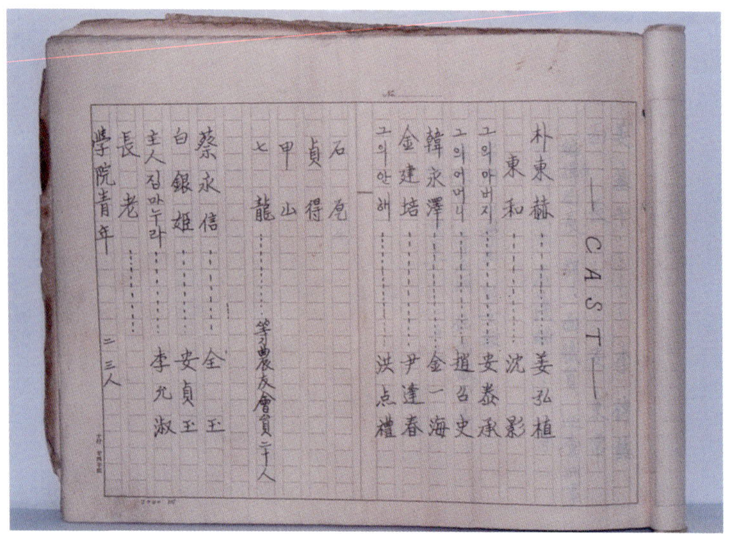

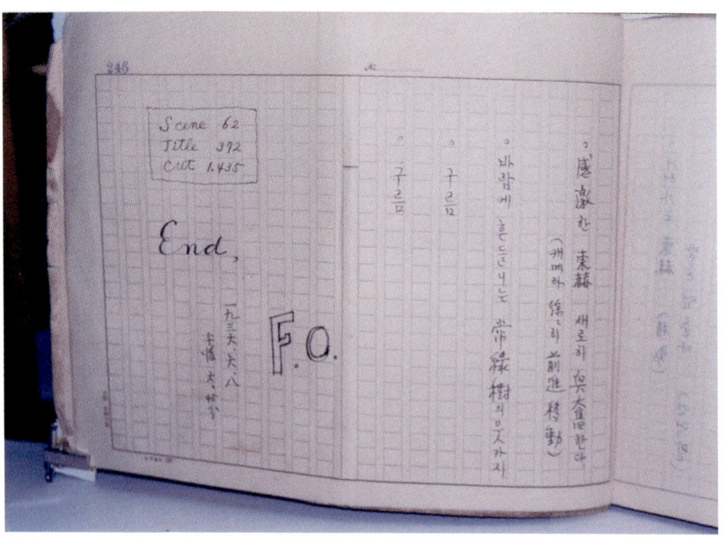

위 사진 : 배역 / 아래 사진 : 끝 장면

심훈이 각본을 쓰고 제작·감독한 영화 「먼동이 틀때」의 촬영 원본

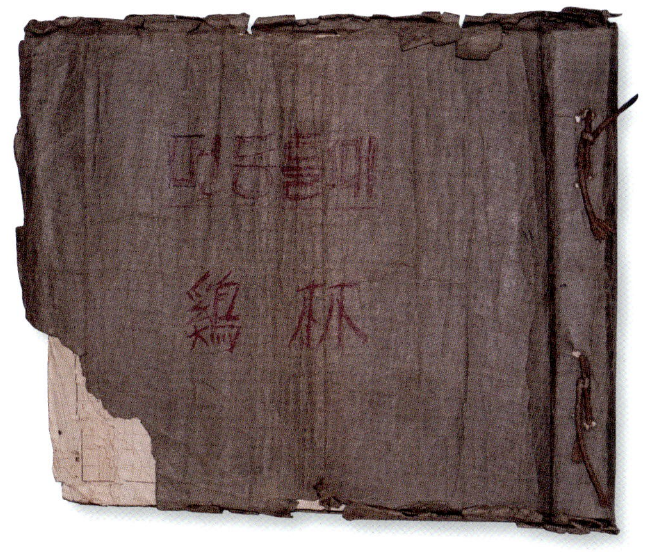

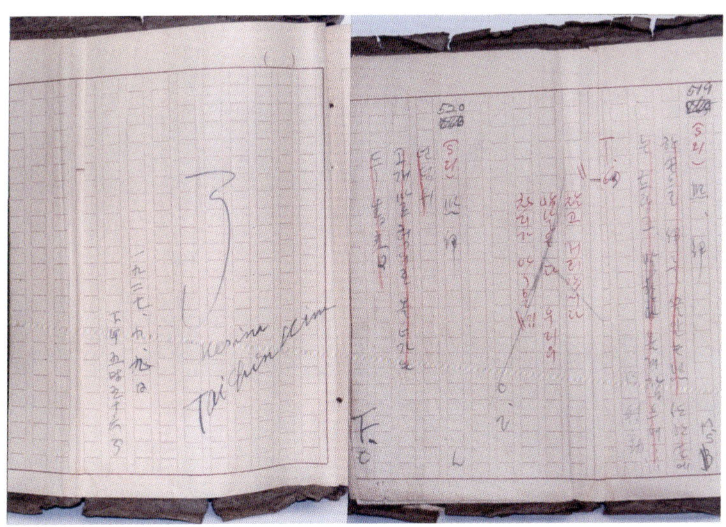

위 사진 : 시나리오 / 아래 사진 : 끝 장면

고향을 지킨 사람들

  아래 사진은 소설 「상록수」에 등장하는 〈농우회〉 회원들로서 실제로 당시 부곡리에서 농촌운동을 위한 조직체인 〈공동경작회〉를 운영한 사람들이다. 바로 소설 「상록수」의 주인공들이다.

1937년에 찍은 단체사진

① 박동운 ② 김태룡 ③ 최수봉 ④ 김덕영 ⑤ 김운형 ⑥ 안병상(중복) ⑦ 정인용 ⑧ 박동식
⑨ 홍석표 ⑩ 심재영 ⑪ 윤철호 ⑫ 한갑용 ⑬ 안병상(중복) ⑭ 김화영 ⑮ 김황산 ⑯ 최병식

부곡리 심재영

부곡리 박동식

부곡리 박동운

부곡리 김태룡

부곡리 최수봉

부곡리 김덕영

부곡리 김운형

부곡리 안병상(중복)

부곡리 정인용

부곡리 홍석표

부곡리 윤철호

부곡리 한갑용

부곡리 김화영

부곡리 김황산

부곡리 최병식

부곡리 안병상(중복)

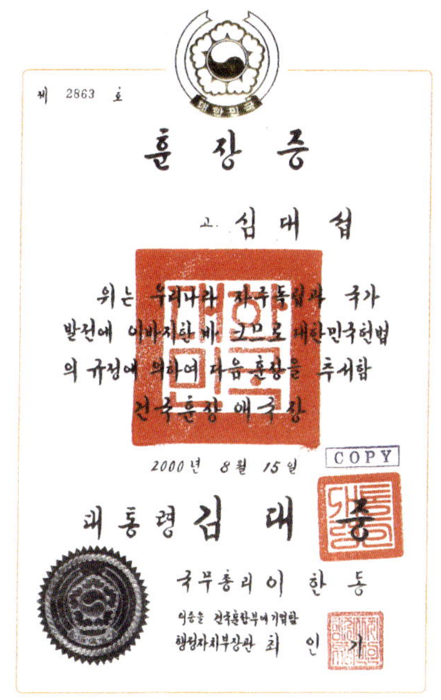

심훈이 받은 건국훈장 애국장(사본)

卒 業 狀

姓　名　沈大燮
生年月日　1901.9.12

위 사람은 1915年度 本校에 入
學하여 在學하던 중 1919년 3·1
獨立萬歲運動 참가로 獄苦를 치르
면서 所定의 課程을 履修하지 못
하였으나 日帝强占期에 祖國光復
을 위해 노력하고 각종 文學創作
活動을 통해 民族意識을 고취하는
등 學校의 名譽를 높였으므로 本
名譽卒業狀을 授與합니다.

2005年　7月　6日
京畿高等學校長　李 英 

심훈이 뒤늦게 받은 경기고등학교 명예졸업장

심훈 묘지

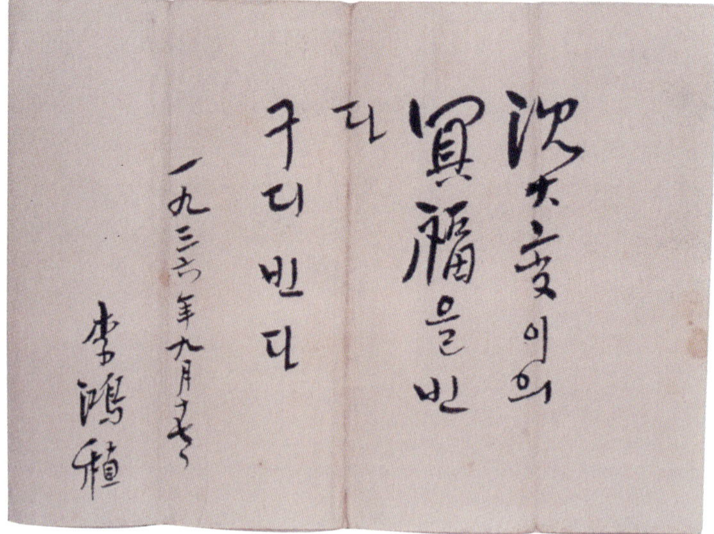

위 : 2007년 12월 5일 막내아들 심재호가 아버지 심훈의 묘지를 필경사 경내로 이장했다.
아래 : 심훈의 친구 이홍직 선생이 보내온 조문

심훈 30주기 겸 출판기념회

맨위 : 1966년 심훈 30주기 겸 출판기념회에 참석한 이희승 선생
아래 왼쪽 : 1966년 심훈 30주기 겸 출판기념회에서 축사하는 윤석중 선생
아래 오른쪽 : 심훈 30주기 기념식에 참석한 하객들 틈에 영화 「상록수」의 주연 최은희 씨가 보인다.

가족사진 심훈 3남 심재호 가족. 심훈의 손자, 손녀, 증손자, 증손녀들이 다 모였다.

제3장 또 다른 심훈, 심재호

에필로그

심훈 선생 일대기

김태현_ 문학평론가, 순천향대학교 미디어콘텐츠학과 교수

선생의 원래 이름은 대섭大燮, 훈熏은 필명이다. 심훈(沈熏, 1901.9.12 ~1936.9.16) 선생은 1901년 9월 12일 서울 영등포구 노량진에서 출생하였다. 심상정沈相廷과 해평윤씨 사이의 3남1녀 가운데 막내아들이었다. 본관은 청송靑松, 호는 금강생金剛生, 백랑白浪 등이 있다. 선생의 원래 이름은 대섭이나, 훈이란 필명이 널리 알려졌다.

훈이란 이름은 1926년 동아일보에 영화소설 「탈춤」을 연재할 때부터 쓰기 시작하였는데, 이후 계속 그 이름으로 작품을 발표하여 널리 알려지게 되었다. 막내아들로 태어난 선생은 어려서부터 양친의 사랑을 듬뿍 받고 자라났다.

남달리 머리가 영민하였기 때문에 부모를 비롯한 주위의 기대 또한 매우 컸다. 선생의 성장과정은 기대에 어긋나지 않았다. 1915년 서울 교동보통학교를 졸업하면서 당시 전국의 수재들이 모여들던 경성고등보통학교에 합격한 것이었다.

여기에는 1920년 10월 청산리전투에서 용맹을 떨친 철기 이범석이 재학하고 있었고, 같이 입학한 동기생들로는 동요 〈반달〉의 작가 윤극영, 무정부주의 독립운동가로 이름 높은 박열, 그리고 공산주의 운동가로 유명한 박헌영 등이 있었다.

감수성이 누구보다 예민했던 선생이 1910년대 일제의 가혹한 무단

통치하에서 이들과 같은 학창시절을 보낸 것이다. 그렇다면 선생의 학창생활은 짐작하고도 남음이 있겠다. 이들과 더불어 일제의 식민지 지배와 수탈에 분노하면서 항일 독립운동 의지를 굳혀갔을 것으로 생각된다.

마침내 선생의 울분은 분출되었다. 경성고보 3학년 때인 1917년 일본인 수학선생과의 알력으로 백지 답안을 제출한 것이다. 이로 인해 선생은 수학 과목의 낙제로 유급을 당하기도 하였다. 나아가 1919년 3·1운동이 발발하자 여기에 적극적으로 가담하여 만세시위운동에 앞장섰다. 그러한 사실은 선생에 대한 다음과 같은 경성지방법원 판결문에도 잘 나타나 있다.

심대섭(심훈) 외 60명은 손병희 등이 조선독립을 선언하고 그 시위운동을 개시함을 듣자 그 취지에 찬동하여 정치변혁을 목적으로 많은 군중과 함께 불온 행동을 함으로써 치안을 방해하려고 기도하여 1919년 3월 1일 경성부 파고다 공원에서 위의 조선독립을 선언하고, 조선독립만세를 고창하는 수천 인의 군중에 참가하여 함께 조선독립만세를 부르면서 경성부내의 각 곳을 광분하여 치안을 방해하였다.

3·1 만세운동에 참여,
3월 5일 체포 8개월간 옥고 치러

1919년 3월 1일 오후 2시, 사정상 불참한 4인을 제외하고 태화관에 집결한 29인의 민족대표들은 역사적인 독립선언식을 거행하였다. 독립선언식은 이종일이 가지고 온 독립선언서를 민족대표들이 돌려 보고 한용

운의 연설에 이어 만세삼창을 하는 것으로 간단히 끝났다. 하지만 탑골 (파고다)공원에서는 수천 명의 학생과 시민이 모여 있다가 2시 30분경 독자적인 독립선언대회를 거행하고 곧 시가지로 물밀듯 밀려나가 만세 시위를 전개함으로써 3·1운동의 불꽃을 지폈다.

선생은 바로 이러한 3월 1일 탑골공원에서 거행된 독립선언 민중대회 에 참여하였고, 이어 서울 각지로 전개된 '만세시위' 운동에 적극적으로 가담하였다. 그리고 3월 5일 선생은 서울에서 각급 학생들을 중심으로 전개된 최대의 시위운동인 남대문역(서울역) 만세 시위운동에도 참여하 였다. 그러다가 만세시위운동 과정에서 일경에게 체포되었던 것이다.

3·1운동 기간 중, 서울에서 전개된 최대 규모의 시위운동이 바로 남대 문역 만세시위운동이다. 이 만세시위운동은 3·1운동 학생대표였던 보성 법률상업전문학교 강기덕과 연희전문학교 김원벽 등이 주도한 것이다.

여기에는 선생을 비롯한 서울지역의 학생 대부분과 광무황제의 인산 을 마치고 귀향하던 지방 유생들이 대거 참여하였다. 그리하여 1만여 명 에 이른 시위행렬은 인력거를 타고 '대한독립기'를 앞세운 강기덕과 김 원벽을 따라 한 갈래는 남대문시장으로부터 한국은행을 거쳐 종로 보신 각에, 다른 한 갈래는 남대문으로부터 대한문 앞과 을지로 입구를 거쳐 보신각에 이르렀다.

그리고 보신각에서 다시 하나가 되어 부르짖는 시위 군중들의 대한독 립만세 소리는 지축을 흔들며 삼천리 방방곡곡으로 퍼져나가 잠재된 한 국 민중의 독립 욕구를 일깨웠던 것이다.

선생 또한 이 날의 만세시위운동에 동참하여 민족 독립의 열기를 맘 껏 분출하다가 조남천, 손덕기, 최강윤 등 같은 학교 학생들과 함께 일 경에게 체포되었다. 이후 선생은 1919년 8월 30일 경성지방법원 예심종

결 결정을 거쳐 정식 재판에 회부되었다.

그리하여 같은 해 11월 6일 경성지방법원에서 〈보안법 및 출판법 위반〉으로 징역 6월에 집행유예 3년을 받았다. 이에 따라 석방되었지만, 선생은 이미 미결 기간까지 포함하여 약 8개월 간의 옥고를 치른 뒤였다. 옥중에서도 선생의 민족 독립을 향한 결의는 조금도 변하지 않았다. 그것은 선생이 투옥 중, 어머니를 위로하고 조국 독립에 대한 결의를 다진 다음과 같은 옥중편지에서도 잘 드러나 있다.

어머님!

어머님께서는 조금도 저를 위하여 근심치 마십시오.
지금 조선에는 우리 어머님 같으신 어머니가 몇 천 분이요
몇 만 분이나 계시지 않습니까?

그리고 어머님께서도 이 땅에 이슬을 받고 자라나신 공로 많고
소중한 따님의 한 분이시고, 저는 어머님보다도 더 크신
어머님(조국)을 위하여 한 몸을 바치려는
영광스러운 이 땅의 사나이외다.

조국 독립에 대한 이 같은 열정이 있었기에 선생은 출옥하자 곧 해외로 망명하여 유학하기로 결심하였다. 3·1운동 참여로 경성고보에서 퇴학당하였기 때문에 그러한 결심은 더욱 굳어졌다.

그리하여 그 해 겨울 선생은 중국으로 망명하여 북경에서 단재 신채호와 우당 이회영 등 독립운동가들을 만났고, 그 분들의 영향으로 민족 독립의 의지를 더욱 굳혔던 것으로 생각된다. 그 때의 사정은 다음과 같은 선생의 회고에 잘 표현되어 있다.

영기미년(1919) 겨울 옥고를 치르고 난 나는(심훈) 어색한 청복淸服으로 변장을 하고 봉천을 거쳐 북경으로 탈주하였다. 몇 달 동안 그곳에서 두류逗留하며 연골軟骨에 견디기 어려운 풍상을 겪다가 수삼차 단재(신채호)를 만나 그의 우거寓居에서 며칠 저녁 발치잠을 자면서 가까이 그의 모습을 접하였다.

감명 깊은 그의 말씀도 여기서는 약할 수밖에 없다. …북경北京서 지내던 때의 추억을 더듬자니 나의 한평생 잊히지 못할 또 한 분의 선생님이 생각이 난다. 그는 수년 전 대련大連서 칠십 노구로 쇠창살에 갇히어 이미 고인이 된 우당(이회영) 선생이다.

나는 맨처음 그 어른에게로 소개를 받아서 북경으로 갔었다. 부모의 슬하를 떠나 보지 못하던 19세의 소년은 우당장友堂丈과 그 어른의 영식인 규룡圭龍 씨의 친절한 접대를 받으며 월여月餘를 묵었다. 조석으로 좋은 말씀도 많이 듣고 북만에서 고생하시던 이야기며 주먹이 불끈불끈 쥐어지는 소식을 거기서 들었는데, 선생은 나를 막내아들만치나 귀여워해 주셨다.

3·1운동에 참여한 경험을 가진 선생이 신채호와 이회영을 만난 것이다. 이 시기 신채호와 이회영은 일제와 어떠한 형태의 타협도 거부하는 절대독립론, 독립운동 방략으로 무장투쟁론을 주장하고 있었다. 때문에 이들은 임시정부에서 나와 북경에서 《천고天鼓》라는 잡지를 발행하며 임정의 외교 독립운동 노선을 맹렬하게 비판하고 있었다. 따라서 이 분들과의 만남은 선생에게 절대독립에 대한 각오를 다시금 다짐하는 계기가

되었던 것이다.

선생이 일제와의 어떠한 형태의 타협도 거부하며, 열정적으로 민족독립을 부르짖는 주옥과 같은 항일 문학작품을 남겼던 것도 바로 여기에 그 이유가 있었다고 생각된다. 이후 선생은 상해, 남경 등을 거쳐 절강성 항주杭州의 지강芝江대학에 입학하여 선진학문을 수학하였다. 지강대학 유학 중, 특이한 점은 연극에 관심이 컸다는 것이다. 이는 1923년 중국에서 귀국한 선생이 최승일, 나경손, 김영팔, 임남산 등과 신극연구단체인 극문회劇文會를 조직하여 활동한 것과도 일맥상통하고 있다. 아마도 연극이 갖는 역동적인 대중 호소력에 끌렸던 것 같다. 1927년 선생이 직접 각색·감독하여 「먼동이 틀 때」라는 영화를 만들고, 또 자신의 대표작인 「상록수」를 영화화하려고 한 일도 같은 이유였던 것으로 짐작된다.

1924년 선생은 동아일보 사회부 기자로 입사하였다. 이제 비로소 선생의 뜻을 조금이나마 펼 수 있는 지면을 갖게 되었던 것이다. 그러나 선생의 동아일보 사회부 기자 생활은 그리 오래가지 못했다. 거기에도 일제의 감시와 탄압이 미치고 있었기 때문이었다.

선생은 1926년 철필구락부鐵筆俱樂部 사건으로 동아일보를 퇴사하게 되었다. 철필구락부는 1924년 11월 각 신문사 사회부 기자들이 만든 언론운동단체였다. 1925년 4월 철필구락부는 같은 언론운동단체인 무명회無名會와 공동으로 전조선기자대회를 개최하여 일제의 경계 대상이 되었다.

그리고 같은 해 5월 《동아일보》《조선일보》《시대일보》 사회부 기자들은 임금인상 투쟁을 전개하여 신문사 경영진의 비위를 거슬렀다. 나아가 이듬해에는 일제의 언론탄압에 항의하여 언론옹호 연설회를 개최하였다. 이것이 문제가 되어 철필구락부는 해산되었고, 거기에 참여하였던 다수의 기자들도 신문사에서 쫓겨났다. 바로 이때 선생도 동아일보사에서 퇴사하게 되었던 것이다.

「통곡 속에서」를 발표, 민중의 분노 고조시켜

선생이 동아일보 사회부 기자에 물러난 직후인 4월 26일 융희황제(순종)가 붕어崩御하였다. 선생은 이 소식을 듣고 말할 수 없는 분노를 느꼈다. 경술국치 직후 황제에서 이왕李王으로 격하되어 거의 유폐되다시피 생활하다가 돌아간 융희황제에 대한 슬픔이 일제를 향한 분노로 폭발하였던 것이다.

다른 한편으로는 새로운 기회를 직감할 수 있었다. 광무황제(고종)의 붕어가 3·1운동의 한 계기였다면, 이번 융희황제의 붕어 또한 그와 유사한 독립운동의 폭발을 예견할 수 있었기 때문이었다. 3·1운동에 참여한 경험을 가진 선생은 가만히 있을 수 없었다. 그리하여 4월 29일 융희황제의 국장이 준비되고 있는 돈화문 앞에서 「통곡 속에서」를 지었고, 5월 16일자 《시대일보》에 발표하였다. 당시 이 시는 망국의 한을 가슴에 품고 살던 한국 민중의 분노를 고조시켰음이 분명하다.

그리하여 선생이 예견한 대로 융희황제의 인산일인 6월 10일 서울의 학생들을 중심으로 다시 만세시위운동이 전개되었다. 따라서 선생의 시 「통곡 속에서」는 6·10만세운동을 폭발시킨 하나의 기폭제가 되었다고 해도 과언은 아니다.

이후 선생은 1927년 봄 일본으로 건너가 영화를 공부하였고, 귀국한 뒤에는「먼동이 틀 때」라는 영화를 각색·감독하여 같은 해 10월 26일 단성사에서 상영하기도 하였다. 그리고 그해 11월 22일 제1차 조선공산당사건으로 체포되었던 경성고보 동창인 박헌영이 병보석으로 출옥하자 그를 만났다. 이때 선생은 일제의 고문과 병으로 형편없이 변해버린 박헌영의 몰골을 보고 큰 충격을 받았다. 그리하여 일제에 대한 분노를「박군朴君의 얼굴」이라는 시에 담았는데, 그 내용의 일부를 소개하면 다음과 같다.

이게 자네의 얼굴인가?

여보게 박군, 이게 정말 자네의 얼굴인가?
알콜병에 담가 논 죽은 사람의 얼굴처럼
마르다 못해 해면海綿같이 부풀어오른 두 뺨
두개골이 드러나도록 바싹 말라버린 머리털
아아 이것이 과연 자네의 얼굴이던가?

(중략)

박아 박군아 ××(헌영)아!
사랑하는 네 아내가 너의 잔해를 안았다
아직도 목숨이 붙어 있는 동지들이 네 손을 잡는다
이빨을 악물고 하늘을 저주하듯
모로 흘긴 저 눈동자
오! 나는 너의 표정을 읽을 수 있다
오냐 박군아
눈은 눈을 빼어서 갚고
이는 이를 뽑아서 갚아주마!

> 너와 같이 모든 ×(한)을 잊을 때까지
> 우리들의 '심장의 고동이' 끊길 때까지.

1927년 12월 2일 작성된 이 시에서는 박헌영을 매개로 표현된 친구에 대한 선생의 지극한 사랑과 일제에 대한 강렬한 투쟁의식이 담겨 있다. 비록 여건상 실제적인 행동으로 표출되지는 못했지만, 이러한 일제에 대한 저항의식과 투쟁의식은 선생의 일생을 관류하고 있는 것이다.

일제에 대한 옥중투쟁 등을 신문에 연재
일제가 게재 정지시켜

이듬해 1928년부터 선생은 조선일보에 입사하여 기자로 활동하면서, 1930년에는 조선일보에 소설 「동방東方의 애인」을 연재하였다 그러나 일제의 게재 정지 처분으로 중단되었고, 이어 「불사조不死鳥」를 연재하였으나 그 역시 마찬가지였다.

그것은 이들 두 소설이 모두 선생의 중국 망명, 유학 당시의 생활을 소재로 하였고, 특히 「불사조」는 일제에 대한 옥중투쟁을 다룬 것이기 때문이었다. 이 해 선생은 3·1운동 기념일을 맞이하였다. 3·1운동에 직접 참여하여 옥고까지 치른 선생에게 있어 그 기념일은 매번 특별한 날이었지만, 이 해에는 유난히 더 그랬다.

그것은 1929년 11월 발발하여 전국적으로 전개되었던 광주학생운동의 여진이 아직 남아 있는 탓이기도 하였다. 또한 같은 해 원산노동자총파업과 용천소작쟁의 등으로 눈부시게 발휘된 노동자·농민 등의 항일투쟁을 목격한 감격인지도 모른다.

　선생은 침묵할 수 없었다. 그래서 선생은 항일 저항문학의 최고 금자탑으로 불린 「그날이 오면」이라는 다음과 같은 시를 지어 발표한 것이다. 허가받지 못한 노래, '그날이 오면, 이 몸 가죽 벗겨 북 만들어 여러분의 앞장을 서오리다'라고 노래한 「그날이 오면」은 심훈 선생의 대표적인 시로 선생이 1932년 시집 발행을 위해 조선총독부의 검열을 받은 원고 가운데 하나이다. 일제는 비위에 거슬리는 내용을 빨간색으로 표시하였고, '삭제' 도장을 찍어 출판 허가를 하지 않았다.

　　　그날이 오면 그날이 오면
　　　삼각산이 일어나 더덩실 춤이라도 추고
　　　한강물이 뒤집혀 용솟음칠 그날이,
　　　이 목숨이 끊기기 전에 와 주기만 한다면,
　　　나는 밤하늘에 나는 까마귀와 같이
　　　종로의 인경人磬을 머리로 들이받아 울리오리다.
　　　두개골은 깨어져 산산조각이 나도
　　　기뻐서 죽사오매 오히려 무슨 한이 남으오리까

　　　그날이 와서, 오오 그날이 와서
　　　육조六曹 앞 넓은 길을 울며 뛰며 뒹굴어도
　　　그래도 넘치는 기쁨에 가슴이 미어질 듯하거든
　　　느는 칼로 이 몸의 가죽이라도 벗겨서
　　　커다란 북을 만들어 들쳐 메고는
　　　여러분의 행렬에 앞장을 서오리다,
　　　우렁찬 그 소리를 한 번이라도 듣기만 하면
　　　그 자리에 거꾸러져도 눈을 감겠소이다.

이후 선생은 1931년 조선일보를 사직하고 경성방송국 문예담당으로 잠시 들어갔다가 사상 문제로 곧 그만두었다. 그리고 부모가 살고 있던 충남 당진군 송악면松嶽面 부곡리富谷里로 낙향하여 창작생활에 정진하였다.

여기서 선생은 1932년 그 동안 발표한 시들을 묶어 시집 발간 작업을 추진하였다. 그것이 바로『그날이 오면』이라는 시집(『심훈시가집沈熏詩歌集』제1집)이었는데, 당시 이는 일제의 검열로 빛을 보지 못했다. 때문에 해방 직후에야 간행되어 유고집이 되고 말았다.

1933년 선생은 당진에서 장편소설「영원永遠의 미소微少」를 집필하여 7월 10일부터 조선중앙일보에 연재하였다. 그리고 같은 해 8월에는 조선중앙일보 학예부장으로 취직하여 상경하였으나, 곧 그만두고 다시 당진으로 낙향하였다. 이듬해 선생은 장편소설「직녀성織女星」의 집필을 시작하여 3월 24일부터 조선중앙일보에 연재하였고, 당진에 필경사筆耕舍라는 자택을 몸소 설계하여 지었다. 여기서 바로 1935년 발표한「상록수」라는 농촌계몽 소설을 집필한 것이다.

「상록수」는 충남 당진군 송악면 부곡리에서 전개되고 있던 야학운동과 공동경작회 활동을 소재로 한 작품이다. 당시 부곡리에서는 선생의 장조카 심재영沈載英이 1932년부터 농촌 야학을 운영하며 문맹퇴치운동을 벌이고 있었다.

이와 함께 그는 12명의 젊은이들과 공동경작사업을 진행하고 있었는데, 선생은 이를 높게 평가하였다. 이때 마침 동아일보가 창간 15주년을 맞이하여 농산어촌을 배경으로 하는 장편소설을 공모하는 행사를 벌였다. 이는 1931년부터 동아일보사가 전개하고 있던 브나로드(귀농)운동을 촉진하기 위한 사업의 일환이었다.

이에 선생은 부곡리의 공동경작운동과 1935년 1월 경기도 반월면 샘골에서 농촌계몽운동을 펴다 요절한 최용신崔容信의 이야기를 연결하여 「상록수」를 완성하였던 것이다. 그리하여 「상록수」는 동아일보 창간 15주년 기념 당선작으로 선정되었고, 그해 9월 10일부터 이듬해 2월 15일까지 동아일보에 연재되어 당시 민중들의 큰 호응을 얻었다.

「상록수」와 함께 한 운명
출간 작업하다 장티푸스에 걸려

1936년 선생은 「상록수」의 영화화에 나서, 선생이 각색·감독을 맡기로 하고 제작사까지 선정하여 제반 준비를 갖추었지만 일제의 방해로 성공하지 못하였다. 이에 선생은 「상록수」를 단행본으로 출판하기로 마음먹고, 상경하여 한성도서주식회사 2층에서 침식하며 간행 작업에 힘을 쏟다가 장티푸스에 걸리고 말았다. 그리하여 1936년 9월 16일 오전 8시, 경성제국대학 부속병원에서 36세의 나이로 요절하였다.

정부에서는 선생의 공훈을 기리어 2000년 건국훈장 애국장을 추서하였다.

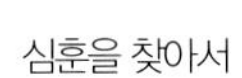

제1장
심훈기념관을 열면서

심훈기념관을 열면서

79년 전에 소설 「상록수」가 저 〈필경사〉에서 태어났습니다. 다음해에 제가 필경사에서 태어났고, 그해 아버님께서 이 세상을 떠났습니다. 78년 전입니다.

그 뒤, 험난한 세월이 흘렀습니다. 초가집이었던 필경사는 양철지붕을 쓰기도 하고 기와를 입히기도 했습니다. 집이 무너져 내리기도 했습니다. 그 때마다 부곡리 주민들이 추렴으로 지붕을 갈아입히고, 마당에 흩어진 잡풀을 뜯었습니다. 주민들이 지켜왔습니다. 감사합니다.

저 한진 앞바다―아산만 입구에 솔개바위가 있습니다. 아산만을 지키는 장군바위라고 합니다. 그 서쪽 필경사 경내에 〈심훈기념관〉이 섰습니다. 우리들을 지키는 집입니다.

「상록수」는 우리들의 자존심이고 시 「그날이 오면」은 우리들의 희망입니다.

〈심훈기념관〉은 우리 부곡리 주민과 당진 시민의 자존심을 지키는 살아 있는 기념관입니다. 필경사를 지키고 기념관을 세운 부곡리 주민과 당진 시민이 〈심훈기념관〉의 주인입니다.

〈심훈기념관〉을 설립하기로 당진시와 우리가 이야기를 나눈 뒤로부터 지금까지 15년이 걸렸습니다. 뜻과 목적은 세웠는데 방법과 형편 등등이 여의치 않아서 어려운 일들이 많았습니다. 그래도 서로서로가 관계를 맺으면서 신뢰를 쌓아 왔습니다.

그런 중에도 당진시에서는 '심훈기념관운영조례'를 만들고, 당진시 문화관광과 문화재팀들이 그야말로 밤낮을 가리지 않고 불개미같이 뛰었습니다.

부곡리 주민인 윤석주 씨와 김교순 이장은 심훈기념관 부지로 쓰라고 대대로 물려온 집터와 밭터를 내놓았습니다.

저는 50년 동안 모으고 정리해 온 아버님 심훈의 유품과 친필 4천여 점을 정리해서 〈심훈기념관〉에 내놓았습니다.

이제 아버님이 세상을 떠난 지 78년만에 심훈기념관이 섰습니다. 이제부터는 주인인 우리들이 이 귀중하고 우리들의 자존심인 〈심훈기념관〉을 잘 보존하고 가꾸는 일이 남았습니다.

감사합니다.

2014. 9. 16

심훈기념관이 건립되기까지

2014년 9월 16일 개막된 〈심훈기념관〉은 당진시와 〈재미 심훈기념관〉 (대표 심재호)의 공동노력으로 설립됐다.

당진시는 2012년 12월 31일 '심훈기념관관리운영에관한조례(제303호)' 제정으로 심훈기념관의 관리와 운영을 맡았다. 그리고 전시관 건설, 심훈동산 조성 등 각종 건설사업 전시사업을 주도했다.

〈재미 심훈기념관〉은 2013년 1월 10일, 당진시와 '심훈 선생 유품 전 사본 인도 및 관리에 관한 협약'을 맺고 심훈 선생 유품의 사용과 관리에 대해 당진시에 일임했다. 그리고 〈심훈기념관〉은 부곡리 주민과 당진시민이 주인임을 선언했다.

〈심훈기념관〉 설립 추진의 지난날

① 심재호의 역할

- 1966년 6월 심훈 서거 30주기에 맞춰 심훈전집(3권)을 탐구당에서 출판하였다.
- 1966년 신상옥 감독 제작 영화 〈상록수〉 제작에 자료 제공하며 자문하였다.

② 김낙성 군수 시대 : 상록수문화관에 합의서 작성하고 친필 사본과

심훈기념관의 문화재 구성

① 필경사(심훈의 집)

충청남도 유형문화재 제107호로, 심훈이 설계 건립하고 소설 「상록수」를 이 집에서 집필하였다.

② 심훈 묘지

당진시의 유일한 독립유공자로 건국훈장 애국장이 추서되었다. 이곳은 국가보훈처 소속으로 현충원의 독립유공자 묘소와 같은 지위를 가진다. 아들 심재호가 2007년 12월 5일 경기도 안성에서 이장하여 이곳에 모셨다. 필경사와 심훈 묘역이 있는 심훈동산 조성사업이 보훈처와 충청남도의 재정지원으로 추진되고 있다.

③ 심훈기념관에 소속된 전시관과 토지와 건물, 각종 시설

당진시 소유로 당진시가 제정 공포한 '심훈기념관관리운영조례'에 의해 당진시가 관리 운영한다.

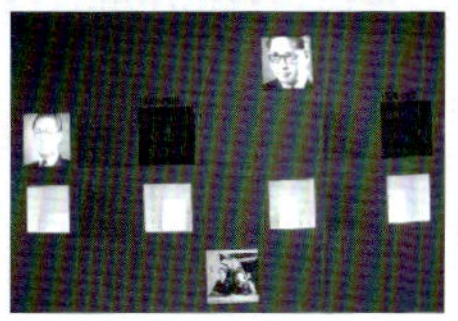

④ 심훈 유품과 전시자료

재미 심훈기념관(대표 심재호)이 소장한 개인문화자산으로 문화재청이 '국가제1급문화유산'이라면서 국가보물급으로 판정하고 국가에의 기증을 요청하였으나 소장자인 심재호(50년간 수집 정리)가 거부하고, 심훈 작품의 고향인 당진시 부곡리 심훈기념관에 당진시와 협정을 맺고 사용 위탁하였다. 심훈의 책상, 문갑, 의자, 친필원고, 대본, 각본, 편집자료, 작품 구상 메모 사진 등 4천 점에 이르는 국가 유일의 방대한 문화자산이다.

사진들을 전시용으로 제공하였다.(관리 부실로 일부 소실)

③ 민종기 군수 시대 : 심훈기념활성화를 제안하였다. 당진군 대표 4인 (최종길 신현만 이병성 심규상)이 재미 심훈기념관을 방문하였다. 민종기 군수는 앞으로 심훈기념사업에 필요한 경비를 당진시가 부담하겠다고 심재호에게 약속하였다.

④ 이철환 시장 시대 : 심훈기념관 설립을 공동으로 추진하였다. 이 사실을 당시 문화축제에 참석한 심재호와 같이 상록문화제 청중에게 밝혔다. 후에 심재호와 교신한 편지에서도 확인하였다.
이철환 시장과 심재호는 '심훈 선생 유품 전사본 인도 및 관리에 관한 협약'서를 작성하고 서류와 유품 등을 교환 인도하였다.(자료 목록 포함)

⑤ 김홍장 시장 시대 : 심훈기념관 개관

심훈기념관 설립을 논의한 뒤, 2014년 9월 16일 심훈기념관이 개관되기까지 15년 동안 당진군수 3인과 시장 2인, 그리고 책임과장 8명이 바뀌었다.

심훈은 내 삶의 시작이었다. 〈심훈기념관〉 설립은 내게 남은 피 한 방울까지 내 고향과 내 민족에게 바치는 마지막 의무였다.
심훈의 손자 손녀들은 잡초 속에서 피는 들꽃처럼 제각기 다른 꽃을 피우고 있다.
그동안 몸과 생각과 노력을 아끼지 않은 여러 분들에게 감사한다.
— 재미 심훈기념관 대표, 심훈 삼남 심재호

심훈과 상록수 그리고 필경사와 나

필경사는 아버님 심훈이 터를 잡고 설계하고 완공시킨 유일한 '심훈의 집'이다. 이 집에서 1935년 소설 「상록수」가 태어났다. 그리고 그 다음 해인 1936년 4월에 내가 태어났다. 이 해에 아버님 심훈은 「상록수」 책 출판 관계로 서울에 갔다가 급환으로 세상을 떠났다. 내가 태어난 지 반년도 채 못 되어서였다. 나는 서울에서 삼촌댁을 전전하다가 고향으로 내려와 송악초등학교를 마치고는 고향 부곡리를 떠나고 말았다. 그 후에 내가 고향을 위해서 한 일이 없다. 고향을 지켜온 여러 분들에게 미안하다.

그러나 나는 아버님 심훈의 작품을 지켜왔다고 자부한다. 내가 철이 막 들기 시작한 어느 날, 큰집(부곡리 방축골에 있는 심훈의 부모님 댁) 다락 한 구석에서 아버님 심훈이 남긴 친필원고가 눈에 띄었다. 주인도, 챙기는 사람도 없이 버려진 채였다. 원고 일부는 쥐들이 갉아먹고 또 일부는 좀이 슬고 또 일부는 찢어지고 없어진 상태였다. 나는 이 원고들을 정리했다. 없어진 부문은 대학교 노서관을 뒤져서 찾아냈고 또 일부는 당시 고서 수집가인 백순재 선생의 다락방에서 발견했다.

뿔뿔이 흩어지고 남의 손을 거치는 동안 내용이 변조된 책들도 한곳에 모았다. 그리고는 1966년 아버님 심훈 30주기에 『심훈문학전집』(전3권)을 국판으로 출판했다. 이 탐구당판 『심훈문학전집』에는 심훈의 작품

99%가 완벽하게 실려 있다고 자부한다.

1960년대 초 신상옥 감독이 영화 「상록수」를 만들 때 자료를 제공했다. 주연은 최은희와 신영균이 맡았다.

2000년 1월 1일에는 우여곡절 끝에 다시 찾은 『심훈 시가집』 〈제1집〉, 이른바 시집 『그날이 오면』 영인본을 출판했다. 이 수제본은 아버님 심훈이 당시 조선총독부에 출판허가를 받기 위해서 친필로 쓰고 직접 제책하여 만든 유일한 책이다. 조선총독부는 이 원고에 행마다 글자마다 붉은 연필로 긋고 삭제도장을 찍고 출판 불허 도장을 찍어 되돌려 보냈다. 이 수제본은 그 검열 원본이다. 서글픈 일이지만 당시 우리 문학에 대한 일제 검열의 실체를 알 수 있는, 완벽하게 남아 있는 유일한 우리 문학사의 보물일 것이다.

현재 친필원고로는 「상록수」 「직녀성」 「영원의 미소」 등 장편소설의 원고와 중편 「황공의 최후」 그리고 수필 등 4천여 장이 넘는다. 그리고 영화 제작을 위해 각색한 영화 「상록수」 각본 원본이 완벽하게 살아 있고, 영화 소설 「탈춤」의 영화 각본, 심훈 자신이 제작 감독 촬영하고 당시 단성사에서 상영한 영화 「먼동이 틀 때」의 촬영대장 원본이 첫 장부터 끝 장까지 있다.

그리고는 「상록수」 「직녀성」의 초판본, 당시 검열 받은 흔적이 있는 신문 연재 철, 심훈의 작품과 관련된 당시 인사들의 사진과 가족사진들이 따로 보관되어 있다.

이 심훈의 유품들은 우리 민족의 근현대 문학사에서 대규모로 남아 보존된 우리 민족의 유일한 문화유산일 것이다.

작년 10월(2007년) 나는 고향을 방문하고 돌아왔다. 그때 내가 태어난 필경사를 중심으로 〈심훈상록수기념문학관〉이 건립되고 부곡리 일대에

〈상록수공원〉이 조성될 것이라는 얘기를 들었다. 필경사 경내(충남문화재 제107호)에 심훈기념문학관이 들어서기만 한다면 내가 지난 50여 년 동안 모으고 아끼고 지키느라고 애써온 아버님 심훈의 문화유산이, 아니 우리 민족의 문화재산이 제 고향으로 돌아갈 날도 멀지 않았구나 하는 기대를 갖게 하는 것이었다.

한편으로는 아산만으로 둘러싸인 부곡리 일대에 부곡공업단지가 이미 들어섰고 또 다른 기업들이 공업단지를 확장하고 있다는 소문을 들었다. 내가 어려서 진달래꽃 따 먹고 칡뿌리를 캐 먹던 큰 동산이 바다를 매립하는 바람에 흔적도 없어졌고, 따라서 일제하 우리 민족 농촌운동의 발상지이며 심훈의 유적지이며 내 고향이며 우리 민족 국가의 문화자산인 충청남도 당진군 송악면 부곡리 일대가 공장 터로 매립되는 위기를 맞고 있는 것이 현실이었다.

지금 당진 현지 지역단체들이 중심이 되어 추진하고 있는 〈심훈상록수기념문학관〉이 들어서고, 주변을 확장해서 〈상록수공원〉이 조성되는 날에는 부곡리 일대는 이 지역 주민을 중심으로 한 우리 민족의 자존심이 되살아나고, 부곡공단 임직원들과 가족에게는 자랑스런 휴식 공간이 될 것이며, 이 지역의 관광지로서 어느 지역보다도 소중한 여건을 갖추게 되는 관광명소가 될 것임에 틀림없다.

그 날이 올 때까지 또 다른 고향 지키기 운동이 벌어질 것으로 보인다. 내 고향 지키기를 위해서 나도 두 팔을 걷어붙일 각오가 돼 있다. (2008. 3. 1)

아버님 심훈의 친필원고에 대하여
– 수집에서부터 심훈기념관이 서기까지

내가 어렸을 때 시골 큰집(충남 당진군 송악면 부곡리) 다락 한 구석에 나팔처럼 생긴 메가폰과 '필경사'라고 쓴 문패, 그리고 검은 테 안경이 버려져 있었다.

나중에 안 일이다. 그 메가폰은 심훈이 영화「먼동이 틀 때」를 감독 촬영할 때 쓰던 것이고 필경사 문패는 소설「상록수」를 쓰고 또 내가 태어난 집의 문패였고, 검은 테 안경은 심훈의 사진에서 보이는 바로 그 안경이었다. 아무도 간수하는 사람이 없었다. 내가 마구 가지고 놀다가 잃어버렸다. 또 심훈의 친필원고가 먼지 속에 쌓여서 주인 없는 짐짝이 되어 뒹굴고 있었다. 후에 내가 모두 챙겨서 서울 수유리집으로 가져왔다.

그렇듯 아버님 심훈이 아끼고 다듬던 작품들이 그 분이 세상을 떠난 후 수십 년 동안 뿔뿔이 흩어져 어느 것은 길을 잘못 들어 전혀 찾을 길이 없고 어느 것은 팔이나 다리가 잘린 병신이 되어 보기에 민망스러웠다. 그래도 온전하리라고 믿었던 소설들도 막상 자세히 살펴보니 남의 손으로 건너다니는 사이에 살갗이 찢어지고 상처가 난 곳이 한두 군데가 아니었다.

심훈 서거 30주기가 다가오고 있었다. 우여곡절 끝에 탐구당출판사에서『심훈문학전집』을 내게 되었다. 나는 그 당시 직장이 없었는데 그 때 마침 농아일보사에서 취직이 됐다는 통보를 받았다. 나는 망설이던 끝에 하늘의 별 따기였던 동아일보 취직을 연기하고 심훈전집 출판에 매달리기로 했다.

‘이제 아버님 전집을 드디어 내게 되었구나!’

병신과 누더기가 된 아버님의 원고들이 내 책상 위에 모여들었다. 그동안 잊어버렸던 것이 죄송스럽고, 멀거니 바라보노라니 눈물이 나도록 애처로웠다.

우선 잡생각을 버리고 서랍 속에 묶여 있던 원고들을 꺼내어 먼지를 털었다. 조각이나 떨어져 나간 것들은 고려대학교 도서관이나 옛날 자료들을 수집하는 분들(백순재 선생 등)을 찾아가서 도움을 청했고, 신문 또는 잡지를 베껴서 채워 넣고 없던 것은 새로 베꼈다. 상처 입은 소설들은 작가가 직접 본 초판본 교정지를 대조하면서 바로잡았다. 작가가 쓴 흔적은 있는데도 찾지 못한 원고가 있는데 별로 중요하지도 않지만 아직까지도 나타나지 않고 있다.

이렇게 해서 탐구당에서 1966년에 출판한 『심훈문학전집』(전3권) 제1권에는 시 100여 편과 영화시나리오 3편을, 제2권에 소설 한 편, 단편 두 편(「황공의 최후」와 「여우목도리」)를, 제3권에는 소설 한 편, 영화평론 전부, 수필 중 열세 편, 일기 두 편과 서간문들이 새로 수록되었다.

탐구당 발행 『심훈문학전집』은 심훈 문학의 총결산이 되었다. 출판에 이어서 신문회관에서 심훈 30주기 겸 출판기념회가 열렸다. 이희승 선생, 윤석중 선생, 영화 「상록수」(신상옥 감독)에서 여주인공을 맡은 최은희 씨 등 수많은 인사들이 모여 추모회를 추모잔치로 변모시켰다.

1974년 친필원고와 책상, 문갑들을 당진에 계시던 사촌 큰형님(심재영)에게 맡기고 미국으로 떠났다. 그런데 어느 재벌이 심훈 친필원고를 사려고 흥정한다는 소문이 돌았다. 나는 부랴부랴 친척을 시켜서 이 원고들을 회수하여 몇 십 장만 남기고 미국으로 가져왔다.

일제강점기 조선총독부가 검열한『심훈시가집』〈제1〉(그날이 오면)의 운명도 기구했다. 아버님이 돌아가시자 이 시집은 그야말로 여러 사람들의 손을 거치면서 한국전쟁 후에 자취를 감추고 말았다. 나는 집요하게 추적했다. 결국은 친척으로부터 인수하게 되었다. 이 책이 내 손에 들어오자마자 나는 차림출판사에서 영인본으로 출판했다. 그래서 이 시집은 생명을 되찾았다.

그리고 한동안 세월이 흘렀다.

1996년에 한국정부(문화체육부)에서 심훈을 '8월의 문화인물'로 선정했다면서 원고 전시를 요청해 왔다. 심훈의 친필원고 전시는 처음이었다. 그런데 이 원고들이 전시회를 계기로 서울에서 사람들의 손을 거치면서 친필원고 몇 편이 자취를 감추었다. 언젠가는 다시 찾아낼 것이다.

이어서 「상록수」의 고향 당진에서 매해 열리는 상록문화제에서 대대적인 심훈 유품 전시회가 열리게 되었다. 여기서 〈심훈기념관〉을 건립하겠다는 제안이 나왔다. 한터박물관을 꾸미고 있던 안승환 씨였다.

심훈기념관 설립은 나의 꿈이었다. 그래서 원고들을 안승환 씨에게 일단 맡기고 미국으로 돌아왔다. 그러나 10년이 넘도록 심훈기념관 설립이 여러 가지로 지장을 받으면서 지지부진하자 내가 다시 당진으로 가서 유고를 거두어 미국으로 가져왔다.

그리고 2007년 3월 1일에 미국 집에 심훈기념관을 차렸다. 그리고는 나의 아이들인 심훈의 손자 손녀 4남매(영주 영민 성보 인보)에게 모든 것을 넘겨주었다. 이들은 심훈기념관 사업을 인수하자마자 집에 한 질밖에 남지 않았던 탐구당 간행『심훈문학전집』을 수십 권 영인본으로 만들어 안전하게 보관했다. 원고들을 다시 정리하면서 컴퓨터에 수록하고

(웹사이트; shimhun.org) 사진을 찍고 확대해서 50여 장을 이동전시회에 대비하고 〈심훈기념관 앨범〉을 3권으로 만들어 한국근대문학사에서 심훈의 위치를 확인하는 동시에 소개 자료로 삼았다.

이제 심훈의 원고와 작품들은 또 다시 엉뚱한 사람의 손에 들어가 헤매거나 상처를 입은 채 먼지를 뒤집어쓰고 남의 집 다락방 구석에 처박혀 있는 신세는 되풀이되지 않을 것이다.

아버님의 원고와 작품들은 우리 가족의 뿌리가 되고, 우리 민족의 자부심이 되고, 한국 근대문학사의 한가운데에 서서 영원히 꺼지지 않는 불씨가 되어 그날이 올 때까지, 아니 그날이 온 뒤에도 뜨겁게 타오를 것이다. (2007. 4. 10)

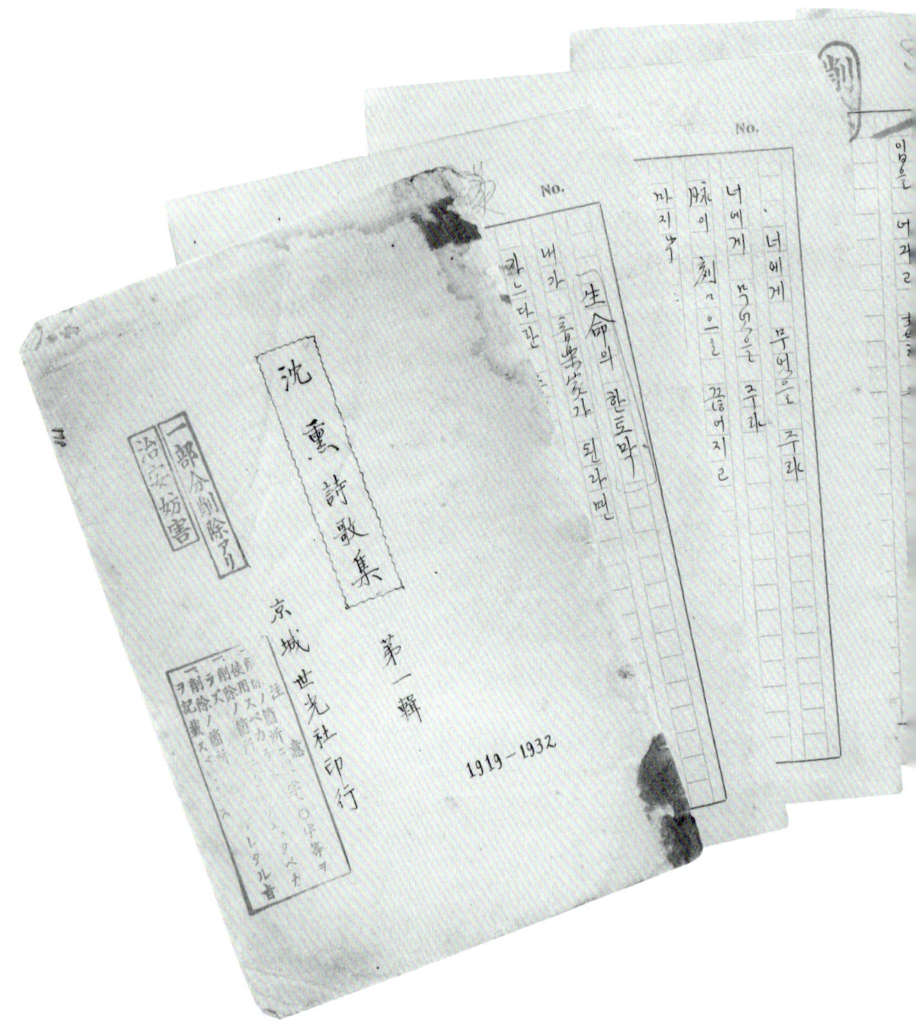

아버님 묘지를 이장하던 날
– 세상을 떠난 지 72년 만에 집으로 돌아온 심훈

2007년 12월 5일 아침은 몹시 춥고 맑았다. 나는 새벽 여섯 시에 서울을 떠나 경기도 안성시 삼죽면 마전리 산19-7번지 외진 산등성이에 모신 아버님 묘를 찾아 나섰다. 아버님은 필경사 집에서 잠깐 다녀오겠다면서 소설 「상록수」 출판 일로 서울에 갔다가 급병으로 세상을 떠났다. 돌아가신 지 72년 만에 아버님의 유해를 거두어 충청남도 당진군 송악면에 있는 자기 집인 필경사 경내로 이장하기 위해서였다. 10여 년 전 종손들이, 원래는 경기도 용인군 수지면 신봉리 서붕골에 있던 선산을 팔고는 조상의 묘지들을 인연도 없는 안성 산골로 옮겼다. 그 후 나는 아버님 묘지를 찾아 아들 성보를 데리고 단 한 번 찾았을 뿐이라 아버님 묘소를 다시 찾을 수 있을지 자신이 없었지만 이장 일행을 태운 차 두 대를 이끌고 무턱대고 나섰던 것이다.

다행히도 아버님 묘소는 어렵지 않게 찾았다. 내가 먼저 곡괭이로 딱딱하게 얼어붙은 봉분을 열었다. 내가 봉분을 열기 전에 나의 계수가 마련해 온 간단한 제물을 놓고 두 번 절을 올렸다. 아버님 유골(이미 화장했음)은 아주 깊이 묻혀 있었다. 유골을 정중하게 모시고 유골을 꺼낸 자리에 아버님 유품이 든 도자기 항아리를 대신 묻었다.

우리들은 연장을 수습하고 경기도 땅을 지나 서해대교를 넘어서 충남 당진군 부곡리 필경사 경내로 들어섰다. 필경사는 아버님이 터를 잡고,

설계를 직접 하고, 완공하고, 그 집에서 소설「상록수」를 지은, 아버님의 첫 번째 집이면서 마지막 집이다. 나는 이 필경사 바른편 빈터에 아버님의 묘소를 잡았다.

　미리 와서 기다리던 일꾼들이 안성에서 종이함에 모셔온 아버님의 유해를 오석으로 만든 석관으로 옮겨 모셨다. 석관을 묻은 뒤에 그 위에 석판을 겹으로 덮었다. 그리고는 그 위에 오석으로 된 묘비를 세웠다. 묘비는 내가 고안하고 비문도 내가 만들었다. 내용은 다음과 같다.

독립유공자, 작가

심훈(본명 대섭)

1901~1936

여기 잠들다

대표작

1919년 「감옥에서 어머님께 올린 글월」

1930년　시「그날이 오면」

1935년　소설「상록수」

2000년　8월 15일 건국훈장 애국장 추서

　이장과 묘비 제작을 맡은 일원납골연구소 최승수 사정이 식조로 된 울타리를 묘비 둘레에 쳤다. 그리고는 바닥에 흰 자갈돌을 깔았다. 봉분 없이 잔디 한 장 입히지 않았어도 고상하고 아담하고 품위 있는 아버님의 유택이 세워진 것이다. 돌아가신 지 72년 만에 드디어 당신 집으로 돌아오셨다.

계수 엄숙희 여사가 새 묘 앞에 간단한 제상을 차렸다. 그리고 우리들은 모두가 절을 올렸다.(우리 가족들은 미국 집에 있었다.)

2007년 12월 5일 오후 네 시 반, 새로 세워진 묘비에 기대 선 내 눈에서는 갑자기 눈물이 걷잡을 수 없이 쏟아져 내렸다. 아버님이 돌아가신 해에 필경사에서 태어난 내가 70여 년이 지나서야 아버님을 집 곁으로 모시게 된 사연들, 묘지를 옮기는 과정에서 속을 태우던 기관과 사람들, 물심양면으로 도우면서 내 등을 밀어주던 친구들의 안쓰러운 눈길, 내 눈에서 쏟아지는 눈물은 이 모든 것을 단번에 씻어버리는 시원한 소나기였다.

"아버님, 이제부터는 어느 누구도 아버님의 유택을 건드리지 못합니다. 맹세합니다. 아들 재호 올림"

(2007. 12. 25)

불빛을 기다리며

대나무 숲 앞 필경사 처마 끝에 불이 켜졌다

'상록수'를 쓰던 방 책상 위에

불 꺼진 안방에

막걸리잔 기울이던 대청마루에

다시 불이 켜졌다

모진 세월이었다

세월의 풍파에 못 이겨 초가지붕은 허물어지고

바뀌는 세월 따라 양철지붕으로, 기와지붕으로 갈아 이어온 필경사

낯선 교회가 떠난 뒤

이제 다시 초가지붕으로 바뀌고

처마 끝에 외등이 밝혀졌다

나라 잃은 땅에서 객사한 심훈은

세상 떠난 지 71년 만에 막내 등에 업혀 자기 집 필경사에 돌아와 다시
묻혔다.(2007. 12. 5)

그의 기념비 어깨에는 '나라를 되찾은 사람'이라는 별이 얹혔고

글 쓰던 사랑방 제자리로 돌아온 책상(2010.11.2) 위에

어둠을 몰아내는 불을 밝혔다

다 지나간 세월이다. 이제 이 세상에는

사상도 이념도

전쟁을 위한 평화도

평화를 위한다는 전쟁도

분단의 고통도 권세의 광란도

부질없는 탈춤도

막을 내린다

필경사는 우리들의 품으로 돌아왔다. 우리들이 어둠을 몰아냈다

「먼동이 틀 때」인가

시비 속「그날이 오면」이 저만치 서서

필경사 불빛을 바라본다

(2010. 11. 17)

심훈 시집 『그날이 오면』의 친필 원고들

권영민_ 문학평론가, 서울대학교 국어국문학과 명예교수

심훈 시집 『그날이 오면』의 친필 원고와 여러 편의 소설 원고들을 사진을 통해 확인했다. 미국에 거주하고 있는 심재호(심훈의 3남) 선생의 호의로 그 사진 자료들을 받았다. 시집 『그날이 오면』의 친필 원고는 1932년 조선총독부 경무국의 검열로 인하여 빛을 보지 못한 채 숨겨졌었다. 그리고 심훈 선생이 작고(1936년)한 후 광복을 맞으면서 드디어 빛을 보게 되었다. 하지만 이 친필 원고들은 지난 2000년 『심훈문학전집 1 그날이 오면』이 출간된 후 그 후속작업으로 계획했던 작품 원고의 영인본 출판이 더 이상 이루어지지 못함으로써 여전히 제대로 정리되지 못한 채 방치되고 있다. 지금 이 원고들은 모두 심재호 선생이 미국의 자택에 보관하고 있다.

시집 『그날이 오면』의 친필 원고를 보면, 누렇게 변색된 얇은 표지에 『심훈시가집沈熏詩歌集』 제1집이라는 제목이 선명하다. 아마도 이 시집이 식민지 시대에 계획했던 대로 발간되었다면, 그 제목은 『심훈시가집』이 되었을 것이다. '1919-1932'라는 글자는 수록 작품들이 쓰여신 시기를 말해준다. '경성 세광사 인행'이라는 표식으로 보아 이 원고를 세광사에서 발행할 계획이었던 모양이다. 하지만 이 시집은 계획대로 발간되지 못했다. 단아하게 써내려간 펜글씨의 제목 바로 옆에 '治安妨害(치안방해)' '一部分削除アリ(일부분삭제함)'이라는 붉은 글씨의 도장이 무섭게

찍혔다. 그리고 그 밑으로 삭제된 곳에 복자伏字나 'o'자 등을 사용해서는 안 되며, 삭제된 곳을 빈칸으로 남겨두어서도 안 되며, 삭제된 곳에 삭제 내용을 표시해서도 안 된다는 주의사항이 일본어로 붉게 표시되어 있다. 일본 경찰은 이 시집의 원고에 숱한 붉은 줄을 그어놓음으로써 아예 그 발간을 불가능하게 만들었다.

『그날이 오면』의 친필 원고는 모두 전체 198면으로 이루어져 있다. 목차의 순서를 따라가면 서시序詩로 수록된 「밤」에 이어 모든 수록 작품이 〈봄의 서곡〉 14편, 〈통곡 속에서〉 7편, 〈짝 잃은 기러기〉 13편, 〈태양의 임종臨終〉 8편, 〈거국편去國篇〉 7편, 〈항주유기杭州遊記〉 14편 등 전체 6부로 나뉜다. 그리고 총 64편의 끝에 「감옥에서 어머님께 올린 글월」이 붙어 있다. 이 마지막 글은 1919년 3·1운동 당시 심훈 선생이 일본 경찰에 체포되어 수감되었을 때 적었던 것이다. 단순한 서간문이라기보다는 하나의 서간체 산문시로 읽을 수 있다. 이 원고의 첫머리에 '나는 쓰기 위해 시를 써 본 적이 없습니다.'라는 문장으로 시작되는 '머리 말씀'이 가슴을 친다. 뒤로 이어지는 글귀를 옮겨보면 이렇다.

삼십이면 선[立]다는데 나는 배밀이도 하지 못합니다. 부질없는 번뇌로 마음의 방황으로 머리 둘 곳을 모르다가 고개를 쳐드니 어느덧 내 몸이 사십의 마루터기 위에 섰습니다. 걸어온 길바닥에 발자국 하나도 남기지 못한 채 나이만 들었으니 하염없게 생명이 좀 썰린 생각을 할 때마다 몸서리를 치는 자아를 발견합니다.

나는 이 시집의 원고자료 가운데에서 가장 먼저 그 유명한 시 「그날이 오면」을 찾아보았다. 영국 옥스퍼드대학의 시학교수였던 바우라(C. M. Bowra)는 『시와 정치』(1966)에서 시인의 개인적 열정과 그 단순성이 얼마나 커다란 효과를 불러일으키는지를 설명하기 위해 시「그날이 오면」을 상세하게 분석한 바 있다. 바우라 교수는 이렇게 말한다. "한국의 시인은 독일 시인처럼 포악한 현실에 구속되지 않는다. 그에게 중요한 것은 먼 훗날의 일일지라도 감격적인 미래가 일깨우는 격렬하고도 숭고한 그 느낌일 것이다." 그리고 이어서 바우라 교수는 이 시에서 그려낸 감격의 장면을 놓고 사람과 자연이 한 덩어리가 되어 환희를 함께하는 것이라고 적었다. 이것은 서구의 저항시인들에게서는 느낄 수 없는 경이로운 감동이라는 점도 높이 평가했다. 한국의 문학작품이 서구인들에게 이렇게 수준 높은 안목을 통해 소개된 적은 없다.

시「그날이 오면」은 전체 원고에서 제1부 〈봄의 서곡〉 가운데 여덟 번째 작품(원고 32면)으로 수록되어 있다. 그런데 이 원문이 매우 흥미롭다. 이 작품은 대부분의 다른 시들이 모두 원고지에 펜글씨로 적혀 있는데에 반하여 이미 인쇄된 책의 한 페이지가 그대로 오려 붙여져 있다. 이 시가 어떤 잡지에 이미 발표되었던 적이 있음을 말해주는 증거다. 시「그날이 오면」이 일제 식민지시대 잡지에 발표 수록된 적이 있었다는 사실은 제대로 알려진 적이 없다. 심훈 선생이 시집 발간을 시도하다가 일본 경찰의 검열로 발간이 불가능해지자 원고를 보관했고, 선생의 사후에 해방이 되면서 비로소 빛을 보게 된 것이라고 설명해 왔기 때문이다. 인쇄된 원문을 그대로 옮기면 다음과 같다.

斷腸 二首
– 舊稿 中에서

그날이 오면 그날이 오면은
三角山이 이러나 더덩실 춤이라도 추고

漢江물이 뒤집혀 룡소슴칠 그날이,
이 목숨이 끊지기前에 와주기만하량이면
나는 밤한울에 날르는 까마귀와같이
鍾路의 人磬을 머리로 드리바더 울리오리다,
頭蓋骨은 깨어저 散散 조각이 나도
깃버서 죽사오매 오히려 무슨恨이 남으오리까

그날이 와서 오오 그날이 와서
六曹 앞 넓은길을 울며 뛰며 뒹구러도
그래도 넘치는 깃븜에 가슴이 미여질듯하거든
드는칼로 이몸의 가죽이라도 벗겨서
커다란 북(鼓)을 만들어 들처메고는
여러분의 行列에 앞장을 스오리다
우렁찬 그소리를 한번이라도 듯기만하면
그자리에 꺽구러저도 願이 없겟소이다

  앞의 인용대로 이 작품은 발표 당시 원제가 「斷腸二首」였다. 심훈 선생은 시집의 출간을 계획하면서 이 제목을 '그날이 오면'이라고 바꾸었다. 그리고 '舊稿中에서'라는 부제는 아예 빼어버렸다. 작품의 본문 가운데에는 제2연의 마지막 행 종결구인 '願이 없겟소이다'를 '눈을 감겟소이다'로 바꾸었다. 이런 식의 부분 개작을 통해 시 「그날이 오면」이 만들어진 것이다. 시의 제목의 교체와 마지막 한 구절의 변화를 통해 이 시는 '그날'을 맞이하는 순간의 기쁨이라면 죽음과도 바꿀 수 있음을 처절하게 노래한다. 하지만 이 시는 그 전문이 검열에 의해 모두 붉은 줄로 지워지고 〈삭제削除〉 당한다. 이미 잡지에 발표된 적이 있는 작품임에도 불구하고 일본 경찰은 이 작품이 「그날이 오면」이라는 제목으로 다시 독자들에게 읽혀지는 것을 금지한 것이다. 식민지 시대의 검열이 얼마나 가혹한 것이었는지를 이렇게 생생하게 보여주는 예는 달리 찾아볼 수가 없다.

시「그날이 오면」의 원문이었던「단장斷腸 2수二首」는 언제 어디에 발표한 것일까? 이 작품의 집필시기(또는 발표시기)를 말해주는 작은 단서는 앞의 잡지면 위에 희미하게 연필로 표시되어 있는 '1930. 3. 1'이라는 글씨를 통해 확인할 수 있다. 하지만 이 시를 발표 수록한 것이 어떤 잡지였는지는 알 수가 없다. 아마도 1930년 3월 1일 이후부터 이 시집 발간을 계획했던 1932년 9월('머리 말씀'의 말미에 표기된 날짜) 사이에 발행된 어떤 잡지였을 것이다. 지난 일년 가까이 틈나는 대로 나는 이 시기의 잡지를 뒤졌는데 아직 확인하지 못했다. 당시 잡지 가운데 제대로 보관되지 못한 채 이리저리 흩어진 것이 너무나 많기 때문이다.

심훈 선생의 친필 원고들을 소중히 보관해 오신 미국의 심재호 선생은 이 자료들을 모두 국내로 들여와 온전하게 보존할 수 있는 방법을 찾고 계시다. 심훈 선생의 〈필경사〉가 있는 충남 당진에 자료관 또는 기념관을 제대로 짓고 거기에 보존하는 방법이 가장 바람직하다는 생각이 들지만 아직 구체적인 계획을 제대로 세우지 못하고 있다. 심재호 선생이 내게 알려온 소장 자료 목록 가운데에는 장편소설「상록수」「직녀성」「영원의 미소」등의 친필 원고와 단편「황공의 최후」의 친필 원고가 있다. 그리고 소설「상록수」영화각본과 영화소설「탈춤」의 각본도 보관되어 있다. 심훈 선생이 직접 각색, 감독, 촬영하고 단성사에서 개봉한 영화「먼동이 틀 때」의 촬영 원본도 있고, 선생의 절필「오오 조선의 남아여」가 붓끝에 살아남아 있다.

나는 이 자료들이야말로 한국 현대문학 최대의 보물이라고 말하고 싶다. 일본 식민지 시대를 살았던 어떤 작가나 시인의 경우에도 이렇게 많은 친필 원고를 고스란히 보존해 온 경우가 없다. 이 자료들을 잘 지켜오신 심재호 선생께 머리를 숙여 존경을 표하고 싶다. 그러나 한편으로는 부끄럽고 죄송스럽다. 한국문학을 연구해온 사람으로서 이런 소중한 자료들을 떳떳하게 보존하여 후손들에게 널리 보여주고 아픈 상처의 역사를 되새길 수 있도록 만들지 못한 책임이 막중하다. 올해는 100년 전 일본 강점을 되돌아보는 여러 가지 행사가 열렸는 터라서 이 자료들을 생각하면 더욱 안타깝다. 심훈 선생이 살아 생전에 글을 쓰셨던 〈필경사〉의 관할 지역인 충남 당진군의 전前 군수가 비리 혐의로 수사대상이 되자 위조 여권을 들고 국외로 도피하려다가 붙잡혔다는 뉴스가 코미디 프로에서까지 풍자되고 있다. 이런 작태의 주인공이 지방자치단체의 수장이 되어 농단을 부리고 있는 동안 〈필경사〉는 낙후되고 그 주인이 남긴 피맺힌 원고들이 그 가치를 제대로 인정받지 못한 채 해외에서 떠돈다. 이 친필 원고들을 국내로 모셔와 제대로 보존해야 한다. '그날'이 언제쯤 가능할 것인가? (2013.3.19)

상록수 필경사筆耕舍와
공동경작회共同耕作會

故 심재영_ 상록수 남주인공 실제 인물

필경사

필경

우리의 붓끝은 날마다
흰 종이 위를 갈며 나간다
한 자루의 붓 그것은 우리의 쟁기[犁]요
유일한 연장이다
거치른 산기슭에 한 이랑의
화전을 일구려면
돌부리와 나무등걸에
호미 끝이 부러지듯이
아아 우리의 꿋꿋한 붓대가
몇 번이나 꺾였던고
그러나 파랗고 빨간 잉크는
정맥과 동맥의 피
최후의 한 방울까지 종이 위에
그 피를 뿌릴 뿐이다
비바람에 험궂다고
역사의 바퀴가 역전할 것인가
마지막 심판 날을 기약하는

우리의 정성이 굽힐 것인가
동지여 우리는 퇴각을 모르는
전위前衛의 투사다
박탈剝奪 아사餓死 음독飮毒 자살自殺의
경과 보고가 우리의 밥벌이냐
아연활동 검거, 송국, 판결, 언도

5년 10년의
스코어를 적는 것이 하고한 날의
직책이란 말이냐
창槍끝같이 철필 촉을 베려
모든 암흑면을 파헤치자
샅샅이 파헤쳐 온갖 죄악을
백주白晝에 폭로하자

스위치를 제쳤느냐
윤전기가 돌아가느냐
깊은 밤 맹수의 포효와 같은
굉음과 함께
한 시간에도 몇 만 장씩이나 박아 돌리는
활자의 위력은
민중의 맥박을 이어주는
우리의 혈압이다
오오 붓대를 잡은 자여
위대한 심장의 파수병이여

(1930. 7)

이 「필경」이라는 시는 1930년 당시 기자였던 숙부가 도시인인 신문기자로서의 문필 생활과 그 애환을 「필경」이라는 시로 표현하였고, 후일 전원 속에 집을 짓고 그 집을 이름하여 〈필경사〉라 하였으니 그 안에서 이루어진 '필경'의 열매인 여러 작품이야말로 우리 모두의 심금을 울려 오늘에 이르고 앞으로도 우리 겨레의 마음속에 길이 자리할 줄 안다.

숙부가 시 「필경」을 집필한 2년 후인 1932년 당진이라는 시골로 내려와 자리 잡은 것도 도시에서의 '필경'을 농촌 속에서의 '필경'으로 자리를 옮겨 경耕 자의 여운을 좀 더 짙게 한 것 같다. 항용 신문 기자들이 '필봉筆鋒'이라는 말을 많이 쓰고 있는데 봉 자는 칼 봉 자이다.

숙부가 봉 자를 쓰지 않고 경 자를 쓸 때에는 농촌과 농민을 의식하였을 것이나 시 「필경」을 집필할 때만 하여도 자신이 농촌으로 들어가 농민과 함께 호흡하며 글을 쓰리라고는 생각지 아니하였을 것이다. 그러나 그의 마음 한 구석에는 당시 농촌의 현실이 자리 잡고 있었음을 알 수 있으니 당신의 유년기와 소년기를 보낸 서울의 검은돌[黑石洞]이 당시에는 완전히 시골이었던 것도 그 이유의 하나일 것이다. 시 「필경」이 쓰여진 1930년은 내가 농촌운동을 한다고 단신으로 당진으로 내려온 해이기도 하다.

〈필경사〉가 이룩되기까지의 재미 있는 일화 한 토막을 적어볼까 한다. 숙부가 당진으로 내려온 후 집터를 잡으려고 이곳저곳을 돌아보다가 당신이 가장 아끼고 사랑하던 상아 물부리를 잃어버린 것이다. 그 당시에는 권련에 필터가 달려 있지 않을 때이므로 대개 애연가들은 담배 물부리를 가지고 다니며 담배를 거기에 끼워서 피웠는데 담배 물부리의 종류가 많은 중에도 상아 물부리는 값도 비싸려니와 모양이나 감촉이 단연 최고품이어서 숙부의 것은 친구에게서 선물로 받은 것인데 하도

오래 되고 길이 들어서 빛이 희면서도 노르스름하고 입에 무는 쪽이 닳고 패여서 양쪽으로 구멍이 나 있는 정도였다.

그렇게도 아끼고 사랑하던 상아 물부리를 잃어버리고는 그것을 찾으려 당신이 다닌 곳을 모조리 돌아다니던 끝에 그것을 찾은 곳이 바로 지금 〈필경사〉가 서 있는 곳이었다. 물부리가 떨어져 있던 곳에 앉아서 사방을 둘러보시니 그때 마침 나도 그 자리에 있었는데 물부리를 다시 찾은 기쁨과 아울러 "이 물부리가 내 집터를 잡아 주었다. 여기로 아주 집터를 정해야겠다" 하시며 좋아하시었다.

앞이 탁 트인 조금 먼 곳엔 동그스름한 안산案山이 있고 그 옆으로 멀리 바다와 섬이 보이고 왼쪽 언덕 너머로는 들(논)이 있고 그 갓으로는 우거진 노송 숲이 있으며 가까이와 바른쪽에는 초가집들이 옹기종기 모여 있으며, 바로 정면 안산과의 중간쯤에 있는 언덕에 속리산 법주사 입구에 있는 소나무와 비슷한 우산같이 벌어진 수백 년 묵은 노송이 서 있는 운치란 참으로 일품이었다. 그렇지 않아도 그곳이 마음에 들어 제일 후보지로 생각하고 있던 차에 그곳에 떨어져 있던 상아 물부리는 그곳을 집터로 정하는 데 결정적인 역할을 한 것이다.

이리하여 〈필경사〉는 우리 모두가 아끼고 사랑하는 소설 「상록수常綠樹」의 산실이 되었고 지금 많은 뜻있는 사람들이 〈필경사〉 유지 보존에 힘을 기울이고 있는 것이다. 우리의 농촌과 농민 그리고 온 겨레가 길이 번영할 것을 기원하면서.

5, 60년 전에는 우리 농촌이 얼마나 어렵게 살았는지를 모르는 지금 사람들에게는 실감이 안 날지 모른다. 그때 얼마나 못 살았나를 말하고 싶지만 굳이 안 하겠다.

처음에는 청년 몇 사람이 마을 내에서 야학을 위시하여 몇 가지 일을 하다가 무슨 일이든지 사업을 하자면 기금이 필요한데 그 기금 조성의 방법으로 우리 손으로 논농사를 지어 그 수입을 사업기금에 충당하자고 합의 추진 결정한 것이 공동경작회이다. 처음에는 12인이 모여 조직을 하였는데 열두 사람이 다 발기인이요 또 전 구성원이었다.

경작회가 회會는 회요 조직체는 조직체이어서 회원들의 뜻하는 바 사업이 일사불란하게 진행되었지만 이 회에는 뚜렷하게 문서화 해서 내세운 취지와 목적 강령도 없었고 더욱이 규약도 없고 임원 제도도 없었다.

그러면 어떻게 해서 회가 운영되었는가. 여기에 가장 중요한 것이 회원들이 매주 한 번씩 모이는 일요회日曜會이다. 일요일 저녁에 회관(야학당)에 모여 경과보고(일주일 동안의 작업 및 사업 보고)로 시작해서 국내외 뉴스 전달 겸 정세보고, 돌아오는 일주일 동안의 작업일정 및 사업결정, 일주일 동안의 작업과 사업을 총괄할 간사幹事를 선임했는데, 간사는 순번제로 했다.

또 일요회에는 교양강좌 시간을 두었는데 교양강좌의 강사도 회원의 순번제로 하여 이야기 제목을 자유로 하였기에 듣는 사람보다도 준비하는 사람의 공부가 더 컸다. 물론 일요회의 사회도 그 주일의 담당 간사가 맡았다. 의결이 필요한 사안은 언제나 전원 찬성이라야 채택 결정하였고 한 사람이라도 반대자가 있으면 채택하지 아니 하였으므로 모든 일에 회원 간의 의견의 불일치란 있을 수가 없었다.

회원 수는 차차 해를 거듭함에 따라 새로 가입하는 회원이 있어서 나중에는 20명이 되었다. 처음의 공동경작 답은 소작 답 5마지기(안병상 소유 3마지기, 심재영 소유 답 2마지기)와 원래 신원간사지 400평(3년간 소작료 없음)을 개간하여 도합 7마지기로 시작하였고, 그후 3년 후에 원래 산밑 5마지기와 원내 장구뱀이 4마지기를 구입하여 16마지기가 되었고 또 낡은 댓골에 밭[田] 1,000평을 사고 다음에는 명대 신원간사지 7마지기를 소작小作으로 얻어 논이 23마지기에 밭이 1,000평인 당당한 자작 겸 소작농이 되었다.

농사 지은 수입은 일년 동안의 회원들의 출역 일 수대로 그때그때의 품삯에 준하여 할당하고 잔액을 사업비에 충당하였다가 농지구입 자금에 충당하였다.

다음은 공동경작회의 사업내용을 살펴보기로 한다.

첫째, 공동경작은 수입을 얻어 기금을 조성하는 데 목적이 있지만 회원간의 친목과 농사개량에 힘쓰는데 회원은 봄부터 가을까지 작업상 자주 만나 함께 일하는 재미와 보람이 컸었다. 못자리 개량, 줄 모심기, 비배관리를 시범적으로 함으로 해서 농사개량의 선도적 역할을 하였다. 그때는 화학비료는 유산암모니아의 질소질과 과린산석회가 시판되었을 뿐이요 방충해 방제는 농약이 없어 정월 보름을 전후한 논둑밭둑의 쥐불 놓는 것과 논의 추경을 장려하는 정도였다. 밭농사로는 관행적으로 보리, 콩, 목화 재배가 거의 전부였는데 보리는 전부 쌍골보리로 갈았기 때문에 봄에 흙으로 붓을 줄 수가 없어서 외골보리로 파폭을 넓게 갈고 밑거름을 충분히 주고 다음해 봄에 토입기로 붓을 주고 밟아줌으로 해서 보리 수확을 갑절로 늘릴 수가 있었다. 채소는 우수품종의 종자를 공동구입하여 보급하였고 마령서 종서는 일본 북해도에서 직접 수입하여 나누어 심는 정도였으니까 짐작할 만하다.

물론 축산과 양잠에도 손을 대어 집집마다 액비 구덩이를 콘크리트로 만들었다. 생활개선운동도 했는데, 나무 울타리를 걷어내고 토담을 쌓고 아궁이 개량도 했다. 1934년 이후부터는 농사개량이나 생활개선운동은 당시 총독부에서 주도하는 소위 농촌진흥자력갱생운동과 맞물려 돌아가서 어느 편에서 주도하는지 모르게 되었다. 그러나 우리는 어느 편이든 간에 우리에게 실질적으로 유익한 일이면 무엇이든 했다.

1935년 봄에 지금까지 사용하던 회관을 진흥회에 넘겨주고 우리는 부곡리 산 46번지에 야학당을 새로 짓고 그 집을 회관으로 썼다. 그 집을 지을 때 나의 숙부께서 소설 「상록수」의 상금 500원 중에서 100원을 찬조해 주시어 그 돈으로 문을 짜 달고 책상도 장만했다. 공동경작회가 한 사업 중에서 가장 중요한 것이 물론 야학인데, 겨울 농한기에 약 100일 동안 집안 형편으로 학교에 다니지 못한 사람들에게 공부를 가르쳤다. 그 당시 보통학교의 월사금이 40전으로 쌀 7되 값이었다. 쌀 일곱 되면 한 달 양식이 될 정도이다.

부곡리의 농한기 야학은 경작회가 조직되기 전부터 경작회가 해산하고 나라가 해방이 되고 야학당의 건물이 송악국민학교 상록분교장으로 될 때까지 계속되었다. 마지막 야학 선생은 지금 미국 뉴욕에 가 있는 나의 사촌인 재흥가 했는데 삼동의 야학을 마치고 성황리 종업식을 하던 정경이 지금도 눈에 선하다.

부곡리 야학은 초등반, 청장년반, 부녀반으로 나누어 가르쳤는데 초등반은 삼년 겨울을 배우면 보통학교를 졸업한 학력이 되도록 속성과로 했다. 대개 나이가 많았으므로 진도가 빨랐고 그때 학교에서 주력을 하던 일본어日本語를 빼고 국어 산수만 가르쳤다. 특히 국어교과서로『농민독본農民讀本』이라는 교재를 썼다.

『농민독본』은 경상도 울산에 사는 이성환李成煥이라는 분이 편찬한 것인데 160페이지 정도 되는 교과서로 문맹타파 계몽용으로는 아주 적합한 책이었다. 한글 해독은 물론이고 상용 한자의 습득, 역사, 지리, 자연 등 고루 수록되어 있어『농민독본』한 권만 잘 배우면 신문도 조금은 읽을 수 있을 정도였다. 이 책의 저자인 이성환 씨는 자기 고향에서 계몽 교육 사업을 한 숨은 운동가였다.

야학의 선생은 하는 사람만이 해마다 할 수 없으므로 회원들이 교대로 했다. 교사에게는 방한화 한 켤레가 보수의 전부였지만 그 때는 방한화도 귀했고 저녁이면 학생들 집에서 생일이다 제사다 해서 초청하는 일이 많아 융숭한 대접을 받았다.

야학과 부곡리 애향가를 떼어 놓을 수는 없다. 34년경 나의 숙부께서 필경사를 짓고 정착하신 후 우리들이 항상 부를 수 있는 노래를 지어 주시기를 원했더니 그때 지어준 노래가 ‘부곡리 애향가’인데 가사가 우리나라 애국가 가사를 조금 바꾼 농민애국가라고 해야 옳을 것이고 곡조도 우리가 해방 전까지 몰래 부르던 그 전 애국가 곡조에 맞추어 부를 수가 있었다. 애향가를 부른 것으로 하여 일본 경찰에 문제가 되어 고생한 이야기는 여기서 생략한다. 애향가는 우리 마을 사람이면 경향을 막론하고 지금도 모두 부를 줄 안다.

경작회는 외모로 특이한 점이 있었다. 요새 말로 하면 유니폼이라고 할까, 다 같이 푸른 빛 작업복 양복 저고리를 바지저고리 위에다 입고 다녔는데 그 옷감이 지금의 청바지 감과 비슷했다. 더러움 안 타고 질기고 주머니가 크고 많아서 좋았기 때문이다.

공동경작회를 정식으로 시작한 지 얼마 안 되어 경작회는 금주단연을 결의하고 술과 담배를 끊었다. 처음에는 나이 많은 회원 중에서 약속을 위반하는 회원이 있었지만 별일 없이 잘 되어 나갔다. 술은 막걸리뿐이고 소주는 없었다. 담배는 곰방대에 희연(囍燃, 잘게 썰어 포장한 담배)을 피우는 사람이 대부분이고 5전짜리 권련인 '마코'를 피우는 사람이 하나 둘 있었다. 그때 쌀값이 한 말에 60전 했으니까 담뱃값이 얼마나 비쌌는지 짐작이 간다. 그러나 마코는 제일 싼 나쁜 권연이었다. 회원 중에 담배를 끊고 지금까지 평생 동안 담배를 아니 피운 사람이 여러 사람 있을 정도다.

경작회원이 금주단연을 함으로 해서 웃지 못할 이야기가 있었는데 그 중 한 가지만 소개한다. 나의 숙부께서는 평소 술과 담배를 좋아하셨는데 술자리 상대는 대개 경작회원이었기 때문에 하루아침에 회원들이 술을 끊으니 숙부는 같이 술 마실 상대를 잃어버리신 것이다. 숙부는 가끔 나를 보시고 "너희들이 술을 끊는다는 것은 어디까지나 찬성할 일이나 이 시골에서 나는 어떻게 하란 말이냐?"고 웃으면서 말씀하셨다.

하루는 밤 열시가 지났는데 필경사에서 오라고 부르셔서 가보니 그때로서는 귀한 돼지고기를 잔뜩 구워 놓으시고 술을 한 잔 같이 마시자고 하시는 것이었다. 하시는 말씀이, "답답해 못 견디겠어서 너를 불렀으니 한 잔만 같이 마시자. 이 밤중에 보는 사람도 없으니 괜찮다."고 하시는 것이었다. 다음은 어찌 되었는지 상상에 맡기고 생략한다.

다음은 이용조합이라고 해서 전 동 호호마다 겉보리 한 말씩을 걷은 돈으로 이발기구를 구입하여 전 동민의 머리를 깎아주고 솜틀을 사서 이용토록 하는 한편 인력 탈곡기도 구입하여 타작할 때 쓰게 했다. 이발은 회원들이 이발사가 되었다.

매월 그믐날이면 곗돈도 받고 받은 곗돈을 싼 이자로 빌려주고 먼저 빌려준 돈을 받기도 했다. 마을 주민 중에 고리채로 고생하는 사람에게 는 저리 자금을 얻어 고리채를 원금 정도 갚아주는 일도 했는데, 그 시 절에 100원 정도가 밀리면 그 집은 이제 심퍼었다고 했고 100원 이상 빚 을 지면 살림이 휫둥거린다고 할 지경이었다.

마을 안길을 넓히는 일도 했는데 간선도로만이라도 자동차가 없을 때 임의로 우마차가 다닐 수 있도록 천신만고하여 길을 넓혀 놓으면 군데 군데 도로를 밭으로 깎아 들이는 사람이 있어서 처음에는 애를 먹었지 만 여러 해만에 그것도 성공을 했다.

여기에 예상치 못한 일이 있으니 경작회의 초창기부터 수년 동안 음 으로 양으로 많은 힘이 되어주신 나의 숙부께서 1936년 가을 돌아가신 일이다. 소설 「상록수」를 발표하신 지 얼마 안 있은 때였기 때문에 회원 들이 받은 슬픔과 충격은 너무나 컸지만 슬픔을 안고 경작회 사업을 계 속하였다.

이 공동경작회 사업은 우리 부곡리에서만 할 것이 아니라 전국 어느 농촌이나 해야 할 사업이라고 생각하여 우선 이웃 동네인 오곡리와 월 곡리 동지들이 찬동하여 시작했었다.

1930년대 전반에 걸쳐 일본의 군국주의가 기세를 부려 중국에 대한 침략 전쟁이 해를 거듭할수록 점점 치열해지더니 1940년대에 들어 드디 어 제2차 세계 대전이 터지고 말았다. 극심해져 가는 전쟁이 농촌에 미 치는 영향은 극에 달하여 청장년의 징용 징병으로 농촌에는 부녀자와 노약자만 남아서 농사일을 하게 되었다.

다음은 식량 공출로 추곡은 거의 전량을 강제 공출로 징발해 가게 되 니 수확한 벼를 전량 공출하게 되는 경작회는 존속할 수가 없게 되어 소유 전답을 전부 매각하여 회원들에게 분배하고 야학만을 계속했다. 이리하여 경작회는 부득이 눈물을 머금고 해산하게 되었다.

그 시절 해방을 맞이할 때까지의 농촌의 어려운 실정을 이루 말할 수 없었는데 1940년의 큰 흉년은 설상가상이었다. 경작회를 시작한 지 10년, 그 보람 있었고 즐거웠던 세월은 허무하게 지나고 세상은 점점 어둠 속으로 빨려들어가고 있었다. 조선 사람이 조선말을 쓰지 못하고 일본말을 써야 되고 심지어는 성명 석 자까지도 일본 성과 이름으로 창씨개명을 했는데 나의 집은 창씨개명을 아니하고 버티었다.

공동경작회가 우리 농촌에서 무지와 빈곤을 없애는 것이 우리나라 독립운동과 직결된다는 그런 거창한 구호를 내세운 것은 아니지만 회원들의 결의와 기개는 자못 드높은 바 있었다. 다음은 당시 공동경작회원의 명단이고 옆의 숫자는 현 생존회원의 연령이다.

〈공동경작회원 명단〉 (나이는 1992년 기준)

심재영(80), 김황산(76), 홍석표(80), 김덕영(81), 김화영(79), 김태룡(75) 심화섭(71), 심의록(77), 안병상, 박동식, 김운형, 한갑룡, 최병식, 박동운 정인룡, 윤철호, 최홍석, 안병영, 중퇴 최수봉, 윤제 以上無

심훈을 찾아서

제2장

심훈의 **작품**

심훈의 아버님 심상정 선생   심훈의 어머님 해평 윤씨

심훈

애명 삼보

관명 대섭

아호 훈

출생 1901년 9월 12일(서울) **사망** 1936년 9월 16일

묘지 2007년 12월 5일, 경기도 안성시 삼죽면 마전리에서 충남 당진시 송악읍 부곡리 필경사로 이장

학력 1915~ 경성제1고등보통학교, 1921~ 지강대학교 극문학

2005. 7. 6 경기고등학교 명예졸업장 수여

경력

1924~1926년 동아일보 기자

1928 조선일보 기자

1931 경성방송국

1933. 8. 조선중앙일보 학예부장

수상 2000년 광복 55돌 건국훈장 애국장 추서(제2863호)

거리의 봄

지난 겨울 눈밤에 얼어죽은 줄 알았던 늙은 거지가
쓰레기통 곁에 살아 앉았네
허리를 펴며 먼산을 바라다보는 저 눈초리!
우묵하게 들어간 그 눈동자 속에도
봄이 비취는구나, 봄빛이 떠도는구나

원망스러워도 정든 고토故土에 찾아드는 봄을
한 번이라도 저 눈으로 더 보고 싶어서
무쇠도 얼어붙는, 그 추운 겨울에 이빨을 악물고 살아 왔구나
죽지만 않으면 팔다리 뻗어볼 시절이 올 것을
점쳐 아는 늙은 거지여, 그대는 이 땅의 선지자로다

사랑하는 젊은 벗이여,
그대의 눈에 미지근한 눈물을 거두라!
그대의 가슴을 헤치고 헛된 탄식의 뿌리를 뽑아버리라
저 늙은 거지도 기를 쓰고 살아왔거늘
그 봄도, 우리의 봄도, 눈앞에 오고야 말 것을
아아, 어찌하여 그대들은 믿지 않는가?   (1929 4. 19)

고루鼓樓의 삼경三更

눈은 쌓이고 쌓여

객창客窓을 길로 덮고

몽고바람 씽씽 불어

왈각달각 잠 못 드는데

북이 운다 종이 운다

대륙의 도시, 북경의 겨울 밤에……

화로에 메칠[煤炭]도 꺼지고

벽에는 성에가 슬어

얼음장 같은 창 위에

새우처럼 오그린 몸이

북소리 종소리에 부들부들 떨린다

지구의 맨 밑바닥에 동그마니 앉은듯

마음조차 고독에 덜덜덜 떨린다

거리에 땡그렁 소리도 들리지 않으니

호콩장수도 인제는 얼어 죽었나 보다

입술을 꼭꼭 깨물고 이 한밤을 새우면

집에서 편지나 올까? 돈이나 올까?

'만터우' 한 조각 얻어먹고 긴 밤을 떠는데

고루鼓樓에 북이 운다, 종이 운다

(1919. 12. 12. 북경에서)

챵 : 나무 침상
만터우 : 밀가루떡

동우冬雨

저 비가 줄기줄기 눈물일진대
세어보면 천만 줄기나 되엄즉허이,
단 한 줄기 내 눈물엔 베개만 젖지만
그 많은 눈물비엔 사태가 나지 않으랴
남산인들 삼각산인들 허물어지지 않으랴

야반에 기적소리!
고기에 주린 맹수의 으르렁대는 소리냐
우리네 젊은 사람의 울분을 뿜어내는 소리냐
저력 있는 그 소리에 주춧돌이 움직이니
구들장 밑에서 지진이나 터지지 않으려는가?

하늘과 땅이 맞붙어서 맷돌질이나 하기를
빌고 바라는 마음 몹시도 간절하건만
단 한 길[丈] 솟지도 못하는 가엾은 이 몸이여
달리다 뛰면 바단들 못 건느리만
걸음발 타는 동안에 그 비가 너무나 차구나!

(1929. 12 14)

감옥에서 어머님께 올린 글월

어머님!

오늘 아침에 고의 적삼 차입해 주신 것을 받고서야 제가 이곳에 와 있는 것을 집에서도 아신 줄 알았습니다.

잠시도 엄마의 곁을 떠나지 않던 막내둥이의 생사를 한 달 동안이나 아득히 아실 길 없으셨으니 그 동안에 오죽이나 애를 태우셨겠습니까?

그러하오나 저는 이곳까지 굴러오는 동안에 꿈에도 생각지 못하던 고생을 겪었지만 그래도 몸 성히 배포 유하게 큰 집에 와서 지냅니다. 고랑을 차고 용수는 썼을 망정 난생 처음으로 자동차에다가 보호순사를 앞히고 거들먹거리며 남산 밑에서 무학재 밑까지 내려 긁는 맛이란 바로 개선문으로나 들어가는 듯하였습니다.

어머님!

제가 들어 있는 방은 28호실인데 성명 삼 자도 떼어버리려 2007호로만 행세합니다. 두 간도 못되는 방 속에 열아홉 명이나 비웃두름 엮이듯 했는데 그 중에는 목사님도 있고 시골서 온 상투장이도 있구요, 우리 할아버지처럼 수염 잘 난 천도교 도사도 계십니다. 그밖에는 그 날 함께 날뛰던 저의 동무들인데 제 나이가 제일 어려서 귀염을 받는답니다.

어머님!

날이 몹시도 더워서 풀 한 포기 없는 감옥 마당에 뙤약볕이 내려쪼이고 주황빛의 벽돌 담은 화로 속처럼 달고 방 속에서는 똥통이 끓습니다. 밤이면 가뜩이나 다리도 뻗어 보지 못하는데 빈대, 벼룩이 다투어가며 짓무른 살을 뜯습니다. 그래서 한 달 동안이나 쪼그리고 앉은 채 날밤을 새웠습니다. 그렇건만 대단히 이상한 일이 있지 않습니까?

생지옥 속에 있으면서 하나도 괴로워하는 사람이 없습니다. 누구의 눈초리에 뉘우침과 슬픈 빛이 보이지 않고 도리어 그 눈들은 샛별과 같이 빛나고 있습니다 그려!

더구나 노인네의 얼굴은 앞날을 점치는 선지자처럼 고행하는 도승처럼 그 표정조차 엄숙합니다. 날마다 이른 아침 전등불 꺼지는 것을 신호 삼아 몇천 명이 같은 시간에 마음을 모아서 정성껏 같은 발원으로 기도를 올릴 때면 극성맞은 간수도 칼자루 소리를 내지 못하며 감히 들여다 보지도 못하고 발꿈치를 돌립니다.

어머님!

우리가 천 번 만 번 기도를 올리기로서니 굳게 닫힌 옥문이 저절로 열려질 리는 없겠지요. 우리가 아무리 목을 놓고 울며 부르짖어도, 크나큰 소원이 하루아침에 이루어질 리도 없겠지요. 그러나 마음을 합하는 것처럼 큰 힘은 없습니다.

한데 뭉쳐 행동을 같이 하는 것처럼 무서운 것은 없습니다. 우리들은 언제나 그 큰 힘을 믿고 있습니다. 생사를 같이 할 것을 누구나 맹세하고 있으니까요……. 그러기에 나이 어린 저까지도 이러한 고초를 그다지 괴로워하여 하소연해 본 적이 없습니다.

어머님!

어머님께서는 조금도 저를 위하여 근심치 마십시오. 지금 조선에는 우리 어머님 같으신 어머니가 몇천 분이요 몇만 분이나 계시지 않습니까? 그리고 어머님께서도 이 땅에 이슬을 받고 자라나신 공로 많고 소중한 따님의 한 분이시고 저는 어머님보다도 더 크신 어머님을 위하여 한 몸을 바치려는 영광스러운 이 땅의 사나이외다.

콩밥을 먹는다고 끼니 때마다 눈물겨워하지도 마십시오. 어머님이 마당에서 절구에 맥주를 찧으실 때면 그 곁에서 한 주먹씩 주워먹고 배탈이 나던, 그렇게도 삶은 콩을 좋아하던 제가 아닙니까? 한 알만 마루 위에 떨어지면 흘금흘금 쳐다보고 다른 사람이 먹을세라 주워먹기 한 버릇이 되었습니다.

어머님!

오늘 아침에는 목사님한테 사식이 들어왔는데 첫 술을 뜨다가 목이 메어 넘기지를 못합니다. 그도 그럴 것이외다. 아내는 태중에 놀라서 병들어 눕고 열두 살 먹은 어린 딸이 아침마다 옥문 밖으로 쌀을 날라다가 지어드리는 밥이라 합니다. 저도 돌아앉으며 남모르게 소매를 적셨습니다.

어머님!

며칠 전에는 생후 처음으로 감방 속에서 죽는 사람의 임종을 같이 하였습니다. 돌아간 사람은 먼 시골의 무슨 교를 믿는 노인이었는데 경찰서에서 다리 하나를 못 쓰게 되어 나와서 이곳에 온 뒤에도 밤이면 몹시 않았습니다. 병감은 만원이라고 옮겨 주지도 않고 쇠잔한 몸에 그 독은 나날이 뼈에 사무쳐 어제는 아침부터 신음하는 소리가 더 높았습니다.

　밤은 깊어 악박골 약물터에서 단소 부는 소리도 그쳤을 때 그는 가슴에 손을 얹고 가쁜 숨을 몰기 시작했습니다. 우리는 모두 일어나 그의 머리맡을 에워싸고 앉아서 죽음의 그림자가 시시각각으로 덮어오는 그의 얼굴을 묵묵히 지키고 있었습니다.

　그는 희미한 눈초리로 오 촉밖에 안 되는 전등을 멀거니 쳐다보면서 무슨 깊은 생각에 잠긴 듯 추억의 날개를 펴서 기구한 일생을 더듬는 듯합니다. 그의 호흡이 점점 가빠지는 것을 본 저는 제 무릎을 베개 삼아 그의 머리를 괴었더니 그는 떨리는 손을 더듬더듬하여 제 손을 찾아 쥐더이다. 금세 운명할 노인의 손아귀 힘이 어쩌면 그다지도 굳셀까요? 전기나 통한 듯이 뜨거울까요?

　어머님!

　그는 마지막 힘을 다하여 몸을 벌떡 솟치더니 "여러분!" 하고 큰 목소리로 무거이 입을 열었습니다. 찢어질듯이 긴장된 얼굴의 힘줄과 표정이 그 날 수천 명 교도 앞에서 연설을 할 때의 그 목소리가 이와 같이 우렁찼을 것입니다. 그러나 우리는 마침내 그의 연설을 듣지 못했습니다. "여러분!" 하고는 뒤미처 몸에 가래가 끓어오르기 때문에……

　그러면서도 그는 우리에게 무엇을 바라는 것 같아서 어느 한 분이 유언할 것이 있느냐 물으매 그는 조용히 머리를 흔들어 보이나 그래도 흐려가는 눈은 꼭 무엇을 애원하는 듯합니다마는 그의 마지막 소청을 들어줄 그 무엇이나 우리가 가졌겠습니까? 우리는 약속이나 한듯이 나직

나직한 목소리로 그 날에 여럿이 떼지어 부르던 노래를 일제히 부르기 시작했습니다. 떨리는 목소리로 첫 절도 다 부르기 전에 설움이 북받쳐서 그와 같은 신도인 상투 달린 사람은 목을 놓고 울더이다.

어머님!

그가 애원하던 것은 그 노래인 것이 틀림없었을 것입니다. 우리는 최후의 일각의 원혼을 위로하기에는 가슴 한복판을 울리는 그 노래밖에 없었습니다. 후렴이 끝나자 그는 한 덩이 시뻘건 선지피를 제 옷자락에 토하고는 영영 숨이 끊어지고 말더이다.

그러나 야릇한 미소를 띤 그의 영혼은 우리가 부른 노래에 고이고이 쌓이고 받들려 쇠창살을 새어서 새벽 하늘로 올라갔을 것입니다. 저는 감지 못한 그의 두 눈을 쓰다듬어 내리고 날이 밝도록 그의 머리를 제 무릎에서 내려놓지 않았습니다.

어머님!

생각하면 생각할수록 새록새록 아프고 쓰라렸던 지난날의 모든 일을 큰 모험 삼아 몰래몰래 적어두는 이 글월에 어찌 다 시원스러이 사뢰올 수 있사오리까? 이제야 겨우 가시밭을 밟기 시작한 저로서 어느새부터 이만 고생을 호소할 것이오리까?

오늘은 아침부터 참대같이 쏟아지는 비에 더위가 씻겨 내리고 높은 담 안에 시원한 바람이 휘돕니다. 병든 누에같이 늘어졌던 감방 속의 여러 사람도 하나둘 생기가 나서 목침돌림 이야기에 꽃이 핍니다.

어머님!

　며칠 동안이나 비밀히 적은 이 글월을 들키지 않고 내보낼 궁리를 하는 동안에 비는 어느덧 멈추고 날은 오늘도 저물어갑니다. 구름 걷힌 하늘을 우러러 어머님의 건강을 비올　때, 비 뒤의 신록은 담 밖에 더욱 아름답사온 듯 먼 촌의 개구리 소리만 철창에 들리나이다. (1919. 8. 29)

칠월의 바다

흰 구름이 벽공에다 만물상을 초 잡는 그 하늘을 우러러보아도 맥파麥派 만경萬頃에 굼실거리는 청청한 들판을 내려다보아도 백서白書의 우울을 참기 어려운 어느 날 오후였다.

나는 조그만 범선 한 척을 바다 위에 띄웠다. 붉은 돛을 달고 바다 한복판까지 와서는 노도 젓지 않고 키[舵]도 꽂지 않았다. 다만 바람에 맡겨 떠나려 가는 대로 내버려 두었다.

나는 뱃전에 턱을 괴고 앉아서 부유와 같은 인생의 운명을 생각하였다. 까닭 모르고 살아가는 내 몸에도 조만간 닥쳐올 죽음의 허무를 미리다가 탄식하였다. 서녘 하늘로부터는 비를 머금은 구름이 몰려 들어온다. 그 검은 구름장은 시름없이 떨어뜨린 내 머리 위를 덮어 누르려 한다.

배는 아산만 한가운데에 떠 있는 '가치내'라는 조그만 섬에 와 닿았다. 멀리서 보면 송아지가 누운 것만 한 절해의 고도다.

나는 굴 껍데기가 닥지닥지 달라붙은 바위를 짚고 내렸다. 호수가 다녀 나간 자취가 뚜렷한 백사장에는 새우를 말리느라고 공석을 서너 닙이나 깔아 놓았다. 꼴뚜기와 밴댕이 같은 조그만 생선이 섞인 것을 헤쳐 보려니 비릿한 냄새가 코를 찌른다.

'이 외로운 섬 속에도 사람이 사나보다.'

나는 탐험이나 하듯이 길로 우거진 잡초를 헤치고 인가를 찾아 섬 가운데로 들어갔다.

> 넓고 넓은 바닷가에 오막살이 집 한 채
> 고기 잡는 아버지와 철모르는 딸 있다
> 내 사랑아, 내 사랑아, 나의 사랑 클레멘타인
> 늙은 아비 홀로 두고 영영 어디 갔느냐

어려서 부르던 노래를 휘파람 섞어 부르며 뱀이 지나간 자국만치 꼬불꼬불한 길을 따라 언덕으로 올라갔다.

과연 집이 있다! 하늘을 꿰뚫을 듯 열 길이나 까마아득하게 솟아오른 백양목 그늘 속에서 게딱지 같은 오막살이 한 채를 발견하였다.

‘저기서 사람이 살다니, 무얼 먹고 살까?’

나는 단장을 휘두르며 내려갔다. 추녀와 땅바닥이 마주 닿은 듯한 그나마도 다 쓰러져가는 초가집 속에 60도 넘어 보이는 노파가 나왔다. 쑥 방석 같은 머리를 쓰다듬어 올리면서 맨발로 나오더니, “아, 어디서 사시는 양반인데…… 이 섬 구석엔 이렇게 찾아 오셨시유?” 하고 바로 이웃집에서 살던 사람이나 만난듯 얼굴의 주름살을 펴면서 나를 반긴다.

“여기서 혼자 사우?”

나는 그 노파가 말을 잊어버리지 않은 것을 이상히 여길 지경이었다.

“아들허구 손주새끼허구 살어유.”

“아들은 어디 갔소?”

“중선으로 준치 잡으러 갔슈.”

노파는 흐릿한 눈으로 아득한 바다 저편을 건너다본다. 그 정기 없는 눈동자에는 무한한 고적에 속절없이 시들어가는 인생의 낙조가 비치지 않는가! 백양목 윗 가지에는 바람이 씽씽 분다. 이름도 모를 물새가 흰 날개를 펼치고 그 위를 난다.

"쓸쓸해서 어떻게 사우?"

나는 저절로 한숨이 쉬어졌다.

"여북해야 인간 구경두 못허구 이런 데서 사나유, 농사처가 멀어져서 죽지 못해 이리루 왔지유."

나는 차마 더 묻기 어려워 머리를 숙이고 돌아서는데 노파는 무슨 생각을 했는지 침침한 부엌 속으로 들어간다. 수숫대로 엮은 울타리 밖에는 마늘과 파를 심었다. 북채만한 팟종에는 씨가 앉아 알록달록한 나비가 쌍쌍이 날아다닌다.

조금 있자, "이거나 하나 맛보시유." 하는 소리가 등 뒤에서 들렸다. 돌려다 보니 노파는 손바닥만 한 꽃게 하나를 들고 나왔다. 내 어찌 이 불쌍한 노파의 친절을 물리치랴. 나는 마당 구석에 가 쭈그리고 앉아서 짭짤한 삶은 게 발을 맛있게 뜯었다. 그대로 돌아설 수가 없어 백동전 한 푼을 꺼내어 한사코 아니 받는 노파의 손에 쥐어 주고 나왔다.

'아아, 인생의 쓸쓸한 자태여!'

나는 속으로 부르짖으며 그 집 모퉁이를 돌아 나오려는데 등 뒤에서 "응아! 응아!" 어린애 우는 소리가 들렸다.

'어린애기 우 는구나! 그 늙은이의 손주가 우나 보다.'

나는 발을 멈추었다. 불현듯 그 어린애의 얼굴이 보고 싶었다. 한번 안아보고 싶은 충동을 억제할 수 없어 발을 돌렸다.

토굴 속 같은 방 속에서 어머니의 젖가슴에 달라붙어 젖을 빠는 것은 이 집의 옥동자였다. 그 침침한 흙방 속이 이 어린애의 흰 살빛으로 환하게 밝은 듯.

“나 좀 안아봅시다.”

나는 손을 내밀었다. 살이 삐죽삐죽 나오는 베옷 한 벌로 앞을 가린 젊은 어머니는 부끄러워 머리를 들지 못한다. 노파는, “이 더러운 걸.” 하며 손주를 젖에서 떼어다간 내 팔에 안겨준다. 어린 것은 젖살이 포동포동하게 오른 사지를 바둥거리며 내 얼굴을 말끄러미 쳐다본다. 울지도 않고 낯도 가리지 않고 반가운 인사나 하는듯 무어라고 옹알거린다. 고사리 같은 손으로 내 손가락을 제 힘껏 감아쥐고는 놓지를 않는다.

까만 눈동자의 별같이 영롱함이여! 조그만 코와 입모습의 예쁨이여!

나는 가슴에 옮겨드는 어린 생명의 따스한 체온에서 떨어지기 어려웠다. 이 고도孤島의 어린 주인을 떼치고 차마 발길을 돌릴 수 없었다.

바다 위에는 저녁 바람이 일어 성낸 물결은 바윗돌에 철썩철썩 부딪친다. 내 얼굴에는 찬 빗발이 뿌리고 백양목은 더 한층 처창悽愴한 소리를 내며 회색빛 하늘을 비질한다.

내가 그 집에서 나오자 어린애는 다시 울었다. 걸어오면서도 배를 타면서도 등 뒤에서 “응아 응아!” 하는 소리가 바람결을 따라 들렸다. 머리 위에서 날며 우는 물새의 소리조차 그 어린애의 애처로운 울음소리인 듯.

‘그 어린애가 잘 자라는가.’

‘그들은 그저 그 섬 속에서 사는가.’

그 뒤로 나는 바람 부는 아침, 눈 오는 밤에 몇 번이나 베갯머리에서 이름도 모르는 그 어린 아이가 병 없이 자라기를 빌어 주었다. 그 애처로운 울음소리가 언제까지나 내 귓바퀴를 돌며 사라지지 않았던 것이다. 그 뒤로 일 년이란 세월이 꿈결같이 흘렀다. 며칠 전에 나는 마을의 젊은 친구들과 함께 숭어 잡는 구경을 하려고 나갔다가 '가치내' 섬으로 뱃머리를 돌렸다.

그 노파와 젊은 며느리는 전보다도 갑절이나 반가이 나를 맞아 주었다. 그들은 일 년에 한두 번 사람 구경을 하는 것이 가장 큰 기쁨인 듯……. 그러나 어린애는 눈에 뜨이지 않는다.

"어린애는 잘 자라우?" 하고 묻는데 때 묻은 적삼 하나만 걸친 발가숭이가 토방으로 엉금엉금 기어 나오지 않는가. 작년에 내가 대접을 받은 꽃게 발을 뜯어 먹으며 두 눈을 깜박깜박 하고 우리 일행을 쳐다본다.

"오오, 네가 벌써 이렇게 컸구나!"

나는 그 어린애를 끌어안고 해변을 거닐었다. 어린애는 일 년 동안에 몰라보도록 컸다. 오래 안아주기가 힘이 들만치나 무거웠다.

…… 그날은 바다 위에 일점풍一點風도 없었다. 성자의 임종과 같이 수평선 너머로 고요히 넘어가는 태양을 바라보며 나는 석조夕照에 타는 붉은 물결을 멀리 보며 느꼈다. 이 외로운 섬 속, 쓰러져 가는 오막살이 속에서도 우리의 조그만 생명이 자라나고 있지 않은가. 그 어린 생명이 교목喬木과 같이 상록수와 같이 장성長成하는 것을 생각할 때 한없이 쓸쓸한 우리의 등 뒤가 든든해지는 것이 느껴지지 않는가! (1935, 첫여름, 당진에서)

단재와 우당 1

단재경칭丹齋敬稱을 붙이지 못함이 우선 서글프다가 이역異域의 옥사獄 舍, 차디찬 시멘트 바닥에 넘어진 채, 가족의 얼굴도 알아보지 못하고 마지막 숨을 거두었다 한다. 신문에 난 사진 앞에 묵묵히 머리를 숙이기 이삼 분! 그러나 입이 다물어진 거와 같이 붓도 애도의 사辭나마 마음대로 적지 못함을 어찌하랴.

그가 장년기에 박은 듯한 중국옷을 입은 사진을 들여다보고 앉았자니 바로 엊그제인 듯이 머릿속에 떠오르는 몇 토막의 추억이 있다. 그가 불세출의 천재요, 사학계의 지보至寶요,(수년 전 조선일보에 연재하던 상고 조선사의 원고를 내 손으로 취급해 본 일이 있었다.) 겸하여 유명한 악필임을 보아서도 매우 괴팍한 성격의 주인공인 줄은 짐작하였으나 나는 그의 친지도 아닌 붕배朋輩도 아닌 구상유취다.

기미년 겨울, 옥고를 치르고 난 나는 어색한 청복淸服으로 변장하고 봉천奉天을 거쳐 북경으로 탈주하였었다. 몇 달 동안 그 곳에 두류逗留하며 연골에 견디기 어려운 풍상을 겪다가 성암醒庵의 소개로 수삼차數三次 단재를 만나 뵈었는데 신고新稿 무슨 호동胡同엔가에 있는 그의 우거寓居에서 며칠 저녁 발칫잠을 자면서 가까이 그의 성해聲咳를 접하였었다. 감명 깊은 그의 말씀도 예서는 략略할 수밖에 없었다. 그 당시 그는 42, 3세의 장년이었는데 원체 문명을 높이 들었을 뿐 아니라 금강산 단풍 구경보다도 몽고 사막풍에 흉금을 펼치고 싶다고 한 만큼 기골이 늠름한 ××가로 알았던 것과는 딴판으로 남산골샌님처럼 그 체구와 풍모가 옹졸하여서, 전형적인 충청도 양반으로 고리삭은 선비로구나 하는 첫인상을 받았었다. 그가 저술에 전심할 때에는 처자의 존재까지도 잊어버리고, 한 번 독서에 잠념潛念하면 며칠씩 세수도 안 한다는 선문先聞을 들어서 그랬었는지는 모른다. 그러나 내 눈에 유치하나마 지적에 그를 대하여 관찰을 거듭할수록, 기우氣宇에 떠도는 정채精彩와 샛별같이 빛나는 안광이며, 추상같이 쌀쌀한 듯하면서도 춘풍으로 접인接人하는 태도가 평범한 인물이 아닌 것만은 넉넉히 짐작할 수 있었다.

그 때 마침 《천고天鼓》라는 잡지를 주간하였었는데 희미한 등하燈下에서 모필毛筆로 붉은 정간을 친 원고지에다가 철야 집필하는 것을 목도目睹하였다. 그 창간사인 듯 '천고天鼓, 천고여, 한 번 치매 무슨 소리가 나고, 두 번 두드리매 어디가 울린다'는 의미의 글인 듯이 몽롱하게 기억되는데 한 구절 쓰고는 소리 높여 읊고, 몇 줄 또 써내려가다가는 붓을 멈추고 무릎을 치며 위연喟然히 탄식하는 것이 마치 글에 실진失眞한 사람같이 보였다. 붓끝을 놀리는 대로 때 묻은 '면포자棉袍子'의 소매가 번쩍거리는데 생각이 막히면 연방 엽초葉草에 침칠을 해서 말아서는 태워 물고 뻐끔뻐끔 빤다. 그러다가 불시에 두 눈에 이상한 측광仄光이 지나가는 동시에, 수제手製 여송연呂宋煙을 아무데나 내던지며 일변 붓에 먹을 찍는다. 나는 그 생담배 타는 연기에 몇 번인가 기침을 하였었다.

어느 날은 황혼 때에 찾아가니까 그는 캉 위에 기대어 좀이 썰은 고서를 펴든 채 꾸뻑꾸뻑 좌수坐睡를 하고 있었다. 부처님 손가락처럼 벌린 왼손에는 예의 엽초를 말아서 피우던 것이 끼워 있는데, 저 홀로 타들어간 뽀오얀 재가 한 치[寸] 길이나 됨직하였다.

지금으로부터 6, 7년 전 여름날 저녁이었다. 나는 어떠한 일로 박 산파朴産婆(고인의 후취 부인 자혜 씨慈惠氏)를 그의 인사동 곁방살이하는 집으로 찾아간 적이 있었다. 옥중의 소식을 묻고 가족들이 고생하는 이야기를 들으며 한연恨然히 앉았는데 박 부인이 "아뭏든 저거나 잘 길러야 할 텐데요." 하고 침침한 벽 한 구석을 가리켜 돌아다보니 미목眉目이 청수한 사내아이가 벽에 기대어 꼬박꼬박 졸고 있었다. 그 얼굴을 자세히 들여다보던 내 입에서는, "어쩌면 저렇게 아버지를 닮았을까?" 하는 한마디가 부지중에 새어 나왔다. 해사한 얼굴의 전형이며 이목구비가 단재를 조그맣게 뭉쳐놓은 것 같은데 앉아서 꼬박꼬박 조는 그 모양이란! 십여 년 전 북경서 책을 펴들고 좌수坐睡하던 아버지 그대로였다.

수범秀凡아, 나는 오늘 신문을 보고서야 비로소 네 이름을 알았다. 네 나이 어느덧 열여섯이냐. 지각知覺이 날 때가 되었구나?

수범아, 너무 설워하지 말아라. 나는 너의 뼈와 핏속에 너의 어르신네의 재才와 절節이 섞였을 것을 믿는다!

단재와 우당 2

북경서 지내던 때의 추억을 더듬자니 나의 한평생 잊히지 못할 또한 분의 선생님 생각이 난다. 그는 수년 전 대련大連서 칠십 노구를 자수自手로 쇠창살에 매달려 이미 고혼孤魂이 된 우당于堂 선생이다.

나는 맨 처음 그 어른에게로 소개를 받아서 북경으로 갔었다. 부모의 슬하를 떠나보지 못하던 19세의 소년은 우당장于堂丈과 그 어른의 영식슈息인 규룡圭龍 씨의 친절한 접대를 받으며 월여月餘를 묵었었다. 조석으로 좋은 말씀도 많이 듣고 북만北滿에서 고생하시던 이야기며, 주먹이 불끈불끈 쥐어지는 소식도 거기서 들었는데, 선생은 나를 막내아들만큼이나 귀여워해 주셨다. 이따금 쇠고기를 사다가 볶아놓고 겸상을 해서 잡수시면서, "어서 먹어. 집 생각 말구." 하시다가 내가 전골 남비에 밥을 푹 쏟아서 탐스럽게 먹는 것을 보시고는, "옳지, 사내 숫기가 그만이나 해야지." 하시고 여간 만족해하시는 것이 아니었다. 그러나 내가 연극 공부를 하려고 불란서 같은 데로 가고 싶다는 소망을 들으시고는 강경히 반대를 하였다.

"너는 외교가가 될 소질이 있으니 우선 어학에 정진하라."고 간곡히 부탁을 하였다.(무슨 일이 다 되는 줄 알았던 때였지만…….)

"이李 마媽!" 하고 중국인 하녀를 부르시던, 서울 양반의 악센트가 붙은 음성이 지금도 귀에 쟁쟁하지만, 어느 날 아침은 세수한 뒤에 못에 걸린

수건이 얼른 떨어지지를 않아서 앉은 채로 북 잡아내려 찢는 것을 보시고, "사람이 그렇게 성미가 급하면 못 쓰느니라."고 꾸짖으시며 일부러 커다랗게 눈을 부릅떠 보이시던 그 인자하신 눈! 그 눈동자는 바로 책상머리에서 뵙는 듯하다.

그러나 나는 몹시도 외로웠다. 막내아들이라 응석받이로 자라던 나는 하고한 날 집 생각만 하였다. 남에게 눈물을 보이지 않으려고 변소에 가서 울기를 몇 번이나 하였었다. 그 당시에 '고루鼓樓의 3경 三更'이라고 제題한 신시新詩 비슷한 것이 있기에 묵은 노오트의 먼지를 털어본다.

눈은 쌓이고 쌓여
객창을 길로 덮고
몽고바람 씽씽 불어
왈각달각 잠 못 드는데
북이 운다. 종이 운다
대륙의 도시 북경의 겨울밤에.

화로에 '메첼'도 꺼지고
벽에는 성에가 슬어
창 위에 얼음이 깔린 듯.
거리에 땡그렁 소리 들리잖으니
호콩장수도 고만 얼어 죽었다.

입술 꼭 깨물고
이 한 밤만 새우고 나면
집에서 돈표 든 편지나 올까

만두 한 조각 얻어먹고
긴긴 밤을 달달 떠는데,
고루鼓樓에 북이 운다
땡땡 종이 운다   (1919. 12. 19)

두 달 만에야 식비가 와서 나는 우당 댁을 떠나서 동단패루東單牌樓에 있는 공우公寓로 갔다. 하고한 날 돼지기름에 들볶아 주는 음식에 비위가 뒤집혀서 조반을 그대로 내보낸 어느 날 아침이었다. 뜻밖에 양털을 받친 '마괘馬掛'를 입고 모발이 반백이 된 노신사 한 분이 양차洋車를 타고 와서 나를 심방하였다. 나는 어찌나 반가운지 한달음에 뛰어나가서 벽돌 바닥에 두 손을 짚고 공손히 조선 절을 하였다. 그리고 노인이 손수 들고 들어오시는 것을 받아 들었다. 그 노인은 우당 선생이셨고 내 손에 옮겨 들린 조그만 항아리에서는 시큼한 통김치 냄새가 끼쳤다.

눈 감고 손꼽으니 벌써 16년 전. 그 동안 나는 일개 정신적 '룸펜'으로 전전하여 촌진寸進과 척취尺就가 없다가 근년에는 오로지 미감米監의 자료를 얻기 위하여 매문賣文의 도도徒가 되어버렸다. 단재의 부부訃를 접한 오늘, 풍운이 창밖에 뒤설레는 깊은 밤에 우당 노인의 최후를 아울러 생각하니 내 마음 울분에 터질 듯하여 조시弔詩 몇 구를 지었다. 그러나 그나나 발표할 길 없으니……

추극본빙시견흥   秋極本憑詩遺興
시성음영전처량   詩成吟詠轉凄凉

을 두세 번 읊을 뿐….

나의 아호 나의 이명

'대섭大燮'이란 본명은 불러서 음향은 과히 나쁘지 않으나 '大' 자는 3획인데 '燮' 자는 19획이나 되어서 써 놓아도 어울리지 않고 도장을 새겨도 중간이 허해서 보기에 흉하다. 더구나 중국 어느 군벌내각의 외교총장을 지낸 '왕대섭'이와 성까지 비슷하여서 재미가 적었다. 뿐만 아니라 나는 3형제 중 말제末弟인데 내 이름에 큰 '대'가 떡 붙은 것이 약간 불손한 느낌도 없지 않았다.

그러나 거금 9년 전 《동아일보》에 「탈춤」이라는 영화소설을 처음으로 발표하게 되었을 때 별다른 이유 없이 본명을 쓰기 싫어서 덮어놓고 자전을 뒤지다가 '훈熏' 자를 발견하였다. 이래 '심훈沈熏'이란 이름을 본명과 같이 써왔다. 친우 중에도 '熏'을 '薰'으로 오기하는 사람이 있으나 풀향기 '훈薰' 자가 아니요 고서에 훈훈연熏熏然이라는 형용사로도 쓰는 더울 '熏' 자다. '심沈'은 본시 잠길 '침'이니 침착沈着을 의미하고 '훈熏'은 정열과 혁명을 상징하는 듯도 한데 두 글자를 합하면 번뜻 보기에도 '침중沈重'과도 방불하여 안존하고 치밀하지 못한 내 성격의 단처短處를 자잠自箴하는 의미가 내포되었다고도 볼 수 있다. 이런 이유답지 않은 이유로 써온 것이 근래에는 '대섭大燮'보다도 '훈熏'이라는 별명을 아는 사람이 많게 되었다.

소년시대에는 '금강샘'이니 '금호어초琴湖漁樵'니 하는 '아호'(?)를 지어

사방에 낙서를 하였으나 '금강샘'을 지금까지 기억하는 사람은 박월탄月
灘 일 인밖에 없고 혹시 '백랑白浪'이라고 익명처럼 쓰기도 하나 그것은 중
국유학 당시에 달밤에 뛰노는 전당강錢塘江의 물결을 보고 낭만적浪漫的
기분氣分으로 지은 것이다.

말하자면 '백랑白浪'이 나의 별호다.

심훈을 찾아서

제3장

또 다른 심훈,

심재호

백두산 정상에서 심재호 설도섬 부부(1989년)

심재호

1936년 충남 당진 출생
소설 「상록수」의 작가 심훈의 3남
서울고등학교, 한국외국어대학교 졸업
〈동아일보〉 신동아부 기자를 거쳐 1974년 미국으로 이주.
1984년 미주동포신문인 〈일간뉴욕〉을 창간하고 13년 동안 편집국장 겸 발행인을 역임
1987년에 설립된 카터재단의 국제분쟁조정기구(INN) 창립회원
1988년 〈뉴욕 이산가족 찾기〉 후원회 조직
1987년~1995 북한을 20여 차례 방문. 1천여 명의 남북 해외 이산가족을 찾아줌
1989년 조국평화협회(One Korea Peace Center) 발족, 회장 역임
1990년 〈남북영화제〉 뉴욕 개최
저서 「정이월 다 가고 삼월이라네」 「37년 걸린 길」 「서서 쓰는 글」
그외 수백 편의 칼럼, 수필, 평론, 시사해설 등 기고

이산가족 찾기는 왜 안 될까?

내가 알기로는, 이북 정부가 해외, 특히 미국 동포들을 상대로 이산가족 찾기를 시도한 것은 80년대 초부터였다. 80년대 중반에 들어서서부터 이 사업은 조금씩 활성화되었다. 그러다가 89년 〈제13차 세계청소년대회〉가 평양에서 개최될 때는 꽤 많은 이산가족의 재회가 이루어졌다. 이때 수많은 외국 기자들과 외국인들을 이북 정부가 받아들였다. 이른바 개방의 시도였다. 나는 그때 그 현장에 있었다.

이후 90년에 소련의 체제가 붕괴되고 동구의 소련권이 해체되자 이 틈을 타고 노태우 정권은 동구와 소련권으로 외교 관계를 뻗치면서 소련과의 관계가 느슨해진 이북에 대해 노골적인 외교적 '포위 작전'을 전개했다. 이렇게 되자 북은 '불순 세력'의 영향을 막기 위해 '모기장'을 치게 되었고, 외부 세력에 대해 긴장하지 않을 수 없게 되었다.

특히 '북한 핵' 문제를 앞세운 미국과 남한과 일본의 합세는 국제 사회에서 자주 등장하는 이슈였다. 이런 여러 가지 상황에 대비하는 정책의 일환으로 이북은 이산가족 찾기 사업마저 중단하게 된 것이 아닌가 생각된다.

서울 정부는 지금 평양 정부에 대해 '인도주의'라는 명분을 내세워 전에 머뭇거리던 이산가족 찾기 사업을 촉구하고 있다. 이에 대해 이북은 다음과 같이 말하고 있다.

"미국, 일본, 남조선 등 서방 세계들이 우리를 고립시키고, 경제적인 제재를 강화하고, 군사력 사용도 불사한다는… 우리들의 목을 조르는… 비인도적인 정책을 추구하면서, 이산가족 찾기 사업만이 인도주의인 것처럼 내세운다는 것은 이해할 수 없다."는 것이다. 한 마디로 우리 이산가족은 한반도의 분단과 전쟁처럼 또 한 번 국제 정치의 희생물이 되고 있는 것이 아닌가 의심이 간다.

연전에 나는 평양에서 김책(옛날 성진)까지 기차로 여행한 적이 있다. 함흥을 지나면서 날이 어두워지고 해변가 어촌에서는 희미한 불빛이 새어 나왔다. 그리고 동해바다 위에는 별들이 반짝이기 시작했다. 내 호주머니에는 내가 찾아준 이산가족의 이름들이 적힌 수첩이 들어 있었다. 어촌에서 새어 나온 불빛과 하늘의 별빛들은 내 수첩에서 우는 이산가족들의 희망과 한처럼 느껴졌다. 그리고 이들은 아무도 못 보는 밤중에 서로 어울려 울고 있었다.

나는 이산가족들을 찾아주느라 뛰는 동안 미국에서 피나게 벌어서 장만한 내 집 한 채를 날렸다. 그러나 나는 문서 없는 수많은 집들을 미국과, 내 조국 남쪽과 북쪽에 장만했다. 나는 그것을 자부심으로 생각한다. 과장도 아니고 생색도 아니다. (1994. 1)

외삼촌

우리들 어머니의 오빠나 남동생이 외삼촌이다. 핏줄로 직계이면서도 그리 가깝게 여겨지지 않는 관계다. 이상하게도 같은 처지인데도 이모와는 좀 더 가깝게 느껴진다. 아이들에게 물어보면, 엄마 다음에 가까운 사람이 이모라고 한단다.

외삼촌이 가끔 나타나는데 그때는 무슨 잔칫날이거나 누구의 생일날 아니면 집안에 궂은일이 생겼을 때다. 나타나서는 그 집안일에 팔소매를 걷어 올리고 거드는 일이 드물다. 한 발쯤 떨어져서 남들이 일을 어떻게 처리하는가 바라볼 뿐이다. 주위를 빙빙 돌면서 말없이 궂은일을 돕는 게 보통이다. 조카들 생일날에는 사탕 한 봉지 사서 호주머니에 넣어두곤 한 개씩 꺼내서 나누어주면서 재미있는 옛날 얘기나 세상 돌아가는 얘기를 들려준다.

외삼촌은 세상일을 많이 안다. 남의 집 사정에도 밝다. 그래서 경우에 어긋나는 일, 돼먹지 않은 일, 남의 어려운 사정들에 대해서 꿰뚫어 알고 있다. 외삼촌은 누나보다는 여동생과 더 가까운 것 같다. 시집 간 여동생 집에 때 없이 가끔 들러서 조카들이 자라는 모습을 살펴보고는 또 슬그머니 떠난다. 남의 일에 분수없이 관여하지 않고, 남의 밭에 '콩 놓아라, 팥 놓아라' 하지도 않는다.

그 외삼촌이 화를 낼 때가 있다. 사람이 못나서 그 집안이 잘못 돌아갈 때, 하늘을 쳐다보며 욕질을 한다. 막걸리에 얼큰히 취해서 동네 밖을 돌면서 못된 놈, 못된 집안에 대해서 소리를 치신다. 그래서 외삼촌은 좋기도 하지만 한편으로는 거북한 존재이기도 하다.

'외삼촌 무덤에 벌초하듯'이라는 속담이 있는데, 외삼촌 대접을 성의 없이 건성건성 한다는 뜻이다. 어떻게 보면 외삼촌은 그 사회의 신문기자 같기도 하고, 요즘 같으면 조국을 대하는 입장에 있어서 해외에 사는 해외 동포 같은 처지가 아닌가 하는 생각도 든다.

우리 외삼촌은 일제강점기 때 독립운동을 하느라 감옥에서 산 날이 밖에서 자유롭게 산 날보다 많다고 들었다. 아버님은 내가 아주 어릴 때 돌아가셨는데, 그때 그 외삼촌이 나타나서 나를 많이 업어 주었다고 어머님이 일러주셨다. 외삼촌은 돈 한 푼 없었지만 우리 어머니에게 돈을 집어주기도 하였으며, 나를 바라보시는 눈은 언제나 송아지를 바라보는 어미 소의 눈길이었다.

내가 「뉴욕 이산가족 찾기 후원회」의 심부름으로 이산가족들을 찾아 주러 평양에 다니던 어느 날, 정말로 우연하게 함흥에 사시는 외삼촌을 찾게 되었다. 어머님을 모시고 함흥을 찾아갔는데, 그때 함흥 역에서 80이 넘은 누이와 오빠가 헤어진 지 40년 만에 서로 껴안던 장면은 내 가슴속에 도저히 잊을 수 없는 사진으로 남아 있다. 서울이 고향인 외삼촌은 요즘에도 가끔 나에게 편지를 보내오신다. 어머니 안부와 우리들 걱정과, 통일이 돼서 고향에 가고 싶다는 내용이 전부다.

나는 미국에서 해외 동포의 한 사람으로서 조국 남북에서 일어나는 일들을 바라보면서, 나의 위치가 조국에 대한 「외삼촌」의 처지가 아닌가 생각하게 된다. 요즘 세상 돌아가는 꼴을 보고 들으면 화가 머리끝까지 오르고 욕이 입 밖으로 막 튀어나오려고 하는 일들이 많은데, 어쩌랴!

하늘이나 쳐다보고 소리를 질러야 하는가….

　우리 남북의 정치인들도 한번쯤 「외삼촌」의 위치에서 세상을 바라볼 필요가 있다. (1996. 2)

보시옵소서

– 조상께 드리는 넋두리와 헛소리의 두레 한마당

얼마 전부터 저희 집에는 먼 친척 되는 사람이 들어와서 우리집 살림을 맡아서 해주고 있습니다. 우리 집안은 윗대에서 손이 여러 번 끊어진 적이 있어서 역시 먼 친척 중에서 양자를 모셔다가 대를 이어왔던 관계로 아직도 집안이 그리 번창한 편이 못 됩니다.

외아드님이신 증조부께서 아드님 두 분을 두셨는데 이 두 분이 장성해서 앞뒤 동네에서 살면서 열심히 일한 보람으로 재산도 그리 궁색하지 않게 모아 일으켰습니다. 작은댁 할아버님은 슬하에 삼남매를 두셨고 저의 할아버님도 사남매를 두셔서 자손 면에서도 집안이 번창해질 기틀을 잡아 놓으셨습니다.

위에서 말씀드린 대로 윗대가 번창하지 못했기 때문인지 핏줄을 같이 나눈 친척이래야 팔촌까지 번진 것이 고작인데, 어쩌다가 선대의 제사 같은 날에 한자리에 모이게 되면 그래도 꽤는 번잡할 정도이고, 또 하나의 특징은 가지가 많은 남의 집안처럼 생면부지의 친척들이 모여서 그제서야 촌수를 따져서 서열을 정하는 그런 풍경은 없습니다.

다시 말씀드리자면 우리 집안은 촌수 관념이 아주 희박한 편입니다. 사촌도 친형제요, 당숙도 친아버지처럼 모시게 되어 있고 재산 문제를 가지고도 네 것 내 것 가리는 것을 본 적이 없습니다.

그런데 수 년 전에 작은댁 할아버지가 돌아가신 뒤로는 자연 양쪽 집안을 드나드는 발길이 뜸하게 되었습니다. 작은댁 아저씨는 아저씨대로 재산을 받아 분가해 가셔서 의사 공부하는 아들의 학비를 대랴, 농사철 뒷바라지를 하랴 내외분이 밤낮없이 뛰고 계십니다.

저희 집 아버님 대는 말씀드렸듯이 4남매이신데 그 중 외따님이신 고모님은 초년에 돌아가셨고, 아버님들은 농사에는 별 뜻이 없으셔서 객지로 다들 빠져나가고 마셨습니다. 그렇게 되니 집안 살림은 연로하신 할아버님을 모시고 저희 손자들이 맡을 수밖에 없었습니다. 저희도 이제는 장성한 편이지만 할아버님 말씀대로 세상 물정에 밝지 못하다고 해서 광 열쇠는 할머님이 챙겨 가지고 계신 형편이었습니다.

얼마 전에 집안에 도둑이 들었습니다. 여럿이 광 옆구리를 따고 들어와서 곡식을 실어 내다가는 외양간 곁에 세워둔 구루마에 얹어 싣고 소까지 끌고 가 버렸습니다. 이 도둑을 맞은 일이 사실은 꼭 누구의 불찰이라고 할 수는 없었습니다. 구태여 원인을 따지자면 기둥 같은 아버님들이 안 계셨다는 것과 저희 형제들이 역시 철이 덜 들었다는 것, 그리고 그 전에는 그런 일이 있으리라고는 상상도 못 했다는 데에 탓을 돌릴 수는 있을 것입니다.

큰 변을 당하게 되자 삼촌댁과 저의 어머님까지, 게다가 형수들까지 끼어들어 네것 내것을 따지기 시작한 것이었습니다. 전에 없던 일이었지만 대가 살림까지는 못 되는 형편에 그것도 도둑을 맞은 계기로 각자가 내것 네것을 따지게 되니 종국에는 집안이 망하는 길밖에는 없게 되었습니다.

할머님이 제안을 하셨습니다. 앞으로는 어차피 너희들도 제 앞길을 차리고 분가해 나가 살아야 되는 것이 당연한 일이니 그런 방향으로 일을 처리해 나가기로 하고 그때까지는 일단 다시 합심을 해서 우선 도둑맞은 뒤치다꺼리를 하고 재산과 마음을 다시 가다듬어 보자는 것이었습니다.

약간의 이견은 있었지만 그런 대로 일이 수그러들게 되었습니다. 소 잃고 외양간 고치는 격이지만 역시 외양간은 고쳐야 되는 것입니다. 그런데 또 한 가지 할아버지의 제안으로 먼 친척뻘 되는 청년을 불러들여 도둑도 막을 겸 잡일도 좀 시키는 것이 마음도 든든하고 좋겠다고 해서 건장한 청년을 집안에 불러들였습니다.

처음에는 사근사근하고 무거운 짐도 버쩍 들어 제치던 이 청년이 물건을 들여놓자면 광문을 열어야겠다고 할머니한테서 얻은 광 열쇠를 다시는 내놓으려고 들지를 않는 것입니다. 괴이하고 어이마저 없어서 한번은 할아버님이 더듬거리는 말씀으로 이 청년을 불러 놓고 무어라고 하셨는데 주먹을 불끈 쥐는 통에 할아버님의 위엄이 쏙 들어가고 말았습니다.

그 일로 해서 할아버님은 갑자기 풍에 들려 눕게 되었습니다. 할아버님의 눈에서는 눈물만 질퍽일 뿐입니다. 애당초에 할아버님의 말씀을 안 들었어야 되는 것입니다.

이 청년은 이제 우리가 먹는 쌀박도 되어서 나누어주고 자기가 하던 잡일은 자기 동네에서 데려온 청년들에게 시키고 있는 형편입니다. 우리도 수시로 청년들에게 쥐어 박혀서 말은 못하고 눈치만 늘어가는 처지에 있습니다.

며칠 전 오밤중에는 우리 집안 꼴이 잘못되어 간다고, 청년부터 내보내야 되겠다고 역정을 내신 작은 아저씨 댁으로 이 청년들이 몽둥이를 들고 쳐들어가서 작은댁을 작살내고 말았습니다. 작은댁은 동네 사람들이 모여서 다시 지어 준다니 다행입니다.

우리 집은 이제 제삿날이 되어도 동네 사람들이 모여들지 않습니다. 소문에는 우리집 광을 턴 도둑들은 우리집에 와 있는 이 청년들과 한패라는 얘기도 있습니다. 하여튼 할아버님은 집안을 일으켜 놓고 나가겠다는 청년의 말을 아직도 믿어 보자고 말씀하시지만 저는 어디 머슴 자리라도 구해서 나갈 생각이 많습니다.

머슴살이를 하자면 지게 작대기를 들고 타령을 익혀야 될 것 같습니다. (1980. 6. 3)

동해 낙산사와 뉴욕 몬토코

싱싱하게 늙은 소나무 사이로 바다 안개가 기어오르고, 뒷산 둔덕 위에 자리 잡은 낙산사에서 울려오는 종소리가 숲속을 헤치며 바다 아래로 퍼져 나아간다.

아침이다. 솔잎 사이를 비집고 나온 햇살이 종이창에 번지기 시작하면 부스스 자리를 털고 일어나서 수건 하나 어깨에 아무렇게나 걸쳐 얹고 아래 길목에서 솟는 샘터로 나선다. 찬물에 따귀라도 맞은듯 정신이 번쩍 든다. 지난밤에 사람들이 들끓던 의상대를 피해서 쩍 갈라진 바위 위에 세워진 홍연암으로 지나 잔솔밭 언덕에 오른다.

햇살을 맞자 이슬로 변한 안개가 무릎 위까지 적시는 바람에 바위를 골라 딛는 발길이 자꾸만 미끄러진다. 바위에 다리를 쭈욱 늘어뜨리며 앉을 때쯤이면 해는 벌써 수평선에서 꽤 멀리 떨어져 있다.

동해바다의 색깔은 꼭 파랗지만은 않다. 흙탕물을 확 끼얹은 듯 누렇게 찌든 곳이 있는가 하면 소름끼치게 하는 시커먼 부분이 있고, 수초와 바위를 끼고 감색 남색 파란색 초록빛들이 서로 조화를 이루었거나 아니면 따로따로 제 성깔을 나타내고 있는 것이다.

새벽녘에 서로 앞장을 다투어 들어온 오징어 배의 선원들이 낚시나 조명등 등 어구를 대충 정리한 뒤에 한나절 눈을 붙이러 집을 찾아 흩어지는 모습들이 멀리 보인다.

낙산사에서 가꾸는 배밭 속에 낙산 고아원이 있다. 먹고 자는 곳이 움막보다는 조금 나은 편이지만 역시 진흙을 이겨서 담을 쳤고 지붕도 솔가지와 짚을 함께 섞어서 올린 보잘것없는 토담집이다. 이북에서 의과대학을 중퇴한 양 선생이 고아들을 돌보고 있었다. 전란 동안에는 군에서 의사 노릇을 했다면서 부상당한 군인들의 수족 절단 수술을 수없이 했다고, 눈살 하나 찡그리지 않고 얘기하는 당찬 청년이다.

이 양 선생이 아침이면 아이들을 두들겨 깨워서는 세수를 시키고, 자리를 거두게 하고, 마당을 쓸게 한다. 아무리 아이들이라고 해도 신날 것이 하나도 없는 처지라 누가 소리 질러 보아도 꾸물거리는 것은 변함이 없었다. 원아 중 머리가 큰 아이들 몇몇이 대부분의 일을 맡아서 치르고 아이들의 옷 간수까지 돌본다. 양 선생이 저녁밥을 지을 나무까지 대충 챙겨 놓고는 내가 누워 있는 여관 방문을 거침없이 열어제치고 들어선다.

바다로 향한 산기슭에 지어 놓은 유일한 여관인데(당시에는) 투숙객들은 대부분이 멀리서 요양 온 사람들이었다. 아무리 보아도 병색이라고는 없는 것으로 보아 병을 고치려는 요양이 아니라 관광 휴양이라야 맞는 말일 것 같았다. 여관집 주인은 전에 낙산사에서 중노릇을 했다고 한다. 동그란 안경 속으로 보이는 그의 눈은 약간 사팔이었다.

양 선생이 찾아오는 이유는 바다로 나가자는 것이다. 우리 둘은 의상대 아래 바위 위에서 바다로 뛰어든다. 파도와 몸과 호흡이 조화를 이루게 되면 일단 멀리 나갈 채비는 되는 셈이다.

어느 해수욕장을 가 보아도 육지에 가까운 바다 가운데에 한두 개의 바위섬이 있게 마련이다. 이 첫 번째 바위를 곁에 두면서 두 번째 바위로 향해 간다. 밀어붙이는 어깨로 물결이 부서지고 바위에 앉아서 볼 때는 가깝던 수평선은 다가갈수록 점점 멀어져만 간다. 하늘과 바다가 조개껍질처럼 물린 저 수평선 밖에는 어떤 세상이 있을까.

주위에는 바다와 나와 산만이 있을 뿐이다. 둘째 바위를 원을 그리며 돌아서 육지로 향한다. 설악산 대청봉 언저리에 걸려서 안간힘을 쓰던 구름 덩이들이 산머리를 넘자마자 시원하게 바다 위로 미끄러져 내려온다.

롱아일랜드 끝에 있는 '몬토크'의 앞 바다가 어쩌면 동해바다와 비슷한 데가 있다. 물빛은 동해의 그것보다 조금 칙칙하지만 역시 다양한 색깔을 지니고 있다. 바위틈에는 미역 줄기가 물결에 흐느적거리고, 돌을 들추면 게, 굴, 조개껍질 등도 눈에 띈다. 설악산 같은 수려한 산을 배경으로 하지는 않았어도 둔덕에는 소나무와 잡목 숲이 무성하다. 싱거운 495번 도로를 끝내고 '몬토크 하이웨이'를 해를 등지고 달리는 통쾌하고 시원한 멋은 한국에서는 경험하기 쉽지 않으리라.

내게는 별 맛이 없었지만 감자떡을 눅혀주는 낙산사 여관집 아주머니의 구수한 인정과, 손수 잡은 생오징어를 꾸러미째 던져 주는 어부의 거친 정은 없어도, 대서양 바다 끝에서 바비큐로 배를 불리고 등대 밑에 앉아서 대서양을 바라보는 나 자신 속에는 동서양의 정취가 함께 존재한다.

뉴욕의 봄은 있는 둥 마는 둥 곧 여름으로 접어든다. 올 여름에는 '몬토크' 바다에서 시원하게 헤엄을 칠 생각이다. (1980. 4. 29)

평양에서 아버님 제사 지내

– 1993년 이북 여행기 중에서

평양 일대를 돌아다니면서 말을 할까 말까 하다가 '에라!' 하고 입을 열었다. 누님 댁에 가서였다.

"누님, 할 말이 있는데…."

"뭐냐? 내게 못할 말이 무어 있니…. 왜?"

"실은 낼모레가 아버지 제사인데, 여기서 제사 지내면 안 될까?"

지금은 70이 넘으신 누님이 깜짝 놀라는 표정이더니, 잠깐 생각을 다듬고 나서, "그래, 우리 작은아버지 제사 같이 지내자. 얼마나 기뻐하시겠니." 그러면서 눈물을 찔끔 짜신다.

"아니, 누님은 출가외인이라 심씨네 제사를 지내면 이씨인 매부께서 거북해 하시지 않을까?"

일단 마음을 정한 누님은, "얘, 이 집안에서는 내 주장이야. 내가 하자면 하는 거야. 그리고 매부도 아주 기뻐하실 거다. 너는 모르지만 작은아버지는 나를 수양딸이라고 하셨어. 걱정 마라, 내가 제사 차린다."

매부는 생물학자인 리정구 씨이고, 누님의 시아버님은 이만규 선생이시다. 해방 후까지 서울 신촌, 지금의 이화여대 근처에서 사시다가(그 때는 논밭이었다) 북으로 오신 분이다. 우리나라에서 한글 글씨(서도)로 유명한 이철경(남), 이각경(북) 쌍둥이 형제분의 남동생이시다. 나는 호주머니를 털어서 푼돈을 내놓았다.

"누님, 이것으로 제물을 차리세요. 나도 한몫해야 하니까."

누님이 질색을 하다가 받아들였다. 누님은 아주 흥분하고 있었다. 함흥에 사는 큰형이 큰조카를 데리고 평양으로 아버님 제삿날 오전에 올라왔다.

아버님은 1936년 9월 16일 서울대학병원에서 돌아가셨다. 막내인 내가 태어난 해였다. 나는 철들기 전부터, 그리고 전쟁을 거치고 미국에 와서도 아버님 제사를 거른 일이 없다. 이번에는 우연하게도 북녘 땅인 평양에서 형제가 40여 년 만에 처음으로 아버님 제사를 함께 지내게 됐다. 지금 뉴욕에 계신 어머님도 흐뭇해하실 것이다.

우리집 전통대로 초저녁에 형제들이 돌아가신 아버님 사진 앞에서 절을 했다. 나를 돌보는 김 선생 측에서 말없이 수고하는 것을 알고 있었다. 지금도 그 분들께 고마움을 느낀다. 이 날은 제삿날이었지만 슬픈 날이 아니었다. 오히려 기쁜 날이었다. 상을 물리고 식구들이 둘러앉아 남쪽 고향 애기로 방안 공기를 채웠다.

"야, 너의 아버님이 「상록수」를 쓰실 때 내가 심부름을 많이 했다. 재호 너를 안고 얼마나 기뻐하셨는 줄 아니. 네가 여기까지 와서 제사를 지내게 될 줄이야."

누님의 눈에는 웃음 반 눈물 반이었다. 김 선생이 "죄송합니다. 향을 미처 준비 못 했습니다"라고 말하면서 미안해했다.

사실 향이 없었다. 그러나 누구도 향불을 생각하는 사람은 없었다. 가족들이 모여서 40여 년 만에 함께 제사를 지내는 분위기가 바로 아름다운 향 냄새였다. 맥주와 소주를 섞어 마신 술기운이 온몸에 달아올랐다. 할머니 생각이 떠오른다. (1993)

「이조실록」 완역한 홍기문 선생 만나

「이조실록」을 북에서 완역했다는 소식은 서울의 연합통신으로 보도되었다. 요즘에는 고려 팔만대장경이 원본 그대로 완역되었다는 소식도 전해졌다. 고려대장경 번역 사업은 잘 모르지만, 이조실록 번역사업의 주역을 맡은 학자가 홍기문 선생으로 알려져 있다.

홍기문 선생은 소설 「임거정전」(속칭 임꺽정전)을 해방 전 조선일보에 연재한 벽초 홍명희 선생의 자제분이다. 그리고 필자가 이 세상에 태어나기 전에 필자의 선친(소설 「상록수」의 작가 심훈)과 교분이 계셨다는 얘기도 벌써 돌아가신 할머님으로부터 들은 바 있다.

필자가 생전에 뵌 일이 없는 분이다. 평양에서 홍기문 선생을 꼭 뵙고 싶다고 요청했다. 홍 선생님의 현재의 직위나 위치가 어떤 분인지는 알 수도 없는 데다 사실 별 관심도 없었다. 다만, 필자의 선친과 교제가 있었다는 사실, 그리고 그 방대한 사업인 「이조실록」을 완역했다는 사실로 꼭 뵙고 싶었던 것이다.

북쪽을 떠나기 전날(7월 10일) 아침 김 선생이 필자에게 양복으로 갈아입고 어디 좀 가자고 한다. 필자는 북쪽에서 항상 작업복을 입고 다녔다. 무조건 따라나섰다. 으리으리한 호텔 앞에 차가 선다. 고려호텔이었다. 2층 회의실 같은 곳으로 안내 받았다. 김 선생은 귓속말로 홍기문 선생님이 곧 오신다고 했다. 태연해야지, 태연해야지, 하면서도 필자는 야릇한 흥분을 가라앉히느라 애를 쓰고 있었다.

홍기문 선생을 기다리는 동안 회의실에서 나와 낭하를 서성거리기도 하고, 응접실 탁자에 펼쳐 놓은 소련어로 된 책자를 들치기도 했다.(필자는 소련어를 한 자도 모른다.) 홍 선생님이 도착하셨다는 전갈을 받고 얼른 회의실로 들어갔다. 키가 그리 크지 않고 건강해 보이는 홍 선생님이 들어오시고 안내 선생들은 곧 물러나간다. 카페트 위에다 신고 있던 구두를 벗어던지고 우리 식 큰절을 했다.

"이거 이거, 왜 이러나……" 하시면서 홍기문 선생은, "자네 얘기 들었네." 하신다. 그리고는 필자의 얼굴을 자세히 보시더니, "역시 심씨 얼굴이 있군." 하셨다. 지금은 다 돌아가신 집안 안부를 전했다. 사실 별로 드릴 말씀이 없었다.

주제넘게 「이조실록」 얘기도 꺼낼 수 없고, 그래서 "이렇게 빈손으로 와서 죄송합니다."라고 말씀드렸다.

홍 선생님은, "원, 별 말씀을! 내가 주어야 하는데…. 내 나이가 곧 여든여섯이 되네. 나는 사람들을 잘 만나지 않아. 자네 '상전벽해'라는 말 알지? 그 말은 원래 중국 황하 근처의 전답(뽕나무밭)이 자꾸 바다로 침식되어 바다 속으로 들어간다는 데서 나온 말인데, 사람들이 잘못 알고 있지. 그런데 우리나라 서해안은 중국과는 반대로 땅이 자꾸 불어나고 있어"라고 말씀하셨다.

홍 선생님이 왜 '상전벽해'라는 말씀을 꺼내셨는지는 의아했지만, 이 한 마디로 역시 학자의 풍모를 느꼈다. 그리고 필자는 지금까지도 홍 선생님이 '상전벽해'라는 말을 설명하신 이유를, '10년이면 강산도 변하는데 그 오랜 세월이 지난 뒤에 네가 찾아왔구나.'라는 뜻으로 해석하고 있다. 홍 선생님은 북쪽에서 간척 사업 등 여러 사업이 활발하다고 말씀하신다. 그 말씀을 듣고 필자는 남쪽도 많이 발전했다고 말씀드렸다.

헤어질 시간이 되었다. 홍 선생님과 말씀을 나누는 사이에 들어온 과일은 아무도 손을 대지 않았다.

"내 집이 여기서 가까워. 다음에는 내 집으로 오게."

필자는 자동차 앞까지 나와서 대학자 홍기문 선생님과 작별했다. 홍 선생님은 아무 말씀 없이 떠나셨다. 이것이 홍기문 선생님을 뵌 마지막이 되었다. (1988. 4)

멋쩍게 신나게 부른 노래

“정이월 다 가고 삼월이라네
강남 갔던 제비가 돌아오면은
이 땅에도 또 다시 보옴이 온다네
아리랑 아리랑 아아라리오
아리랑 강남을 어어서나 가세에……”

오래오래 전에 불렀던, 아주 잊어버렸던 노래였다. 그 옛날 신파조 노래쯤으로 들어야만 가냘프게 기억에 떠오르는 노래였다. 이 노래를 10월에 미국을 다녀간 북쪽 영화예술인들이 남·북·해외민이 함께 모인 자리에서 “혹시 기억나십니까?” 하고 불렀다.

시월이 다 가고 겨울이 가까워지는 철에 “정이월 다 가고 삼월이라네……” 하는 노래가 운을 트자마자 함께 앉아 있던 사람들의 눈들이 번쩍 뜨이면서, 엉거주춤 일어들 서면서 입들이 벌어지기 시작했다.

“강남 갔던 제비가 돌아오면은
이 땅에도 또 다시 보옴이 온다네……”

수십 년 전 아이 적에 조용히 부르던 노래를, 이제는 오십이 넘은 어른들이 천정을 쳐다보며 점점 목소리를 높여 가고 있었다.

“아리랑 아리랑 아아라리오
아리랑 강남을 어어서나 가세에……”

끝 절에 가서는 노래 가사가 '가세에'가 되건 '가자아'가 되었건 한숨들을 팍 내뿜으면서 무슨 맺힌 한들을 푸는 심정으로 노래를 끝내는 것이었다. 거짓말 안 보태고 노래를 같이 부른 사람들 중에는 많은 사람들이 이 가냘픈 노래에 눈시울을 붉히고 있었다. 잊었거나 잃어버렸던 것, 그것을 함께 찾은 환희의 순간이기도 했다. 우리가 잃어버린 것, 잊어버린 것, 그것이 무엇이었던가.

'정이월 다 가고 삼월이라네'라는 그 노래였던가. 아무도 그렇다고 하지 않는다. 아무도 그것이 무엇이라고 말하지는 않았지만, 노래를 함께 목청 높여 부른 이들은 그들이 이제 새삼스럽게 찾은 것, 지금까지 잃어버렸던 것이 무엇이었는지 분명히들 알고 있었다. 그것이 무엇인지 보면서도 아직 손에 만져보지 못하는 아쉬움이 노래 끝 절에 가서 한숨을 내쉬게 하는 것이 분명했다.

이 어린이 노래는 어른들끼리의 화음을 창출했다. 노래 부르면서 운 사람, 괜히 신이 나 일어서서 팔까지 휘젓던 사람, 내가 언제 이런 가사를 알았던가 스스로 놀란 사람들이 엉거주춤 다 앉은 다음, "다들 이 노래 잘 아십니다, 그려." 하자 모두가 멋쩍게 웃는 것이었다.

멋쩍을 수밖에. 그동안 서로들 억지로 외면하고 살아왔으니 멋쩍을 수밖에. 더 나아가 서로 보지도 않으면서 욕질들을 하다가, 함께 만나서 신나게 노래를 불렀으니 멀쑥할 수밖에. 지난번 뉴욕의 남북영화제가 합작으로 만들어낸 작품의 한 편이었다.(1990. 10.31)

북측 영화인들을 떠나보내며

“야, 정말 수고 많았습니다.”

“조국에 오시면 한 상 크게 차리겠습니다.”

“선생님들 잊을 수 없습니다.”

“어서들 들어가십시오.”

10월 18일 오전 8시. 케네디 공항을 떠나는 북측 영화·예술인들의 말이었다. 이들이 떠나는 아침 공항에는 이들이 도착할 때처럼 물밀듯이 달려들던 기자나 TV카메라도 없었고, 남북영화제 주최 측과 이산가족 몇몇이 공항 대기실에서 조용하게 떠나는 이들과 대화를 나누고 있었다.

10월 6일 뉴욕에 도착해서 10월 18일까지 열흘 간, 북의 영화인들은 빡빡한 일정과 시차 때문에 시달리느라, 특히 서울과 뉴욕 현지 언론기자들에게 둘러싸여서 진땀을 흘리느라 하룻밤도 편안히 잠을 잘 수가 없었다. 이들은 틈이 나는 대로, 주최 측 의도대로 되도록 많은 뉴욕 동포들을 만났다.

“해외 동포라면 누구나 만나겠습니다.”

“만나보니 모두가 예부터 알던 사람들 같습니다.”

“이렇게 만나니 눈물이 자꾸만 납니다.”

이번 남북영화제 기간 중에 그들을 거북하게 하는 일들도 한둘이 아

뉴욕 남북 영화제에서 남의 신성일 씨와 북의 엄길선 씨가 인사하고 있다.

니었다. 그럴 때마다 이들은, "우리 걱정 마십시오. 일 없습니다"였다.

이번 남북영화제가 그런대로 성공적이었다면 그 원인은 첫째 북측 대표단의 참가였고, 둘째는 북측 대표들이 낯설고 '두렵기'까지 한 미국의 한인 사회에 의연하고 떳떳하고 부드럽게 적응을 해 준 것이다. 또 하나, 이들은 정치가 아닌 민간예술인으로서 민족의 통일 의지를 보여주고 그 의지에 따라 몸으로 마음으로 행동한 것이었다.

이들은 뉴욕 한인 사회에 남과 북, 해외민에게 지역을 떠나 우리 민족의 실체를 하나로서 확인시켰고, 우리는 하나임을 여유 있게 보여주었다. 필자는 한 연회석상에서 다음과 같은 얘기를 할 기회를 얻었다.

"제가 평양을 이산가족 찾기 사업으로 여러 차례 갔다 왔습니다. 제가 평양을 갔다 올 때마다 저와 친했던 친구들이 하나하나 제 곁을 떠났습니다. 그런데 오늘 이 자리에 남과 북에서 여러분들이 한꺼번에 찾아오

뉴욕 남북영화제 남북 합동회의

셨습니다. 여러분들이 물 멀고 담장 높은 수만 리에서 찾아옴으로써 저희는 더 이상 외롭지 않게 되었습니다.”

이 말에 누가 박수를 쳤는지 안 쳤는지는 아랑곳할 필요가 없었다. 정말로 우리를 믿고 찾아온 것이 고마웠고, 찾아와서 어울려 노래까지 불러 주니 그보다 눈물 나는 일이 어디 있겠는가. 남북영화제는 우리 민족의 상식을 되찾아 주었다. 그들이 떠나는 자리에서 세 마디 말이 떠올랐다.

“미안합니다.”

“고맙습니다.”

“섭섭합니다.”

그리고 안녕히 가십시오. (1990. 10. 19)

백두산

평양 순안비행장에서 백두산 및 삼지연 비행장까지는 내려다보면 아래가 온통 산과 산봉우리들이다. 산봉우리들이 구름과 어우러져 용틀임을 하기도 하고, 구름과 산이 따로 놀아나기도 한다. 하늘에서 내려다보는 북녘 땅은 온통 산과 계곡뿐이다. 광활한 들판인 미국 땅과 펑퍼짐한 중국의 동해안 평야와 비교할 때 가슴이 답답해지기도 한다. 그러나 이 땅을 가꾸고 지키며 수천 년을 사는 사람들이 저 아래에 있다. 나도 그 사람들 속에 속한다. 나는 그래서 그 풍요하고 넓은 땅덩이를 마다하고 산과 계곡만이 숱하게 몰려 있는 이 땅을 찾아왔다. 이 땅에 들어서야만 내 입에서는 말이 터지고 귀가 뚫린다. 그리고 숨이 트이는 것이다. 그리고 내가 가지고 있는 기억과 상상력과 인간으로서의 속성이 이곳으로부터 출발했다. 그 많은 산들 중에서도 백두산을 우리는 영산이라고 하는데, 그곳을 나는 지금 처음으로 가는 것이다.

비행기가 삼림 속 언덕에 내린다. 삼지연 비행장이다. 이 고원에서는 특히 높게 솟은 산봉우리가 눈에 띄지 않는다. 우리가 바로 산꼭대기에 있기 때문이다.

이곳 백두산을 중심으로 한 일대 지역은 6·25전쟁 때도 미군 및 유엔군들의 발이 닿지 않은 곳이다. 이곳 주민들은 전쟁을 직접 치르지 않았다. 그리고 외국 군대의 발길이 미치지 못한 곳이다. 일제 때는 우리 독립군들의 항일 독립투쟁의 본거지였다. 이곳은 조상 때부터 순수하게 유지되어 왔으며, 지금까지 남의 때가 묻지 않은 완벽한 우리 땅의 발상지인 것이다.

나는 파란 하늘에서 안개비가 내리는 백두고원에 발을 디뎠다. 비행장터와 길을 빼놓고는 주위가 온통 숲이다. 이깔나무, 가문비나무, 전나무, 자작나무, 사스레나무 그리고 이 지역에서 특수한 본나무들이다. 삼지연 호숫가에 선다. 멀리 백두산의 흰 머리가 보인다. 향도봉, 장군봉(병사봉), 청석봉, 백운봉, 록면봉, 차일봉, 달문(중국 쪽), 백암봉, 쌍무지개봉, 옥설봉, 제비봉 등 16개의 큰 봉우리들이 안으로 천지를 둘러싸고 밖으로 나머지 산자락을 동서남북으로 흘리고 섰는 것이다.

안개비가 또 내 이마를 스치며 지나간다. 솔잎 끝에는 맑은 빗방울이 초롱초롱 맺혀 있다가 지나는 내 옷자락에 스쳐 파르르 떤다.

대학생, 소년단, 근로자용의 야영지 건물이 있는데 나는 소년단각에 짐을 풀었다. 저녁상에서 처음으로 언 감자떡을 맛보았다. 특히 나물 종류가 흐드러졌다. 평풍나물, 더덕나물, 우금정, 물생치, 곰취 등의 나물이 이 지역의 특산이라고 한다. 진달래가 6월에 지고 7월에 라일락이 만발한다고 한다.

맑고 맑은 밤하늘에 걸린 달이 내 코앞에 다가선다. 별들은 바로 내 손에 잡힌다. 공해라는 말을 이곳에 사는 사람들이 이해할 것 같지 않다. 역사학회서 나온 선생, 이 지역 유물 발굴 사업처 선생, 생태학자 선생들과 어울리는데, 우리를 대접해 주는 과년한 아가씨들의 맑고 순박함이 인간 공해에서 찌들린 내 눈에 싱싱하게 보인다.

백두산 영지버섯 얘기, 산록의 불로초 얘기, 내가 서울《동아일보》에 있을 때 민속학자 친구와 찾아다니던 귀틀집 얘기 등등이 들쭉술 술잔

백두산에서 저자(1989)

에 제대로 어울렸다. 나는 이쪽 안 세상이 궁금하고 그쪽 선생들은 내가 살고 있는 바깥세상 일이 궁금하다. 특히 한 선생이 "밖에서는 우리나라를 어떻게 생각하느냐"고 물었을 때 나는 입장이 난처했다. 그리고 이어서 "우리나라가 선전이 잘 되었느냐"고 물어왔는데, 나는 대답이 궁할 수밖에 없었다. 그것도 노학자의 질문이다.

"잘 모르고 있습니다." 첫 번째 질문에 대한 내 대답이었다.

"선전이 잘 안 되어 있습니다." 두 번째 대답이다. 기분을 맞추는 대답이 아니어서 나로서는 곤혹스런 대답이었지만 솔직하지 않을 수도 없지 않은가. 그리고 나는 내가 궁금한 역사유물 발굴사업 쪽으로 관심을 돌렸다.

당시 그곳에서는 일제와 싸우던 항일유격대가 산속 나무 등걸에 새겨 놓은 글귀를 찾아 복원하는, 이른바 '구호목' 발굴사업이 한창이었다. 그리고 당시의 독립군 야영지 복원사업과 유물전시회가 겸해서 이루어지고 있었다. 민족의 뿌리 교육을 하는 것으로 나는 이해했다. 그리고 다음날 그 현장을 둘러보았다. 이런 사업 현장을 보는 것은, 남쪽에서 태어나서 남쪽에서 교육을 받고, 지금은 미국에서 살고 있는 나 같은 사람들에게는 아주 생소하고 이해하기 힘든 부분도 있는 것이었지만, 우리 민족의 한편에서는 이런 일이 벌어지고 있다는 것을 솔직한 눈과 귀로, 생소하지만 새로운 경험으로 받아들일 수밖에 없는 것이었다.

동네 사람들이 나와서 새벽길을 쓸고 있었다. 길에는 종잇조각 하나 눈에 띄지 않는 길이었다. 새벽에 잠이라도 더 자지 깨끗한 길을 왜 쓰느냐고 물었다.

"하루 안 쓸면 사흘 걸리고, 사흘 안 쓸면 석 달 걸리고, 석 달 안 쓸면 삼 년 걸린다." 그것이 국토관리라는 대답이었다. 나는 입에 문 담배꽁초를 어디다 버릴까 하여 불안해졌다.

갑산과 무산을 잇는 '갑—무도로'를 타고 백두산 정상으로 향한다. 떠나기 전에 누구나 하늘을 쳐다보며 날씨를 점친다. 그리고 꼭 재수를 바란다. 백두산 정상의 날씨는 10분이 멀다 하고 급변하기 때문이다. 8월 이후에는 위험해서 일반인의 등정을 아예 금지시킨다. 1년 365일 중 242일이 흐리고 그 중 207일은 비, 눈바람이 내리는 백두산 정상의 일기는 그 변화가 분초를 다투는 급변이라, 한마디로 대단한 변덕쟁이인 것이다.

자동차가 2750m의 정상까지 올라간다. 해발 1700m부터는 나무가 자라지 않고 부석(화산석)으로 이루어진 고원이 나타난다. 6월에 꽃잎을 떨군 만병초가 부석 틈에 붙어 있다. 만병초는 눈 속에서 꽃을 피운다. 전동 삭도가 89년 6월 30일 완공되어 100명을 태우고 7분 걸려서 1200m를 올라가 정상에 닿는다. 향도봉 바로 밑에 대피장소가 있다.

내가 백두산 정상에 오른 날은 1989년 7월 14일이었다. 정상의 날씨는 맑았고, 백두제비가 날고 있었다. 천지의 수면이 정상에서 560m 아래에 펼쳐진다. 즉 수면 높이는 해발 2190m이다. 수면 면적은 9.16평방km, 물 깊이는 제일 깊은 곳이 384m, 평균 깊이는 213.3m이다. 최근 천지 주변에서 두 곳의 온천이 발견됐다. 한 곳의 온천수는 몹시 뜨겁고 한 곳은 미지근하다고 한다. 한 20분쯤 지났는데 천지 속의 구름이 휘감기기 시작한다. 백두의 용이 화를 내기 시작하는 것이다. 빨리 내려가자고 서둔다.

백두산 중턱에 꽂혔던 조·만 국경의 정계비는 없어졌고, 중국의 주은래 수상과의 협상으로 백두산 정상의 3분의 2가 우리 땅으로 돌아왔다. 중국 쪽으로 오르는 정상은 동쪽인데, 달문이라고 한다.

내려오다가 야생 꽃 들판에 자리 잡고 장작불로 산천어 찌개를 끓여 먹는데 노루, 사슴을 따라다닌다는 쉬파리가 극성을 떤다. 압록강 상류를 걷는다. 국경인데 경비군인이 어쩌다가 눈에 보인다. 사냥꾼들이 허가 없이 변경을 넘나든다. 걸어서 소백산 계곡을 오른다. 그 곳에 옛 독립군 사령부가 있는데, 그 당시 왜군을 골탕 먹인 얘기들이 특히 재미있다.

내가 지리산을 찾아가는 까닭은

지리산을 외면하고 살았다. 일부러 피해왔다. 그런데 나는 지금 지리산을 찾아간다.

첫날

내 친구 유석이와 같이 간다. 서울 용산역에서 전라남도 끝 여수로 가는 기차를 탔다. 요즘 총알 기차가 생겼다는데 우리는 총알같이 달려갈 곳이 없다. 그래서 어지간한 역이면 다 섰다가 떠나는 느림보 기차를 골라 탔다. 전주를 지나고 남원을 거쳐서 구례구라는 역에서 내리면 지리산이 거기에 있다고 한다.

세상에 있는 타는 물건 중에서 기차 타는 맛이 제일 좋다. 우리가 탄 기차는 자리도 널찍하고 사람도 별로 없어서 더욱 좋다. 참 오랜만에 기차를 탄다. 지도책도 무겁다고 가져오지 않았다. 하기야 어디서 기다리는 사람도 없는데 지도가 왜 필요한가. 슬그머니 떠는 기차가 수원을 지난다.

"야, 네 고향 지나간다. 수원갈비가 왜 유명하냐?"

기차를 타면 약간 흥분돼서 우선 수다를 떨게 된다.

"좋지. 수원갈비 원조는 화춘옥인데 갈비는 한 대만 먹으면 찍하고 설렁탕이 진짜지. 아까 먹은 설렁탕은 국물이 뽀얀데 그거 우유가루 탄 거야. 설렁탕 국물은 밤새 끓어서 누래야지.”

기차 창밖에서 모내기를 한다. 요즘 모내기는 참 싱겁고 재미가 없다. 기계가 돌아다니면서 송곳 손으로 송송송 꽂으면 그만이다. 점심 전에 먹는 새참도 없고, 점심밥을 논으로 이어 나르는 부인네도 없고, 둘러앉아서 막걸리를 들이키는 정자도 느티나무도 없고, 정강이를 걷어붙이고 못줄을 옮기면서 거머리에 피 빨려가면서 모를 심는 농부들의 흥을 돋우는 두레도 없다.

평택을 지나면서 가만히 살펴보니까 차창이 열지 못하게 붙박이로 고정되어 있다. 그 전에는 역마다 기차가 와 닿으면 보따리 행상들이 달려들어서 차창 밖으로 돈을 건네고 물건을 받았다. 그리고 밤기차를 탔을 때는 목을 창밖으로 내밀고 뜨끈한 우동 국물도 사서 훌훌 마셨다. 지금은 차창이 콱 막혔다. 그러니 역마다 아우성치던 보따리장수도 자취를 감추었다.

“이 차에는 식당 칸이 없습니다. 자아 따끈따끈한 도시락이 있습니다. 천안 명물 호두과자가 있습니다.”

기차역 행상들을 망하게 하고 식당칸마저 없어서 상권을 독점한 홍익회 점원이 바퀴 달린 간이식당을 끌며 나타난다. 천안을 지나간다. 천안 명물은 ‘칭칭 늘어진 버들가지’와 호두과자다. 그런데 천안삼거리에는 칭칭 늘어진 버들가지가 없다. 그리고 호두과자는 호두와는 거리가 먼 과자다. 다만 과자를 호두처럼 구워 만든 것이다. 그런데 이 둘이 전부터 천안 명물 자리를 오래오래 누리고 있다.

대전을 지나서 서남쪽으로 삐딱하게 흘러가던 기차가 전북 이리부터는 남쪽을 향해서 직행한다. 전주다. 그런데 저 시멘트 기둥들은 무엇인가? 아파트 군이다. 기차역에서 보이는 전주는 아파트단지다. 그 안에 기와집은 남아 있을까. 내가 찾아가던 비빔밥집 부월옥 그리고 백설렁탕집은 그 자리에 그대로 있을까. 전주를 문향이라고도 하고 문화의 도시라고도 했지. 전주의 문화는 아파트 속으로 들어앉은 것 같다.

"고향 얘길랑 아예 허들 말어." 하던 소설가 최일남 선생의 말이 새삼 떠오른다. 태어난 땅만 있다고 고향은 아니라는 말인가. 그의 고향은 전주다. 비행기 위에서 내려다보는 일본 땅은 바둑판처럼 짜인 화학물질 창고 같은 인상을 준다. 그런데 우리 땅은 전 국토가 시멘트 기둥으로 이루어진 아파트단지 같다. 부서지다 만 로마 신전의 흰 기둥같게도 보인다. 남원으로 가까이 가면서부터 산봉우리와 산등성이들이 검은 구름덩이들처럼 몰려든다. 기차는 산자락을 빙빙 돌면서 굴을 뚫으면서 낮은 데를 찾아서 기어간다.

"여기가 어디냐?"

유석이가 밖을 내다보면서 혼자 던지는 말이다.

"무주구천동이 여기 어디쯤이고 덕유산도 가까울 텐데."

가보지도 못한 내가 아는 척을 한다.

"덕유산에는 뱀도 많고 산삼도 많아서 심마니들이 진을 치고 있다더라."

"그래?" 시답지 않은 반응이다.

"너 남도 여행 해 봤니?" 내가 물었다.

"아니, 처음이야."

한반도에서 예순여덟 살이나 처먹은 놈이 전라도 땅을 처음 가? 나 혼자 속으로 핀잔을 주었다. 마른 오징어는 둘이 다 씹을 수가 없어서 그만두기로 하고 그 대신 설탕물에 퉁퉁 불린 오징어 한 마리를 맥주 두 통을 곁들여 사서 꼭지를 땄다.

곡성은 꽤나 넓은 분지 속에 자리 잡고 있다. 곡성을 지나면서 섬진강 줄기가 개울처럼 나타난다. 옛날에는 이 강물에서 나는 은어가 유명했다고 들었다. 여행을 떠나기 전에 곡성이 고향인 후배 겸 친구에게 아직도 은어가 유명하냐고 물었더니, "아이고 성님, 또 그 옛날 같은 소리 좀 하지 말아요"라면서 핀잔만 주었다.

"은어가 안 나면 그만이지, 은어가 없다고 하면 내가 죽냐?"면서 나도 심술로 되받고 말았다.

"여기 근처 순창고추장이 맛있다는데…." 나 혼자 중얼거리는 말에 이번에는 유석이가 되받는다.

"포천 이동막걸리 있지 않니. 그 막걸리를 전국 어디서나 만들 거야. 이름만 포천 이동막걸리지."

순창고추장도 경상도 대구에서도 만들고 자기가 살고 있는 경기도 포천에서도 만드는지 누가 아느냐는 말이다. 요즘 상표는 그 지역 특산물과는 꼭 일치하지 않으니까 해묵은 옛날 꿈은 버리라는 지적일 것이다.

다음 역은 구례구라는 안내 방송이 나온다. 우리는 벗어던진 구두를 서둘러 꿰신고 선반에 올려놓은 배낭을 끄집어 내려서 등에 졌다. 그리고 문간으로 나갔다. 해는 이미 서쪽 등성이를 넘은 것 같다. 구례구역에서 내리는 사람은 우리까지 합쳐서 다섯 사람쯤이었다. 서두를 이유가 없는 우리는 변소를 찾아 오줌 한 차례를 시원하게 누고 역 밖으로 나왔다. 지리산이 어디냐고 물었더니 요 앞에 있는 다리를 건너면 구례고 저어 앞에 보이는 산이 지리산이란다. 구례구는 구례로 가는 입구라서 구 자를 붙인 역 이름이다.

우리는 구례구역에서 개울 같은 섬진강 상류에 놓인 다리를 건너서 구례읍을 지나 자연스럽게 지리산 치맛자락으로 빨려 들어갔다. 화엄사 입구에 있는 여관에 짐을 풀었다. 배낭은 이층 온돌 방바닥에 던지고 손만 씻고 밖으로 나왔다. 산에 왔으면 산을 먼저 봐야지.

"야, 뭐 먹을래?"

"산채가 좋은데…." 유석이가 산나물이 먹고 싶단다. 마침 길 건너에 '산채'라고 쓴 식당 간판이 보인다. 우리가 서울을 떠날 때 전라도 음식에 거는 기대가 컸다. 칼칼하고 짭짤하고 깔끔하고 푸짐하고… 그런 것들 말이다.

"어서 오십쇼."

손님은 우리 둘뿐인데 환영이 요란하다. 우선 소주 한 병하고 백세주 한 병을 시켜서 '오십세주'를 만들었다. 백세주에 소주 한 병을 타면 수명이 반으로 줄어서 오십세주가 되는 것이다. 유석이는 그 요령을 모르고 있었다. 오 분도 안 됐는데 반찬이 우루루 몰려들어온다. 꽤나 큰 상이 꽉 차게 들어오는데 세어보니 반찬 접시가 스물일곱 개나 된다. 산채뿐만이 아니라 각종 나물 전시장이다. 우리는 느긋하게 상 앞에 앉아서 여행 첫날을 한 잔 곁들이면서 시작한다. 내가 미국에서 서울에 도착하자마자 유석이에게 전화를 걸고 여행 가자고 제안하면서 그 이유를 이렇게 설명했었다.

"나 이번에 너하구 정 떼러 왔다. 내가 보구 싶은 우리나라 산천두 이번에 보구서 마지막으루 정을 떼겠다. 내 나이도 있고, 이제부터는 미국에서 자주 날아오기도 힘들어."

유석이는 내 말에 들은 척도 하지 않고 대꾸도 없었다. 속으로 '별 자식 다 보겠네.' 하는 느낌이 들었다. 그런데 정 떼는 마지막 여행이 이렇게도 즐거울 줄이야 미처 몰랐다. 여관방에 들어와서 이불을 펴는데 유석이가 모시로 된 잠옷 한 벌을 던져준다.

"너 입으라고 우리 집사람이 주더라. 여기 양말도 한 켤레 있다. 그리구 네 돈 쓰지 말라고 돈도 보태주더라."

"그럼 나는 네 물건이냐?" 볼멘소리를 했더니, "아니야, 그게 아니라 내 돈 다 떨어지면 네 돈 쓰면 되지." 신경 쓸 것 없다는 얘기다. 그쯤 해 두었다.

둘째 날

첫날밤은 잠을 못 자고 설쳤다. 밤중에 온돌방에 뜨거운 난방이 들어서 창문을 열었더니 5월 중순인데 산바람이 몹시 차다. 감기 들겠다. 그래서 창문을 닫고 뜨거운 방바닥을 피해서 석쇠에 눕힌 생선처럼 이리 뒤척 저리 뒤척거리다가 잠을 놓쳤다. 유석이도 마찬가지다. 잠을 설쳤는데도 아침에 밖으로 나오니까 몸이 날을 것같이 가볍다. 머릿속도 아주 맑다. 그러니 원기도 백배다. 평소에는 아픈 데가 많아서 골골하는 유석이도 잠을 설쳤는데 아무렇지도 않은 것이 신기하다는 표정이다.

배낭은 여관에 둔 채 화계사로 오르는 새벽길을 밟는다. 돌이 깔린 산길이 아니라 아스팔트길이다. 원기가 왕성하면 짓궂은 장난기가 솟는다. 한참 올라가니까 입산료를 받는 작은 사무실이 보인다. 장난기가 든 우리 둘은 약속이나 한 듯 속 호주머니에서 신분증을 미리 꺼내든다. 그런데 돈을 걷는 아가씨가 우리들이 내민 신분증은 거들떠보지도 않고 슬쩍 한 번 아래위로 훑어보더니 공손하게 그냥 가시라고 한다. 허연 머리털과 목을 두른 주름살이 신분증이었다. 우리가 들고 있는 신분증은 나이가 60이 넘었다는 증명서였다. 이 증명서만 들추면 입산료건 국립공원 입장료건 받지를 않았다. 무사통과다. 우리는 새벽부터 몇 천 원씩 아꼈다. 그리고 노인 대접도 깍듯하게 받았다.

"야, 우리가 늙었니?"

"그럼, 야 임마, 우리 나이 70이 낼모레야."

늙으니까 이것저것 젊었을 때는 모르던 재미도 많은 것이 사실이다. 우리 둘은 괜히 웃으면서 산길을 오른다.

소나무 가지에 가린 저 아래로 개울이 흐른다. 새벽바람이 이슬 먹은 풀잎을 스친다. 흐르는 개울물이 바람소리를 지우면서 바위에서 뛰어내린다. 앞에 산문이 나타난다. 화엄사다. 유석이는 돌에 새긴 글씨건 간판 글씨건 비석에 쓴 글씨건 대웅전 간판이건 글씨란 글씨는 다 읽어야 발을 뗀다. 그러면서 혼자서 고개를 끄덕인다. 나는 이 목조건물에는 쇠못이 박혔나 안 박혔나, 저 종은 새로 만들어 단 것인가 옛날 종 그대로인가, 대웅전 부처님은 웃고 있나 화가 난 얼굴인가, 스님은 몇 명이나 있나, 우물과 변소는 어디 있나 그런 것들을 살핀다.

절을 둘러보고 내려오는데 갑자기 이상한 향기가 확 끼쳐온다. 길가에 선 풀들이 내뿜는 향기다. 콧구멍이 벌렁거리고 가슴이 벌어진다. 풀향기를 맛본 내 몸의 반사작용이다. 어느 차의 향기도 비교할 것이 못 된다. 자연의 기氣가 내 온몸으로 스며든다. 유석이 말한다.

"기공은 얼굴과 가슴에도 있다. 그런데 제일 중요한 기공은 배꼽 밑에 있다. 가부좌를 틀고 앉아서 호흡을 조종하고 모든 잡생각을 털고 정신을 집중시키면 벌린 손바닥이 짜릿짜릿하면서 열기가 솟는다. 대자연의 기가 모이는 것이다. 여기 풀향기를 싸고 있는 것이 자연의 기다."

자꾸만 물어보면 설명이 길어질 것 같아서 고개를 딴 쪽으로 돌렸다. 여관방에 들러서 짐을 챙겨 메고 지리산 노고단으로 올라가는 버스를 탔다. 버스가 산꼭대기에 있는 산장까지 올라갔다.

나는 지리산 한 봉우리 위에 섰다. 산 등줄기와 계곡이 길고 유연하게 저 아래로 흘러내린다. 동쪽에도 북쪽에도 서쪽에도 남쪽에도 수많은 봉우리가 있고 수많은 계곡을 형성하면서 수많은 산줄기가 여성의 비단 치마 결처럼 흘러내린다. 그 치마폭은 산기슭에 파고든 수많은 인간의 동네를 품고 있다.

"지리산은 어머니 같은 산이구나." 유석의 말이다.

그 많은 동네 그 많은 인간들을 망하거나 흥하거나 죽거나 살거나 상관없이 지리산은 자기 속에 품고 있다는 말로 나는 해석했다. 나는 처음 찾아온 지리산에서 무엇인가를 찾고 있다. 지난 세월 일부러 외면하고 피해 온 그것을 발견하려고 올라왔다. 그것은 김항익 형이 젊디젊은 날이 지리산 자락에 뿌리고 간 그의 정신이요 넋이었다.

나의 아버지는 내가 아주 어려서 세상을 떠났다. 일제강점기였다. 그 당시 아버지를 존경했다는 김창영 민유심 부부가 나를 자기 고향집으로 데려갔다. 전라남도 강진군 도암면 석문리다. 그 집에서 나는 항익 형을 만났다. 김창영 아저씨의 큰조카였다. 그는 아버지 잃은 어린 내가 원하는 것이면 무엇이든 들어주었다. 그는 사각모자를 쓴 대학생이었다. 머리는 약간 곱슬머리여서 지성이 번득였고 얼굴은 대춧빛이고 가슴은 다부지게 딱 벌어졌고 키는 작달막했다. 나를 보는 그의 눈은 항상 노루눈이었다. 그는 일제 말기에 학병으로 군대에 나갔는데 어느 날 일본군 소위가 되어 긴 칼을 차고 나타났다. 그는 집에 휴가 온 길로 일본군 장교가 차는 긴 칼을 마루 밑바닥에 던져버리고 집에서 사라졌다. 탈영을 한 것이다.

그리고 얼마 안 있다가 해방이 찾아왔다. 그런 후에 나는 항익 형을 볼 수가 없었다. 한참 후에 항익 형이 지리산 속으로 들어갔다는 풍문이 돌았다. 그 후 항익 형이 당시 이승만 정권의 공비토벌대에 잡혀서 경남 하동경찰서에 갇혔는데 삼촌이 전 재산을 다 털어서 간신히 빼냈다고 했다. 6·25 전쟁 전이었다. 집에 돌아온 항익 형은 중병에 걸려 있었다. 기침을 할 때마다 입가에서 피를 훔쳐냈다.

그는 왜 지리산 속으로 들어갔을까? 지리산 속에서 누구와 무엇을 했을까? 일제에 항거해서 독립운동을 하고 이승만 정부의 단독정부 수립을 반대하고 민족 자주 독립 통일국가 건설을 주장하던 수많은 사람들이 지리산으로 들어갔다는데 김항익 형도 그 중의 한 사람이었을 것은 분명했다.

이들은 희생을 당했다. 당시 이들이 설 자리는 없었다. 이들의 희생을 지금의 우리들은 어떻게 해석할 것인가? 얼마 전 국무총리를 지낸 분이 지금의 '자랑스런' 우리나라는 막대한 희생 위에 건설된 국가라면서 이제 우리는 희생당한 분들을 위한 공간을 마련하고 이들에게 한반도 역사의 한 자리를 내주어야 할 때라고 주장한 글이 생각난다. 나는 지금까지 항익 형네들의 희생을 외면해 왔다. 무엇인가 두려워서 알지 않으려고 피해왔다. 그래서 지금까지 지리산을 멀리해 왔다.

지금 항익 형네들의 영혼이 이 지리산에서 나를 기다리고 있는지도 모른다. 나는 지리산을 찾아왔다. 지리산이 안고 있는 그 수많은 사람들의 영광과 비극, 한민족을 지켜오고 지켜가는 지리산의 생명력, 그 역사를 더 이상 외면할 수가 없어서 찾아왔다. 그리고 지리산 품속에서 죽어간 그들에게 머리를 숙인다. 미안하다고, 죄송하다고, 고맙다고 말한다.

농사를 짓고 산속을 좋아하는 유석이는 지리산을 내려오는 버스길에서 버스 기사와 지리산 더덕 이야기 산돼지 이야기로 신나게 떠들어댄다. 더덕 향기는 사방 십리에 퍼지고, 산돼지가 더덕 냄새만 맡으면 사족을 못 쓴다나…. 그 놈들이 더덕을 다 파먹는다나 뭐 그런 얘기들이다.

나는 눈을 감고 그들의 얘기를 귓등으로 들었다. 몇 해 전에 세상을 떠난 김철호 선생 이야기가 떠오른다. 그가 구례 근처에서 지리산 기슭을 개간하는데 수많은 이름 없는, 주인 없는 유해들이 흙 속에서 나왔다. 그는 죽기 전에 꽤 큰돈을 한겨레신문사에서 만드는 통일재단에 기증했다. 그는 이 돈을 기증하면서 민족의 화해를 위해서 지리산에서 죽어간 이름 없는 이들의 영혼을 위로하는 비석을 세워달라고 부탁한 것으로 안다. 그 위령탑이 어디에 세워졌는지 모르겠다.

우리는 구례읍 버스정거장으로 나왔다. 어디로 가지? 하동으로 가자. 하동으로 내려가면 섬진강을 볼 수가 있단다. 지리산에 내린 물이 남해로 흘러가는 강이다. 섬진강을 한 번 꼭 가보아야겠다고 나는 오래 전부터 별러왔다. "섬진강으로 가는 거지?" "그래, 니 맘대로 해." 내 맘대로 해도 즐겁다는 유석의 표정이다.

곡성에서 만난 섬진강 상류는 웅덩이에 고였다가 흘러가는 물길이 가늘고 강바닥은 모래와 자갈 채취로 모양이 엉망이 되어 실망했다. 그러나 이제는 모래, 자갈 채취도 금지됐다면서 하동 쪽으로 내려가야 섬진강의 진짜 모습을 볼 수 있다고 전한다. 구례를 떠난 버스는 섬진강변을 달린다. 가면서 강폭이 넓어지고 강변에 상점 없는 휴게소도 눈에 띈다. 쉬었다 가라는 표시다. 강변을 따라서 과수원이 정원처럼 가꾸어져 있다. 화개장터부터는 섬진강이 제 모습을 나타낸다. 모래사장이 넓게 번지고 수량도 많아진다. 요즘 소설에서 지리산 내란 때 비극의 강으로 묘사되는 섬진강을 나는 상상하지 않는다. 강변 따라 꽃이 피고 강물 따라 물고기가 놀고 바람 따라 나룻배가 오가는 섬진강을 상상한다.

하동에 다 왔다. 우리는 택시를 타고 강변으로 나갔다. 꽤나 넓은 노송밭이 나타난다. 노송들은 철책으로 둘러져서 철저한 보호를 받는다.

하동 섬진강변의 역사적인 유물이다. 솔밭 아래로 강둑이 쌓였고 그 강둑 아래에 붉은 빛깔이 도는 모래사장이 넓게 번진다. 그리고 저쪽 산등성이 아래로 강물이 풍성하게 굽이치며 흐른다. 다리 건너는 바로 전라도 땅이다. 모래사장에 배 한 척이 한가롭게 올라앉아 있다. 소나무밭을 끼고 강변을 따라 걷다가 되돌아 나왔다. 새벽에 화엄사에 들르고 이어서 지리산 노고단에 오르고 구례로 내려와서 하동까지 오는 동안 한 시가 지났다.

하동 명물 재첩국 집을 찾았다. 재첩은 콩알만한 조개다. 지리산에서 흘러내리는 맑은 강물과 남해바다에서 올라오는 갯물이 만나는 곳에서 자라는 조개 종류다. 시큼시큼하게 무친 재첩회도 한 접시 시켰다. 음식점 온돌방에서 밥상 밑으로 다리를 쭉 뻗치고 앉으니까 허리가 시원하게 퍼진다. 지금 우리는 가는 것이 일이다. 어디로 가든 상관이 없다. 가기만 하면 된다.

"어디로 갈까?"

"맘대로 해라."

"순천으로 해서 여수로 가자."

하동에서 여수로 직행하는 버스는 없다. 순천에서 갈아타야 한다. 우리에게는 상관없는 일이다. 순천이 한국에서 제일 살기 좋은 도시로 꼽혔다는 신문기사를 읽은 적이 있다. 여수는 바닷가 항구도시다. 이번에는 바다로 나가는 것이다. 하동을 떠난 버스는 광양을 거쳐 순천에 우리를 내려놓는다. 순천에서 갈아탄 버스는 남쪽으로 직행한다. 여수 버스터미널에서 택시를 탄 김에 우선 진남관을 찾아가 이곳 터줏대감인 이순신 장군에게 신고하고 돌산교 근처 동네에서 여관을 잡고 배낭을 던졌다.

"야, 한잠 자자."

낮잠을 한참 잤는데도 해가 아직 높이 떠 있다.

향일암 그리고 원효대사

돌산반도 맨 끝에 향일암向日庵이라는 암자가 있다. 바다와 맞닿는 돌바위 위에 세운 이 암자에 오르면 남해바다가 탁 트일 것이다. 바다에 굶주린 우리는 돌산반도 남쪽으로 내리 달린다.

향일암으로 올라가는 길이다. 왼쪽으로 계단이 있는데 너무나 가파르다. 돌아서 올라가는 길을 택했다. 언덕길 양쪽에 돌산 갓김치를 담그는 부인네들이 갓김치 경연대회를 벌인다. 막걸리도 곁들여 준다고 종이쪽지에 삐딱하게 써 놓았다. 갓김치 한 줄기와 막걸리 한 사발이 유혹한다. 입구도 채 들어서지 않았는데 숨이 턱에 찬다. 가파른 언덕길 때문이다. 절 입구에 있는 매표소에서 빌빌거리는 우리 두 늙은이를 본 청년이 이리 올 것도 없이 그냥 올라가라고 손짓한다. 입장료를 안 받겠다는 것이다. 이렇게 숨이 차는데 우리가 입장료를 받아야지 무슨 소리야.

언덕길은 올라갈수록 절벽길이 된다. 경사도가 60도는 될 것이다. 술이 거나하게 취한 젊은이들이 떠들면서 씽씽 우리 곁을 지나간다. 40대쯤으로 보이는 부인들이 떼 지어 내려오다가 우리 곁을 지나치면서, "할아버지, 먼 데서 오셨나봐?" 말을 건다. 내가 서울서 왔고 하는데 유석이가 촐싹 나서면서, "쟤 미국에서 왔어요." 한다. 내가 미국에서 온 놈이라고 놀리는 건지 아니면 미국에도 제 친구가 있다고 은근히 제 자랑을 하는 건지 분간이 안 간다. 모르는 사람들에게 고렇게까지 꼭 까발려야 되는지도 모르겠다. 마땅치 않은 눈길을 주니까 유석이는 재미있다는 듯 씩 웃고 외면한다.

“어디들 가세요?” 하길래 “우리 둘이 초등학교 동창인데 나이 70이 다 돼서 만고강산 유람하는 거유.” 하고 나이는 두 살 치켜올리고, 고등학교 동창은 초등학교 동창으로 깎아내렸다. 그리고는 세상 유복한 노인 행세를 했다.

“아이고, 할아버지들하고 같이 여행했으면 쓰겄다”면서 깔깔대며 내려간다. 저 호박꽃 같은 것들이 밤중에 여관방에서 내 다리를 주물러 주겠다는 건가?

“야, 좀 쉬었다 가자.” 둘이 번갈아가면서 내뱉는 말이다. 내가 길가 바위에 주저앉으면 저는 일어나 가고 지가 주저앉으면 내가 일어나 가면서, 우리는 끌고 끌리면서 해 뜨는 향일암을 향해서 계속 올라갔다. 얼마 전에 병원에서 퇴원했다는 골골거리는 유석이가 내 앞을 서서 간다. 종일 텔레비전 앞에 턱받치고 있는 나를 보고 “운동 좀 해요. 아침마다 좀 걸어요.” 하는 아내의 말을 안 들은 것이 후회막급이다. 때는 이미 늦었다. 다리는 쥐가 나서 마른 북어처럼 굳어지고 가슴은 숨이 차서 막 터지기 직전에 우리 둘은 향일암 마당에 들어섰다. 암자 지붕에 올릴 기왓장을 한 짐 지개에 지고 올라온 일꾼들이 아무렇지도 않은 듯 땀을 식히고 있다.

남해바다가 우리 눈앞에 탁 터지며 열렸다. 지리산 길에 스치던 산바람과는 또 다른 바닷바람이 유석이의 흰 머리카락을 가르고 달걀 같은 그의 이마를 드러낸다. 가는 곳마다에서 글씨만 살피던 유석이는 저 망망한 대해에 눈길을 쏘고 있다. 해 지는 저녁에 우리는 해 뜨는 곳을 향해서 섰다. 바른편에 원효대사가 수도했다는 암굴을 가리키는 글씨 팻말이 보인다. ‘원효’는 새벽이라는 뜻인데 그 이름을 가진 원효대사는 이 해 뜨는 암굴 향일암에서 무엇을 위해 수도했을까?

내 서재에는 원효대사에 관한 책이 여러 권 있다. 연구를 위해서가 아니다. 아내 성이 설 씨인데 설 씨인 원효대사가 자기 선조라는 자부심 때문이다. 내가 "원효대사는 바람꾼인데." 하면 "원효의 아들 설총은 요석공주의 아들인데." 한다.

원효는 신라 삼국통일 전쟁 시대를 산 사람이다. 그는 전쟁에 시달리는 백성들의 고난과 시련, 지도계급의 모순된 논리의 강요, 이념의 갈등, 이권의 충돌…. 그런 극한투쟁의 혼탁한 사회에서 남편과 아들을 전쟁터로 보낸 아내와 어머니. 권력의 행패에도 맞서지 못하고 갈 곳 없는 백성들이 모여 사는 지저분한 저잣거리에 자주 나타난다. 거기서 전쟁을 치르는 백성들과 웃고 울고 같이 춤추고 같이 화를 내면서 살아 있는 모든 것들과 어울린다. 미천한, 가진 것 없는 우리 속에서 조화를 찾고 화합을 일구어낸다. 그가 쓴 90권의 책에 담긴 그의 거대한 철학은 저잣거리에 뿌리를 두고 있다고 한다. 내가 읽은 원효에 관한 책 내용이다.

이런 중생의 고민과 갈등과 모순을 조합하고 화합의 길, 상생의 길로 이끌기 위해서 원효는 이 향일암 동굴에서 고민하지 않았을까. 지금 우리 민족이 남북분단의 고리를 끊고 다시 해방되려는 고민, 그 고통, 그 기원에 대해서 원효대사는 '너희들 사정도 알 만하다.'고 대답할 것 같다.

지리산 화엄사에 오르는 길 양편에 수많은 연등이 달려 있었다. 지금 향일암에 오르는 언덕길 양편에도 연등이 줄을 이어 달렸다. 부처님이 오신 사월초파일이 내일모레다. 전국 사찰을 뒤덮은 연등을 상상하기는 어렵지가 않다. 우리 어머니처럼 그 연등에 이름을 쓴 사람들이 그 둥근 연등 안에 담은 수십만 아니 수백만의 기원과 소원은 무엇일까.

연전에 세계축구대회에서 한국 축구팀이 세계 4강에 올랐을 때 길거리에 나선 수십만 수백만의 열광적인 함성은 그동안 가려졌던 한민족의 모습이고 저력이었다. 그 함성 속에 한민족의 꿈이 있었다. 우리 스스로도, 세계인도 깜짝 놀란 사변이었다.

어린 여학생 둘이 경기도에 있는 미군기지 근처에서 미군 장갑차에 치어 죽었을 때, 전 같으면 거들떠보지도 않고, 감히 거들떠볼 수도 없던 참사가 벌어졌을 때, 그 두 소녀의 죽음을 위로하기 위해 밝혀진 한 개의 촛불이 수십만 수백만으로 늘어나 이 강산을 뒤덮은 것이 바로 현대판 우리 민족의 숨어 있는 기원의 표시는 아니었을까. 지금 절마다 뒤덮은 연등에 담은 소원 말이다.

나는 남쪽 바다에서 떠오르는 붉은 햇살을 향일암 언덕에 서서 기다린다. 내일 새벽이면 그 햇살은 우리들의 얼굴을 붉게 물들일 것이다. 하룻밤만 자면 내일 새벽이 온다.

서해 바닷가에서 자란 나는 동해를 좋아하는데 남해는 또 다른 맛이다. 언덕 위에서 내려다보는 남해의 경치는 말해서 무엇하랴. 구름 덩이 같은 섬들이 여기저기 바다 위에 떠다닌다. 섬 모퉁이를 도는 유람선이 파란 물결을 가른다. 바위 절벽에 대롱대롱 매달린 소나무 가지가 지루하지도 않은지 바닷물 속을 들여다보고 있다. 우리 둘은 불공도 드리지 않고 연등 하나도 사 달지 않고 시주도 하지 않고 향일암 언덕을 내려왔다.

택시기사 아저씨는 여수 바닷가 이곳저곳을 보여주면서 우리를 즐겁게 해준다. 저녁을 먹으라고 돌산다리 돛대 밑 횟집 앞에 내려놓는다. 우루루 덤벼든 아줌마들에게 잡혀서 바로 바닷가에 붙은 밥상으로 안내된다. 밥상 밑에서 바닷물이 철렁대고 줄에 묶인 배들이 몸짓을 한다. 우리 팔자가 이렇게도 좋은 줄은 미처 몰랐다. 손님은 우리 둘뿐이다. 여수 바다를 독차지하고 앉았다.

화엄사에서 지리산, 노고단, 구례에서 섬진강을 훑으며 하동까지, 하동에서 순천을 거쳐 여수로, 여수에서 돌산반도 끝에 있는 향일암까지, 그리고 향일암에서 돌산다리 돛대 밑 횟집까지 하루 동안 무던하게 쏘다녔다. 하루의 피로가 횟집 술맛을 돋운다. 우리가 만든 50세주 맛이 200세주가 된다.

셋째 날

이번 여행을 떠나기 전에 여행길에 선뜻 나서지 못한 이유를 유석이가 슬쩍 내게 비췄다. 자기가 밤이면 소리를 내면서 앓는다고 했다. 그래서 나를 거북하게 할 것 같아서 망설였다고 한다.

"네가 소리 내서 앓으면 나는 옆방에 가서 자면 되지 않아?"라고 대꾸했었다. 그런데 유석이가 자는 모습을 보니까 앓는 기색이 없다.

"아프지 않니? 괜찮아?" 하고 물었더니, "아무렇지도 않아. 이상해. 좀 무리를 허는데두 멀쩡해. 기분이 좋아서 그런가?" 한다. 아주 다행이다.

"너 일찍 죽기는 글렀다."고 했더니 또 "짜아식!" 한다.

우리는 강진으로 간다. 나는 다른 데는 못 가도 강진만은 꼭 가야 하는 이유가 있다. 그런데 전라도 땅을 처음 밟는 유석이도 강진은 꼭 가야겠다고 벼르고 있다. 그 까닭을 나중에야 알았다. 나는 버스 왼쪽 끝 창가에, 유석이는 바른쪽 끝 창가에 서로 뚝 떨어져서 앉는다. 손님이 별로 없어서 좋다. 여수에서 순천으로 다시 나간 버스는 벌교를 지난다. 어려서 그렇게도 좋아하던 꼬막 생각이 난다. 그런데 지금은 꼬막 철이 아니라면서 식당에서도 내놓지 않는다. 벌교는 꼬막 고장이다. 버스가 지나는 시장바닥에서 어느 부인이 꼬막을 소북이 놓고 팔고 있다. 내려서 살 수도 없고 그냥 지나칠 수밖에. 아쉽다.

"야, 저게 보리밭이지? 아주 잘 됐는데. 경기 쪽에서는 별로 없는데 여기서는 보리를 많이 심나봐. 누렇게 다 익었어. 보리를 베고 그 자리에 모심을 때가 됐는데…."

유석이가 제 일처럼 걱정한다. 가난해서 꽁보리밥만 먹고 자랐을 텐데도 정이 들어서 그런지 보리밭이 그렇게도 반가운 모양이다. 누렇게 익은 보리밭이 버스길 양쪽으로 풍요하게 펼쳐진다. 그야말로 보리가 술처럼 익어가는 남도 삼백 리이다. 보리타작하던 생각이 난다. 보리를 벤다. 보리 수염이 따갑다. 보리를 말린다. 말린 보릿단을 멍석에 펼쳐 놓고 도리깨로 두드린다. 털린 보리를 물에 불려서 절구에 넣고 찧는다. 그리고 삶으면 꽁보리밥이다. 그걸 먹고 보릿고개를 넘긴다. 그런데 요즈음 달라졌단다. 기계가 들어가서 벤 보리는 그 자리에서 자루에 들어 가고 보리타작은 그 자리에서 끝난단다. 그렇다면 농사짓는 고생도 없고 재미도 없지….

차로 유명한 보성에 들어선다. 차밭을 안내하는 표지판이 길가에 서 있다. 유석이 생각으로는 커피를 좋아하는 나 같은 놈은 쌍놈이고 저처럼 차 향기를 즐기는 분은 양반이다. 차밭을 가 보자고 할 것 같아서 한참 지난 뒤에 차밭을 지나왔다고 했더니 아니나 다를까, "한번 가 볼 걸…." 한다. 양반이 상놈한테 당했지.

장흥을 지났다. 강진 도암만으로 들어가는 탐진강 물이 들판을 양쪽으로 가르면서 내가 달려가는 강진 쪽으로 철철철 흘러간다. 바다로 들어가는 탐진강 민물과 도암만으로 올라오는 갯물이 만나는 곳에서 뱀장어가 많이 잡힌다. 그래서 강진에서 장어구이가 유명하다.

느닷없이 유석이 품속에서 행진곡이 울려 퍼진다. 전화 왔다는 신호다. 여행을 떠날 때는 집일은 다 털어버려야 하는데 모든 일들이 휴대전화기에 붙어서 서울 용산역에서부터 때도 장소도 없이 줄곧 불러댄다.

"오오, 동준이냐? 할아버지야. 그래그래. 맛있는 거 사 갈게…."

손자 두 놈이 번갈아 전화를 걸어댄다.

"응, 그래그래. 별일 없구? 알았다." 이번에는 아들이다. 허리를 다쳐서 병원에 갔는데 괜찮으니 걱정 마시라고 며느리가 전화로 보고한다.

"여기 말이야, 여수야. 경치 좋다. 한번 같이 오자. 아니, 안 아퍼." 부인에게 하는 전화다.

군청에서 세금에 관한 전화도 온다. 한 시간이 멀다 하고 행진곡이 울려댄다. 사람들은 극장에서나 어디서나 줄을 서는데 전화는 줄을 서는 법이 없다. 아무데서나 새치기를 한다. 그것이 전화가 가진 특권이고, 휴대전화를 가지고 다니는 사람은 전화기의 즐거운 노예가 된다.

버스가 강진에 들어섰다. 내가 얼마나 와 보고 싶었던 곳인가! 여기서 나를 기다리는 사람은 아무도 없다. 막상 찾아가려는 동네도 어딘지 잘 모른다. 그래도 나는 그 곳을 찾아가야 한다. 꼭 그 집 마당에 서 보고 떠나야 한다.

점심으로 유석이가 좋아하는 장어구이를 사 먹고 그 식당 주인 소개로 여관을 잡았다. 버스에서 시달린 허리를 온돌 방바닥에 길게 눕혔다. 시원하다. 일생 내 기억 속에 남아 떠나지 않는 강진 마을과 사람들이 천정에 어른거린다.

나의 아버지는 일본이 우리나라를 강제로 빼앗아 점령하고 있을 때 항일독립운동을 하다가 서대문감옥에서 옥살이를 하고, 후에 소설 「상록수」를 쓰고, 시 「그날이 오면」을 지은 작가 심훈이다. 그는 일제강점기인 1936년 9월 16일, 서른여섯 살에 세상을 떠났다. 나는 바로 그해 4월에 태어났다. 나라 없는 백성으로 태어난 나는 아버지마저 잃고 말았다.

그후 아버지 생전에 그를 존경하고 따르던 김창영 민유심 부부가 나를 자기 집으로 데려갔다. 그곳이 바로 지금 내가 찾아온 강진 땅이다. 그 때는 내가 초등학교에 들어가기 전이어서 지금부터 육십일, 이 년 전쯤 된다. 전라남도 강진군 도암면 석문리라는 주소를 내가 후에 알아냈다. 번지는 모른다.

나는 김창영 씨 내외를 아저씨, 아주머니라고 부른다. 자식이 없는 이분들은 나를 자기 자식처럼 대했다. 유명한 심훈의 아들이라고 해서 주위에 있는 많은 분들이 나를 몹시도 위해주던 생각을 지울 수가 없다. 항익 형은 뒷산에서 굵은 대나무를 잘라 통나무 바퀴를 달아서 달리는 장난감을 만들어 주었다. 앞집 청년은 연을 만들어 주고 아주머니는 꿀물을 시도 때도 없이 먹여 주었다. 아저씨는 해남이고 어디고 가는 곳마다 나를 자전거 뒤꽁무니에 달고 다녔다. 나는 그의 자랑거리이고 보물이었다. 아저씨는 꽤 부자였다. 내 기억으로 집은 기와집인데 안채와 사랑채가 있고 뒷산 대나무밭 근처에 별채가 있었다. 이 별채에서는 거문고와 가야금 소리가 났고 판소리꾼들이 모여들었다. 나중에 안 일이지만 우리나라의 판소리의 대가 임방울 옹도 이 별채에 자주 들렀다고 한다. 이들의 재정적인 스폰서가 아저씨였다. 그 스스로가 거문고의 명수였다. 그 거문고는 아저씨가 어디를 가나 따라다녔다.

앞서 지리산 애기에서 잠깐 비친 것처럼 큰조카 항익 형이 지리산에서 공비 누명을 쓰고 잡히고, 그를 빼내느라고 전 재산을 탕진한 아저씨 내외는 후에 서울에서 셋방을 전전했다. 그러다가 30여 년 전 내가 동아일보 기자로 다닐 때 아저씨는 서울 셋방에서 갑자기 세상을 버렸다. 장례를 치르는데 내가 그 분의 아들노릇을 해드렸다. 아주머니는 내 가족이 미국으로 이주하면서 한동안 잊고 지냈다.

몇 해 전이다. 내가 서울에 왔다가 다시 미국 집으로 떠나기 전날 친구들과 술을 퍼마시고 호텔방으로 돌아왔다. 밤이 늦었다. 그런네 갑자기 아주머니 생각이 났다. 술김에 사방에다 미친 듯이 전화를 걸고 아주머니 계신 데를 찾았다. 아는 사람이 없다. 사학자 민두기 교수를 찾았다. 아주머니 민유심은 해남이 고향인 민두기 교수 집안의 누님이었다. 그래서 전화번호 하나를 밤 열두시가 지나서 얻어냈다. 전화를 걸었더니 강남에 있는 어느 집 문간방이었다. 밤중에 택시를 잡아 달렸다. 그 집주인 부인이 밤중인데도 길거리까지 마중 나와서 집은 어렵지 않게 찾았다. 아주머니 손을 잡았다. 바짝 말랐다. 나이 80이 훨씬 넘어서 그런지 담담하시다.

"어떻게 나를 찾았어?"

죄송해요, 죄송해요, 죄송해요…. 내가 누구에게 이렇게 죄송하고 미안한 일은 생전 없었다.

"나 며칠 있다가 병원에 입원해. 뱃속에 물이 찼대. 아저씨는 미아리 공동묘지서 전라도 광주로 이장했어. 하나님이 나를 데려가실 때가 됐나봐." 남편 잃고 재산 잃고 자식 하나 없는 아주머니는 교회에 푹 빠져 있었다. 나는 호주머니를 뒤졌다. 있는 돈 다 털었다. 몇 푼 안 된다.

"내가 또 올게요. 이제부터는 자주 올게요." '아들노릇 할게요.' 하는 말이 목까지 치밀었다.

이듬해에 내가 다시 서울에 갔을 때 아주머니는 병원에 간 그 길로 저 세상으로 떠난 뒤였다. 화장을 모셨다고 한다. 이 세상에서 찾아갈 묘지도 없게 됐다.

나는 오늘 60여 년 전 김창영 민유심 부부와 김항익 형과 같이 살던 그 집을 찾아간다. 이들 세 분은 다들 세상을 떠났다. 나 혼자다.

잠깐 눈을 붙인 뒤에 여관집 주인을 불렀다. 우리가 백련사와 다산초당을 본 다음 내가 어려서 살던 집을 찾아야 한다고 말했다. 그는 자기를 따라오라면서 앞장선다. 택시가 주욱 서서 기다리고 있는 곳으로 가더니 자기 친구를 부른다.

"야, 임마. 차 가지구 이리 와. 이 분들 잘 모셔." 하면서 내가 말한 내용을 설명한다. 택시기사 김씨는 내가 찾는 동네가 '석천'이라고 한다. 자기는 용천에서 사는데 바로 이웃 동네란다. 다산초당도 백련사도 다 거기서 거기란다. 백련사를 우선 들르고 다음에 다산초당을 보고 석천으로 가자고 한다.

백련사, 다산초당 그리고 석천 집

백련사는 다산초당과 가깝다니까 가서 대충 둘러보았다. 2월 동백꽃이 볼 만하단다. 다산초당으로 내려왔다. 유석이가 글씨란 글씨는 다른 데서보다도 더 꼼꼼하게 챙긴다. 유석이가 다른 데는 몰라도 다산초당은 놓치지 않고 보아야겠다는 이유가 있다. 유석이는 오래된 천주교 신자다. 다산 정약용 삼형제도 천주교 신자였다. 1801년에 천주교도를 무자비하게 탄압한 '신해박해' 사건이 일어났다. 그 당시 천주교도였던 다산 정약용의 형인 정약전은 흑산도로 귀양 가서 거기서 죽고 또 다른 형 정약종도 옥에서 죽었다. 정약용은 이곳 강진으로 귀양 와서 다산에 초가집 한 칸을 마련하고 19년을 보냈다. 다산이라는 정약용의 호는 산 이름 다산을 딴 것이다.

다산초당으로 오르는 길은 험하고 가파르다. 만들어 놓은 계단도 없다. 사람의 발길에 패여서 드러난 나무뿌리가 계단이다. 여수 돌산에서 향일암에 오르던 길보다 험하다. 강진읍에서 '모란이 피기까지'로 유명한 시인 영랑 김윤식의 고가에서 만난 경상도에서 수학여행 온 여학생들이 다람쥐처럼 산길을 타는데 우리 둘은 나뭇가지를 잡으면서 엉긴다. 그래도 오래간만에 보는 굵은 대나무숲이 반갑다. 여기까지 귀양 왔으면 됐지 산꼭대기에 집을 지어서 우리 같은 사람을 고생시킨다고 혼자 투덜대는데 초당이 나타났다. 옛날 지은 초가집이 아니라 새로 다시 지은 번듯한 집이다. 바른쪽에 별채가 따로 있다. 왼쪽 뒤편에 우물이 있고(물 한 바가지를 퍼마셨다) 바른 편에는 연못을 만들었다. 그리고 정약용은 이 초당에서 실학을 대성시킨 저술에 몰두했다.

이 깊은 산속에서 혼자서 보낸 19년의 낮과 밤. 인간이 인간을 다루는 형벌이 이렇게도 모질단 말인가. 한편으로는 하늘은 인간에게 벌 받고 있는 그를 통해서 백성을 구제하는 위대한 철학을 발전시켰다. 그것은 오늘날 우리가 받는 큰 복이다. 『목민심서』, 『경세유표』, 『흠흠신서』 등이 태어난 산실 다산초당에 그 때문에 내가 서 있다.

정약용의 천주교 세례명은 요한이다. 우리나라 천주교는 독특한 역사를 가졌다. 외국 선교사가 들어와 하느님 믿으라고, 안 믿으면 지옥 간다고 위협하면서 전파시킨 종교가 아니다. 선조 이후 정부 사신과 실학파 조선 학자들이 중국 연경(베이징)에서 서학 즉 천주교 사상에 관한 책을 들여와서 학문적으로 연구했는데 학문적인 연구가 차츰 신앙으로 옮기게 되었다고 한다. 그러니까 우리나라 천주교는 조선 학자늘이 그 씨를 감자 씨나 고구마 씨처럼 외국에서 들여와서 우리 땅에 심고 가꾼 것이다. 서양 선교사는 그 후에 들어온다.

"야, 유석아. 오랑캐가 사는 함경북도 끝 경원 같은 데, 전라도 끝 강진이나 해남 같은 데서 왜 학자가 나오고 지사가 나오고 인물이 나는지 아니? 그리구 제주도의 일반 교육 수준이 전국에서 제일 높은 이유를 아니?"

"무슨 소리야?"

"야, 그게 다 귀양 간 사람들 덕이야. 봐라. 귀양은 골치 아픈 학자나 사상가, 철학자, 지사를 정치활동이나 사회활동 그리고 경제활동 같은 것을 못하게 천리 밖 오지로 보내서 가택연금을 시키는 것인데, 그 귀양 간 사람들이 귀양 가서는 그곳에서 사람들을 가르쳤단 말이야. 그러니 무식하던 사람들이 일류 교사, 대 스승을 만났으니 그 동네가 개명될 수밖에."

"그거 참 말 되는데. 오래간만에 너 제소리 허는 것 같다."

우리는 다산초당에서 내려왔다. 몹시 지쳤다. 서유석이가 성당을 가는 이유는 죽어서 천당에 가기 위한 것도 아니고 주제넘게 나 같은 사람을 구제하려는 것도 아니고, 종교를 공부처럼 공부를 종교처럼 하기 때문인 것 같다. 그가 다산 시대에 태어났다면 꼭 귀양 보낼 감이라는 생각이 들었다. 요새 세상에 태어나서 좀 약삭빠르기는 하지만….

전라남도 강진군 도암면 석문리, 그 긴 주소보다는 "석천이군요." 하는 운전기사 김씨의 말이 머리에 박혔다. 차는 울퉁불퉁한 다산 산비탈을 덜컹덜컹 넘으면서 아스팔트길을 찾아 나온다.

"여기 삼거리가 있었는데…." "아, 개나리 삼거리요?" "그래그래, 개나리 삼거리지, 맞았어." "학교도 있었는데." "새로 지었지만 저 학교 자립니다." 멀리 보이는 학교 건물을 가리킨다. "대흥사는 기억납니까?" 김씨가 내 기억을 되살려준다. "그래그래, 그 절 이름을 생각하고 있었어." 김씨는 눈에 익은 석산 앞에 차를 세운다.

"여깁니다. 여기가 맞습니다. 석천입니다."

나는 산을 등지고 돌아섰다. 길 너머로 도암만 갯벌이 보인다. 틀림없이 내가 살던 고장이다. 김씨는 내가 개나리 삼거리를 기억하자 자기 고향 친구처럼 나를 대하는 태도가 바뀐다. 자기 집 안내하듯 한다. 나는 동네를 살폈다. 옛날 그 때는 없던 집들이 들어섰다. "여기 대나무 밭이 있었는데…." 하니까 김씨가, "그러면 바로 요 모퉁입니다. 지금은 대나무가 많이 없어졌습니다." 하면서 따라오라고 자신 있게 앞장을 선다.

그 순간 내 두 다리가 땅바닥에 얼어붙었다. 단 한 발자국도 앞으로 내디딜 수가 없다. 담 모퉁이만 돌면 되는 그 집 마당을 밟을 수가 없었다. 유석이는 내 태도를 보더니 외면한다. 운전기사 김씨도 입을 다물었다. 나는 아무 말도 하지 않았다. 나는 되돌아섰다. 아저씨 내외분과 항익 형이 "그냥 가니?" 하는지는 모르겠다. 나는 '또 와야지, 한 번 더 와야지.' 속으로 곱뇌면서, 어려서 무서워 소름끼치던 으슥한 산길을 지나서 개나리 삼거리로 나와 해남으로 가는 고개를 넘고 있었다.

"숯을 때서 가는 버스가 있었는데." 하니까 김씨가 "목탄차지요." 한다. 일제 때였는데 젊은 김씨가 어떻게 목탄차를 아나 하면서도 우리 둘끼리만 통하는 강진 정서가 즐거웠다. 그 버스를 타고 이 해남고개를 넘다가 내려서 오줌을 누고 다시 버스를 잡아타는 사람도 있었다고 자신 없는 과장을 했다. 김씨는 지금 이 길은 새로 생긴 길이고 돌아올 때 그 옛날 언덕길을 안내하겠다고 말한다. 이 해남고개를 아저씨 자전거 뒤꽁무니에 매달려 여러 번 넘었었다.

고산 윤선도 기념관은 유석이가 가자고 우겼다. 공부라면 사족을 못 쓰는 유석이라 지금 우리들이 수학여행을 가는 줄 착각하는 모양이다.

고산 윤선도 기념관에 들어서면서 놀란 것은 나였다. '윤선도' 하면 학교 교과서에 나오는 '어부사시사'나 시조로 읊은 당시 팔자 좋은 노인으로만 알았다. 그런 내 지식은 무식으로 들통이 났다. 전시된 유물에 나타난 고산 윤선도는 당시 세월의 풍파를 다 겪으면서도 종합적인 인간으로 성숙한 대가였다. 그가 손을 안 댄 분야가 별로 없다. 시, 시조, 천문, 지리, 음악, 악기, 글씨, 미술, 과학, 경제 등등 모든 분야를 섭렵했고 그 경지는 최고에 이르렀다.

그보다도 놀란 것은 3백년에 가까운 이 유물들이 오늘까지 살아 있는 점이었다. 그동안 나라가 망하고 내란을 여러 번 치르고 전쟁을 치르고 모진 세월을 다 겪었는데도 그 속에서 이런 우리 민족의 역사 기록이 생생하게 살아남아 있다니, 윤선도 선생의 후손 해남윤씨에게 감사드린다. 찬사를 안 보낼 수가 없다. 유석이는 저도 나처럼 무식했던지 유물관을 나오면서 어이가 없는 표정이다.

"대단해, 이거 나는 뭐야." 자신이 부끄럽고 창피하다는 얘기다.

"학자들은 여기 잘 안 와요. 윤선도가 잘 다니던 보길도에 가서 놀기나 하지요." 운전기사 김씨가 꼬집는 말이다. 우리는 해남 읍내를 들렀다가 강진여관으로 돌아왔다. 나는 60여 년 만에 강진 하늘을 창틈으로 내다보면서 푹 깊은 잠에 빠졌다.

유석이가 아침에 나를 다급하게 깨운다.

"야, 미국에서 우리 집으로 전화 왔어. 네가 말도 않고 호텔에서 온데간데없어졌다는 거야." "그래서…." "야, 빨리 전화 걸어. 자식, 어디 가면 간다구 말하고 떠나야지." "아니, 내가 전화 걸 때까지 기다리라고 했는데?" 유석이는 자기가 나를 납치해서 가출한 소년 같은 얼굴을 한다. 내가 알아서 갈 테니까 걱정 말라고 했다. 전화실은 웬 전화질이야.

넷째 날

　강진에서 목포까지 버스로 한 시간도 안 걸린다고 한다. 영암 월출산은 더 가깝고 완도와 진도도 한두 시간 거리고 해남은 고개만 넘으면 되고 장흥은 옆 동네고…. 이 동네들이 내가 어렸을 때는 다들 하룻길이었다. 어떤 때는 하룻밤을 지내야 했다. 지금은 가는 곳마다 시골 구석구석까지 우리 몸에 뻗친 정맥처럼 아스팔트길이 파고들었다. 그 길을 웅덩이의 방개들처럼 자동차들이 쏘다닌다. 시간과 공간이 바짝 줄어든 것이다. 하기야 인천국제공항을 떠난 여객기가 한반도 경계를 넘어 동해로 빠져 나가는 데 30분도 안 걸리는 나라다.

　그런가 하면 지리산 자락에 묻혀 있는 우리들의 역사, 향일암에서 기원하는 우리들의 소원, 내가 결국은 외면하고 돌아선 석천마을에 맺힌 나의 정한은 그 깊이나 넓이나 길이를 잴 방도가 없다. 다 부질없는 생각으로 치부하고….

　자아, 이번에는 목포로 가자. 유달산 없는 목포는 존재하지 않는다. 노적봉의 전설을 읽고 유달산에 오른다. 우리 둘은 정상까지는 오르지 않기로 묵계가 돼 있다. 유달산은 꼭대기까지 계단이 놓여 있다. 우리는 중간쯤 정자에 앉았다. 유달산에서 바라보는 목포 항구는 서울의 종로 뒷골목 같다. 섬과 섬 사이로 물길이 누볐다. 이 뱃길을 모르면 딴 데로 빠지기 십상이다. 내려다보이는 앞바다는 망망대해가 아니다. 섬과 섬으로 막혔다. 나는 시내 쪽을 내려다본다. 내가 고등학교를 졸업한 뒤에 목포에 있다는 항익 형을 찾았었다. 저 아래 보이는 동네 어딘가에 있는 목재상에서 일하고 있었다. 내가 그를 만난 마지막이었다. 밥도 한 그릇 같이 먹지 않고 헤어졌다. 몹시 기침을 했다. 그 후에 그의 소식은 이 세상에서 끊어졌다.

유달산 숲속 어딘가에서 이난영의 노래 '목포의 눈물'이 녹음으로 맑고 아련하게 흘러나온다. '삼학도 파도 깊이 스며드는데…' 하는 1절이다. 나는 그 노래에 맞춰 2절과 3절을 섞어서 입속으로 따라 부른다.

> 깊은 밤 조각달은 흘러가는데
> 어찌타 옛 상처가 새로워진다
> 못 오는 님이면 이 마음도 보낼 것을
> 님 그려 우는 마음 목포의 노래

우리 둘은 서울로 가야 하는데 기차를 탈까 버스를 탈까 하다가 버스를 타기로 했다. 새로 생긴 서해안고속도로를 달리기 위해서였다. 역전 식당에서 내장탕을 점심으로 시켰는데 정말 맛이 없어서 끼적거리다가 말았다. 나보다 입맛이 까다로운 유석이는 더 말할 것도 없다.

버스를 탈 때나 내릴 때 우리 둘이 약속이나 한 듯 찾는 곳이 있다. 변소다. 참는 기능이 떨어져서 항상 불안하다. 강진 버스터미널 화장실은 너무 멀리 떨어져 있어서 빵점이다. 그런데 목포 버스터미널 변소는 입구 모퉁이에 바로 있고 화장실이라고 써 붙인 글씨도 큼지막해서 좋았다. 그동안 신문도 안 읽고 라디오도 안 듣고 텔레비전도 안 봤다. 그런데 목포는 도시라 역 바닥에 신문이 놓여 있다. 반갑다. 한 장 살까 하다가 말았다. 세상은 아직 안 망했으니까….

서울을 향해서 북쪽으로 달리는 버스 안에서 라디오 뉴스가 방송된다. 언뜻 들으니까 '미군 철수' 운운한다. 용산역에서 여수로 떠나는 기차간에서 유석이가 느닷없이, "미군이 철수한다는데." 하면서 미국에서 온 내 생각을 떠보는 눈치였다.

"이 지구상에서 제정신 차리고 사는 나라에 남의 나라 군대가 들어가 있는 곳은 없지."라고 대답했다. 그리고는 미군 철수에 관한 내 생각을 내 나름대로 정리했다.

　미군이 일본 군대를 내몰고 한반도에 들어올 때 미군은 스스로가 '점령군'이라고 했고 우리는 그 미군을 '해방군'이라고 환영했다. 당시 한반도에는 나라(정부)가 없었다. 지금까지 미국 군대가 한국을 점령한 지가 60년에 가깝다. 이제 미국 스스로 나가겠다고 한단다. 들어올 때 맘대로 들어온 군대니까 나갈 때도 맘대로 나가겠다는데 말릴 방도도 없다. 나갈 때 뒷설거지나 잘 하고 나가도록 도와야 하겠다. 그리고 미군이 다시 한반도에 들어올 때는 반드시 허가를 받고 들어와야 한다. 또 다시 미국 마음대로는 들어오지 못한다.

　이제 한반도에는 당당한 정부가 있고 평화를 감당할 만한 능력도 충분하다. 미군이 한반도에서 나가면 그동안 눈에 보이게 안 보이게 존재하던 한국과 미국 사이의 주종관계가 평등관계로 회복되고 그렇게 되면 앞으로 한국과 미국은 서로가 보다 당당한 동맹국으로 발전될 수도 있는 토대가 마련될 것이다. 그 때는 한반도 땅값이 무지하게 치오를 것이고 한민족의 몸값도 되게 비싸질 것이다.

　"야, 이 버스가 어디로 가는 거냐? 서해안고속도로면 서천이 나오고 홍성 서산 그리고 당진, 서해대교가 나와야 하는데 전주는 무어고 또 천안은 웬일이야."

　"글쎄…. 우리가 경부고속도로에 들었나?" 하면서 모로 가도 서울만 가면 되지 않느냐는 유석이의 표정이다. '차표를 사려면 제대로 사지.' 속으로 쥐어박았다. 우리는 서해안고속도로가 아니라 호남고속도로 위에 있었다.

　우리는 처음 만나서 길 떠난 서울호텔로 들어왔다. 모든 일에 끝맺음

이 중요하니까 오늘밤은 여기서 자고 가라니까 유석이가 포천 저의 집
으로 전화를 걸고 마누라 허락을 받았다. 미국에서 득달같이 전화가 왔
다. 나는 구렁이 담 넘어가듯 변명을 했다. 유석이하고 같이 있다니까
안심하는 투다. 유석이가 "누구냐?" 한다. "누군 누구야, 우리집 주인이
지." 했더니 픽 웃는다.

 이번 여행길에서 만난 운전기사들 그리고 음식점에서 일하는 사람들,
여관집 아저씨와 아주머니들 모두가 그렇게 친절할 수가 없었다. 그런
데 기대를 잔뜩 하고 간 전라도 음식에는 둘이 다 실망했다. 유석이 말
마따나 '나일롱반찬'이었다. 제대로 된 곳을 찾지 못했다.

 호텔 밥값은 비싸니까 동네 뒷골목으로 나가서 소주 한 병 곁들여서
설렁탕 한 그릇씩 먹고 들어왔다. 목욕탕에 들어가 물을 쫙 끼얹고 나와
서 옷을 갈아입는다. 어휴 시원하다. 침대 위에 길게 기대어 눕는다.

 "나 말야, 성당에서 사무장 하지 않았니…." 유석이가 입을 떼기 시작
한다. "그래서." "아일랜드에서 온 신부를 모시고 있었는데 말야, 그 사
람들 참 철저해. 한 달에 3십만 원 수입인데 그 중에서 십만 원은 가난한
사람들을 위해 쓰라고 무조건 내놔. 그리고 자기가 개인적으로 쓴 전화
비를 제해. 그리고 나머지 십여만 원 가지고 충분히 한 달 생활을 꾸려
간단 말이야. 문을 다 열어놓고 성당을 개방해. 신부나 신도나 남녀노소
할 것 없이 차별을 두지 않아. 자기도 기도하는 시간 말고는 누구나 항
상 자유롭게 만나. 몸이 좋지 않아서 성당에 못 나오는 노인이 있었는데
신부가 한 달에 한 번씩 비가 오나 눈이 오나 찾아가서 소주 몇 병을 같
이 마시고 돌아와. 누구보고도 '성당 나와라, 예수 믿어라' 하는 소리를
들어본 적이 없어. 미사를 집전하기 위해서는 공부를 무지무지하게 해.
그가 하는 한 마디 한 마디가 아주 무거워. 허튼 소리가 없어. 그 신부가

얼마 전에 고향으로 돌아갔는데, 가서는 세상을 떠났대. 부임올 때 가방 하나 달랑 들고 왔는데 한국을 떠날 때도 그 가방 하나만 달랑 들고 떠나갔어. 너한테 준 모시잠옷 있지 않니? 그것도 사실은 그 신부가 나를 주고 간 거야.”

말하는 유석이나 그 말을 듣는 나나 그물그물 하다가 잠이 들었다.

아침이다. 우리는 커피 한 잔을 시켜 마시고 헤어진다.

“야, 참. 재호야. 너 이번에 정 떼러 왔다고 했지? 그래, 정 다 뗐니?” 한다. 나는 “다음에 또 보자.” 하고는 호텔 방문을 나서는 유석이를 더 멀리 배웅하지 않았다. (2004. 6. 11)

민족의 비극, 한국전쟁과 이산가족

한 방의 총소리

1950년 6·25 전쟁이 터졌을 때 나는 중학교 2학년생이었다. 내가 다니던 학교는 지금의 청와대에서 가까운 북악산 아래 자리 잡고 있던 경기도 상업중학교였다. 학교 이름을 줄여서 '도상'이라고도 한다. 지금의 청운중학교다.

6월 26일인가 27일에 전교생들이 학교 마당에 모였다. 어디선가 총소리가 나고 매캐한 화약 냄새가 북악산 기슭을 타고 교정으로 스며들었다. 이 날로 학교는 문을 닫았다. 삼청동집으로 돌아온 뒤 나는 영영 다시 이 학교에 갈 수가 없게 되었다. 고향에 있는 송악초등학교를 졸업하고 막 문을 연 서산중학교로 진학했고 서산중학교에서 1주일 전에 이 학교로 전학했었다. 그래서 내게는 이 학교에 대한 추억이 거의 없다.

밤중에 으르렁 으르렁 쾅쾅 덜컹덜컹거리는 쇳소리가 들렸다. 북쪽 군대가 서울로 쳐들어오는 탱크 소리라고 했다. 서울역에 불이 났다고 해서 뛰어나가 삼청동 언덕 위에서 불구경을 했다. 사람들이 전쟁을 구경하느라고 이리저리 몰려다녔다. 얼마 뒤에 우리는 삼청동에서 도렴동교회 목사관으로 짐을 옮겼다. 당시 감리교 총무이면서 도렴동교회 목사였던 삼촌(심명섭 목사)이 맡은 교회였다. 지금의 종교교회다. 얼마 전에 지나면서 들여다보니 굉장히 큰 교회건물이 들어섰다. 전쟁 때 내가 살던 흔적은 눈곱만큼도 찾을 수가 없었다. 당시 이 근처에는 개장국집이 즐비했다. 서울을 점령한 북쪽 군대들이 밤중에 개를 짖지 못하게 해서 동네 개들이 개장국 신세가 됐다고 들었다. 나도 그때 처음으로 개장국을 맛본 것으로 기억된다. 사실 먹을 것도 별로 없게 된 때였다.

얼마 뒤에 우리 형제들은 피난길에 나섰다. 서울공과대학에 다니던 사촌 형님과 휘문고등학교에 다니던 큰형님, 나와 같이 '도상'에 다니던 둘째 형님 그리고 나였다. 삼촌 내외분은 서울에 그대로 남고 우리 아이들만 시골집으로 보냈다. 피난길이지만 우리는 당진에 시골집이 있으니까 올 데 갈 데 없이 전쟁이 쫓기는 그런 비참한 피난길이라고는 할 수 없었다. 우리 형제들은 여름방학 때면 항상 시골에서 보냈다. 시골에는 할아버지와 할머니를 모시고 사촌 큰형님이 살림을 맡고 있었다.

다리가 끊어진 한강을 배를 타고 건넜다. 누군가가 흰 보자기를 우리 머리 위에 씌웠다. 미군 전투기를 속이기 위해서란다. 강을 건너서도 전투기를 피해서 되도록 나무 밑으로 길을 골라서 걸었다. 전 같으면 기차를 타고 인천으로 가서 인천에서 배를 타면 되는 즐겁고 즐거운 고향 길이었다. 또 다른 길은 경기도 안중을 지나 만호리까지 버스를 타고 가면 아산만을 건너서 한진나루로 가는 똑딱선이 기다리고 있었다. 한진나루에서 코 닿을 거리인 당진군 송악면 부곡리가 우리 고향이다. 우리는 고향집을 큰집이라고 불렀다. 보통 서울에서 하룻길인데 배편에 따라서 도중에 하룻밤을 자야 하는 경우도 가끔 있었다. 바다에서 풍랑을 만나서 짐보따리를 껴안고 뱃바닥에서 이리저리 뒹굴던 기억도 새롭게 난다.

지금은 서울에서 내 고향 집까지 자동차로 두 시간이면 간다. 새로 난 서해안고속도로를 타고 가다가 서해대교를 건너자마자 송악으로 빠지면 바로 거기다. 지금 서해대교를 받치고 있는 섬은 내가 어려서 고기를 잡던 곳이기도 하다. 행당섬이라고도 했고 까치네섬 혹은 뱀이 많아서 뱀섬이라고도 불렀다. 지금은 유원지로 둔갑하고 말았다. 아버님 심훈의 수필「칠월의 바다」에 나오는 섬이 바로 이 섬이다.

그러나 피난길은 즐거운 길이 아니었다. 가는 길목마다 팔뚝에 완장을 찬 사람들이 검문을 했다. 나는 어린 중학생이니까 형들 뒤만 졸랑졸랑 따라가면 되지만 피난길 가면서도 먹을 것만 살피는 저 덩치 크고 미련한 형들이 잡혀가면 어떻게 하나 하는 두려움이 겁을 먹게 했다. 길은 또 왜 그렇게 먼지…… 가도 가도 쳇바퀴를 도는 개미 신세 같았다. "발안이 얼마나 되느냐"고 그 동네 사람들에게 물으면 "한 십 리쯤"이라면서 턱으로 대답한다. 십 리가 더 넘게 걸어가서 또 물으면 이번에는 십 리라던 길이 이십 리로 늘어난다. 그래서 누군가가 발안을 '귀신발안'이라고 했다. 뛰어보기도 했다. 그러면 뒤에서 따라오는 사람이 "뛰면 앞에 떨어지는 폭탄에 맞아 죽어." 하면서 실없는 농담을 던지기도 했다. 날씨가 덥기는 또 왜 그렇게 찌는지, 이틀을 걸어서 조암이라는 나루터에 닿았다. 조암은 경기도 땅이고 바로 물 건너가 충청남도 땅이다. 아산만이 가로지르고 있다. 물 건너가 바로 우리 고향 땅이다. 여기저기서 모여든 사람들이 바다를 건너갈 배를 찾았다. 지금은 이 조암나루터 바로 건너편에 저 유명한 〈한보철강공장〉이 들어서 있다.

나루터에는 변변한 배 한 척도 없었다. 밤이 깊어졌다. 바닷가 각다귀 (모기)가 무섭게 달려들어 피를 빤다. 아무리 때리고 치고 뭉개고 해도 어둠 속에서 어디서 기습을 하는지 견딜 재간이 없다. 그 중에서도 통통하고 귀엽게 살이 찐 순수한 내 피는 그들이 노리는 진수성찬이었을 것이다. 어른들이 용케도 배 한 척을 구해 왔다. 우리는 쫓기듯 배에 올랐다. 우리나라 우리 땅이 이렇게도 살벌하고 무서운 곳인지는 미처 알지 못했다.

전쟁터로 나가는 형제들

내 고향은 평온했다. 과수원을 둘러싼 밤나무동산도 여전했고 겨울이면 썰매를 타던 들판 너머로 밀려드는 아산만의 조수도 변함이 없었다. 그런데 어디엔가 팽팽한 긴장이 동네를 감싸고 있었다. 사람들은 말없이 움직였다. 집 버리고 가족 버리고 고향을 떠나온 피난민들이 집집으로 파고들었다. 동네에는 새 얼굴들이 늘어났다. 충청도 사투리 속에 평안도 사투리, 황해도 사투리들이 섞여들었다. 내 고향 부곡리도 새로운 동네로 변모하고 있었다. 소리 없이 별안간 나타나는 쌕쌕이가 고향 하늘을 설치고 다녔다. 그 때 우리들은 미군 전투기를 쌕쌕이라고 불렀다. 전쟁은 한창이라는데 전선이 어디인지 우리는 알지 못했다. 우리 고향이 어느 쪽 땅에 속해 있는지 알 수가 없었다. 우리에게는 그 때까지 전기도 전화도 신문도 없는 고요하기만 한 내 고향 땅일 뿐이었다.

어느 날 아침이었다. 저어 아래 남산 쪽에서 총소리가 공기를 찢었다. 그리고는 조금 있다가 매캐한 화약 냄새가 밤나무 숲속으로 스며들었다. 서울 학교 교정에 스며들던 그 냄새였다. 조용하고 평온하고 아름답던 내 고향은 이 한 방의 총소리로 모든 것이 뒤집히고 말았다. 사람들은 갈가리 찢어지고 흩어지고 새도 울지 않았다. 사람들이 듣지 않으니 새소리가 있는지 없는지 누가 알 것인가.

배를 타고 아산만을 건너온 북쪽의 인민군부대가 우리집 큰 사랑에

진을 쳤다. 싸움하는 군인을 처음 보는 내 눈에는 그들이 신기했다. 좀 떨어져서 쭈빗쭈빗 주위를 빙빙 돌면서 구경했다. 말을 걸고 총을 만져 봐도 되느냐고 묻기도 했다.

북쪽 군대 일진이 우리 동네를 지나간 뒤였다. 같이 피난 온 형들이 동네 청년들과 함께 의용군에 나간다고 했다. 사촌형과 큰형이었다. 우리 집안은 자손이 귀해서 친형제나 사촌이나 구분 없이 한집에서 어울려 살았다. 서울 집에서도 한방에서 같이 뒹굴며 지냈다. 그런데 여기 고향 땅에서 형제가 전쟁터로 나가는 것이다. 일제 강점기에도 우리 집안에서는 일본 군대에 나간 사람이 없다. 조선총독부가 그렇게 다그쳤어도 우리 집안 심씨는 일본식으로 이름을 바꾸는 창씨개명을 하지 않고 견뎌냈다.

형 둘이 전쟁터로 가는 날이다. 의용군으로 동원된 청년들의 이마에 머리띠가 둘러졌다. 그들은 모여서 무슨 소린가 지르면서 내가 맨발로 학교 다니던 언덕길을 넘는다. 나는 멀리서 떠나가는 형들을 바라보았다. 어린 내 가슴에 소화되지 않는 이상한 덩어리가 꿈틀거렸다.

손자들을 전선 없는 전쟁터로 내보내는 할머니는 밖을 내다보지도 않았다. 눈물도 보이지 않았고 아무 말씀도 없었다. 이겨도 돌아올 곳이 없고 져도 돌아갈 곳이 없는 전쟁이라는 사실을 우리 할머니는 알고 계셨을까. 우리 형제들은 다시는 고향으로 돌아올 수 없는 길을 행진하고 있었던 것이다.

모른 척하고 속아준 할머니

그리고 얼마 지나지 않아서 미국 군함들이 인천 앞바다에 진을 쳤다.

고향 언덕에 올라가면 밤새도록 함포 사격하는 미국 군함들이 보였다. 또 얼마 있지 않아서 한동안 사라졌던 남쪽 군대와 경찰군이 몰려왔다. 물러나고 몰려오는 이수라장 속이었다. 많은 사람들이 바닷가에서 희생을 당했다는 소문이 돌았다. 그 중에는 내가 아는 동네 사람들도 섞여 있었다. 주인 없는 시체들을 아무렇게나 파묻은 구덩이가 길가 여기저기 흩어져 있었다. 서로가 죽고 죽인 원혼들이 고향 하늘을 뒤덮었다.

우리들은 한자리에 있는데 전선은 올라갔다 내려갔다 했다. 소련 탱크가 밀려들어올 때는 우리 땅에 북쪽 기가 올랐고 미군 장갑차가 들이닥치면 우리 땅에 남쪽 기가 나부꼈다. 얼마 전 고향 길을 지나면서 그때 새로 생긴 공동묘지 터는 없어지고 그 자리에 새 집들이 들어선 것을 보면서 나는 눈을 피했다. 그 당시 원혼들은 지금쯤이면 잠이 들었을까. 그 때의 억울함을 다 잊었을까. 어릴 때에 떠나온 고향 길을 밟으면서 다시 떠오르는 그 때의 두려움은 나로서도 어쩔 수가 없었다.

9월 28일, 미군이 서울을 되찾았다는데도 서울에 계시던 삼촌의 소식이 들리지 않았다. 할머니는 아들 삼형제에 따님 한 분을 두셨다. 그런데 큰 아드님은 해방이 된 후 6·25전쟁 전에 세상을 떠났다. 셋째인 우리 아버님은 해방 훨씬 전에 서른여섯의 나이로 세상을 버렸다. 할머니는 생전에 이미 두 아들을 잃었다. 그래서 할머니 앞에는 아들 하나만 남은 셈이었다. 일찍이 남편을 사별한 고모는 옆집에서 사셨다.

불길한 소식이 들이왔다. 목사인 삼촌이 서울에서 후퇴하는 인민군에게 강제로 연행돼서 미아리고개를 넘었다는 것이다. 요즘 말하는 납북 인사가 된 것이다. 내가 서산중학교에 다닐 때 그 학교에서 국어선생을 하던 사촌형도 휩쓸려서 집을 나갔다는 소식도 들어왔다. 서산에서 어린 두 딸을 데리고 남편과 헤어진 형수가 고향 시집으로 타달타달 걸어서 돌아왔다. 서울에서는 남편과 생이별을 한 숙모가 혼자서 시어머님 앞에 나타났다. 전쟁 통에 온 집안이 풍비박산이 난 것이다. 어려서 남편과 사별한 고모, 이미 남편을 잃은 큰어머니, 남편과 생이별한 둘째어머니와 그 며느리 등등 집안은 온통 과부들로 붐볐다.

집안 어른들이 모여서 우선 할머니 속이기 작전에 들어갔다. 둘째 아들이 급한 일로 일본에 갔는데 곧 돌아온다고 이야기를 꾸몄다.

"둘째는 일주일이 멀다 하고 편지를 하는데 몇 달이 지나도록 왜 편지 한 통이 없느냐"는 것이 할머니의 반응이었고 의심이었다. 손자들 셋을 전쟁터로 보내고 남은 아들 하나마저 잃어버린 할머니는 허리가 기역자로 꼬부라졌다. 그야말로 꼬부랑 할머니였다. 그 때 80이 넘으신 할머니는 정정하게 집안을 지휘했다. 제사 때면 가난한 동네 부인들을 불러서 음식을 듬뿍 싸주라신다. 남쪽 군대건 북쪽 군대건 패잔병이건 진주군이건 할머니한테는 다 같은 젊은이로 비쳤다. 그들이 집에 들르면 "집 나간 아이들을 생각해서 잘 먹여서 보내라"면서 누구의 눈치도 보지 않고 집 떠나온 젊은이들을 보살폈다.

전쟁은 계속되었고 흩어진 식구들의 소식도 계속 묘연한 상태였다. 그러그러 해가 지나갔다. 할머니를 속이는 작전은 용의주도하게 지켜졌다. 할머니는 입을 꾹 다물고 아들의 소식을 묻지 않았다. 말 많은 동네 부인들이 가끔 들러서 "아드님은 사실은 실종됐다는데요"라고 소곤소곤 고자질을 해도 할머니는 아예 못 들은 척했다. 그렇게 또 한 해가 바뀌었다.

그 날이 왔다. 할머니가 며느리들을 안으로 불러들였다. 나도 불려갔다. 할머니가 나를 가리키면서 입을 열었다.

"네 둘째 애비가 없어진 줄을 벌써부터 알고 있었다. 나를 더 속일 생각은 말아라. 속상해 할 것도 없다."

우리 모두에게 하시는 말씀이었다. 아무도 입을 열지 못했다. 고개만 떨구었다. 할미니는 우리들이 할머니를 속이고 있다는 사실을 일찍부터 환하게 꿰뚫어보았던 것이다. 할머니가 우리를 속인 것이었다. 일부러 속아준 것이었다.

할머니는 안방에 붙어 있는 골방 속에 놓은 관 뚜껑을 열라고 했다. 우리 집안에서 누구나 환갑을 맞으면 그 분의 관을 짜고 그 안에 그 분이 돌아가시면 쓸 수의 등을 미리 마련하는 것이 관례였다. 할머니는 자신이 돌아가시면 들어갈 관 속에 귀중한 물건들을 보관했다. 아무도 살아 계신 할머니의 관 뚜껑을 감히 열 수는 없었다. 그래서 관 속에 무엇이 들어 있는지 아는 사람이 있을 수 없었다. 할머니는 관 속에 넣어둔 물건들을 하나하나 꺼내서 방바닥에 늘어놓으면서 말씀을 이어갔다.

"재호네 삼형제는 애비 없이 자라는 애들이다. 이건 전쟁에 나간 큰애 재건이 몫이다. 그리고 이것들은 재광이 재호 학비로 보태 써라. 다른 아이들은 애비 에미가 있으니 알아서들 해라."

할머니는 자신의 마지막 준비를 하는 것이었다. 큰형 몫은 금비녀였다. 나머지도 역시 금붙이였다. 그리고는 당장 나를 학교로 보내라고 명령했다. 전쟁 덕분으로 고향에서 2년 동안 빈둥빈둥 밭이나 매면서 놀던 나는 2년 묵은 재수생으로 예산중학교로 가게 됐다. 이런 할머니의 이야기는 수십 년 뒤에 함흥에 있는 큰형 집에 갔을 때 사세하게 선해수 었다. 금비녀만 빼놓고.

내가 할머니의 명령으로 예산중학교에 갔을 때도 전쟁은 끝나지 않고 계속되었다. 하루는 교정에 모여서 군대로 나가는 선생님들을 환송하는 조회가 있었다. 그때 선생님 중에 시인인 성찬경 선생도 끼었다. 내 머리에는 얼마 전에 의용군으로 동원되어 고향 언덕을 넘던 형들의 모습이 비쳤다. 같은 나라의 다른 군대가 아닌가. 예산중학교에는 사촌 큰형님의 아들인 큰조카 천보와 가난고지라는 이웃 동네에서 사는 작은 할아버지의 손자인 육촌동생 재우가 같이 갔다. 나이 많은 내가 반장이었다. 우리들 셋은 초가집 건넌방 한 칸을 얻어서 자취생활을 했다. 후에 해군참모총장이 된 안병태 군도 한방에서 지낸 적이 있다. 안병태 대장은 내 조카와 육촌동생과 같은 초등학교 동창생으로 알고 있다. 안 군 집안은 당시 시골에서 그야말로 찢어지게 가난했다. 나는 예산을 떠난 뒤에 안병태 군을 한 번도 만난 적이 없다. 그는 해군대장으로 은퇴하고 지금은 서울에서 은퇴연금으로 근근이 살림을 꾸려가고 있다는 소문을 들었다. 한번쯤 만나보고 싶다.

그즈음 고향 큰집은 경제적으로 거의 거덜이 난 상태였다. 아는 친척, 친척의 친척 등등 열세 세대가 우리집에 등 대려 피난 왔던 것이다. 열세 세대 식솔이 파먹어대니 남아날 것이 있겠는가. 가을이면 밤을 따 먹고 과수원에서 벌레 먹은 과일을 골라 먹고 집에 들어오면 가마솥에서 쇠죽 같은 호박죽 풀떼기를 퍼먹기 일쑤였다. 갯벌에 나가 나문쟁이라는 해초를 따다가 삶아먹기도 했다. 나문쟁이만 삶아 먹어서 얼굴이 통통 부어오른 동네 부인들도 눈에 띄었다. 수제비는 최상품의 식사였다. 지금은 서울호텔에서 귀한 식품으로 나오는 호박죽과 수제비를 내가 아직까지도 좋아하지 않는 이유는 피난시절에 물리도록 먹어서일 것이다.

그런 형편이니 자취를 하는 우리들이 가져가는 식량은 쌀 한 톨 없는 통보리 자루였다. 할머니가 희한한 반찬을 해주었다. 굵은 소금에 고춧가루를 섞어서 만든 소금볶음이다. 삶은 꽁보리밥에 이 소금볶음을 슬슬 뿌리면 그렇게 맛있을 수가 없다. 그릇은 알루미늄 양재기였는데 소금기에 구멍이 뻥뻥 났다.

예산중학교에서 우리 셋은 모두가 우등을 차지했다. 그래서 학비를 면제받았다. 공짜 학교였다. 할머님께 자랑삼아 보고했다. 그런데 할머니가 역정을 벌컥 내셨다.

"네 이놈! 학교를 이태나 묵은 놈이 그게 자랑이라고 지껄이느냐?"

큰 조카와 육촌동생은 칭찬하면서 내게는 화를 내셨다. 또 있다. 아이들이 떼 지어 몰려다니다가 장난기가 솟아서 제집 밭 참외는 놔두고 남의 밭 참외서리를 하다가 주인에게 들킨 적이 있었다. 우리들은 큰형님에게 불려가서 대청마루에 꿇어앉아 한나절 동안 벌을 받고 풀려났다. 나만 할머니에게 또 불려갔다. 할머니는 다짜고짜로 나를 꼬집기 시작했다.

"네 이놈, 도둑질을 해? 뭐, 남의 밭 참외를 훔쳐?"

할머니는 분을 삭이지 못하고 내 팔과 허벅지를 마구 꼬집었다. 애비 없이 자라는 손자에 대한 맺히고 맺힌 설움과 일찍 아들 셋을 모두 다 잃은 자신의 한풀이였다고 나는 지금도 생각한다. 그리고는 나를 벌 준 큰형님을 불러들였다. 큰형님은 우리 집안 종손으로 나에게는 나이가 아버지뻘이었다. 그리고 이제나 저제나 큰형님을 좋아하지 않는 동생들은 없었다. 그 어질고 어진 큰형님에게는 누구나 무조건 복종이었다. 큰형님은 심재영, 그의 삼촌 심훈의 소설「상록수」의 주인공 박동혁의 실제

인물로 알려져 있다. 몇 해 전에 시골집에서 그의 한 많은 세상을 버렸다. 할머니가 큰손자를 보고 역정을 내셨다.

"앞으로 재호에게 손대지 마라. 애비 없는 자식은 내가 키운다."

할머니가 평소에 누구를 나무라는 것을 본 적이 없다. 화가 나면 혼자서 일에 열중하는 것이 버릇처럼 보였다. 할머니는 잠시도 일손을 놓는 일이 없었다. 면화(솜) 씨를 손으로 발라내고 물레를 돌리고 밤에는 다림질을 하고 키질을 하고 체질을 하고 고추를 손질해서 말리고 등등 쉴 새 없이 움직였다. 서울에서 살림하던 과부 된 며느리들이 시어머니를 따르느라 진땀깨나 뺐을 것이다.

할머니는 누구에게 "이래라, 저래라." 시키는 일이 없다. 할머니의 잔소리를 들어본 적이 없다. 그저 앞장서서 부지런히 움직일 뿐이다. 그래서인지 할머니의 허리는 기역자로 꼬부라졌고 엄지손가락 하나는 호두 알만하게 부풀은 채로 굳어 있었다. 내가 어디서 다치거나 종기가 나면 할머니가 그 굵은 손가락에 침을 묻혀서 상처에 발라준다. 그러면 용케도 내 상처는 아물곤 했다.

밤이면 할머니 머리맡에서 며느리가 책을 읽어 드린다. 「삼국지」 「수호지」 「장화홍련전」 등등이다. 며느리가 읽다가 틀리면 할머니가 금방, "애, 그것 틀렸다."고 지적한다. 책 내용을 모두 외우고 있는 것이다. 나도 중국 야사를 할머니한테서 많이 들었다. 커서 읽은 책과 별로 다를 것이 없었다.

나는 예산중학교를 졸업하고 서울고등학교 시험을 치르고 진학했다. 당시 지방학교에서 서울고등학교에 들어가기는 하늘의 별 따기였다. 큰조카 천보도, 육촌동생 재우도 내 뒤를 따라서 서울고등학교에 붙었다. 우리들은 또 다시 서울고등학교 동창생이 됐다.

막 정전이 됐는데 할머니가 위독하다는 기별이 서울로 왔다. 모든 일 다 때려치우고 시골로 달려갔다.

"재호냐?" 하면서 할머니는 바짝 마른 손으로 내 손을 더듬어 잡고 모로 누우신다. 눈물을 가리시는 것 같았다.

"재호야, 네 형들은 살아 있다. 네가 형제들을 찾아라."

나는 밖으로 뛰쳐나갔다. 밖에서 괜히 서성거리는 동안에 할머님은 운명하셨다. 나는 할머님의 손을 잡고 임종을 끝까지 지키지는 못했다. 그러나 할머님의 유언은 내 가슴속을 파고들어 앉았다. 유언은 할머니와 함께 살아서 나와 함께 살아갔다.

중국으로 유학 가는 아이들

나는 1974년 1월 혼자서 미국으로 떠나왔다. 그해 12월에 아내가 아이들 넷을 데리고 따라왔다. 큰딸 영주가 중학교 3학년, 둘째딸 영민이 중학교 1학년, 세 번째로 태어난 아들 성보가 초등학교 5학년 그리고 막내딸 인보는 돌이 갓 지나서였다. 성보와 인보는 열 살 터울이다. 얼마 후에 어머님도 미국으로 모셔왔다.

1980년대에 들어서면서 큰딸 영주는 뉴욕주립대학을 졸업했고 영민과 성보 남매는 케네티컷주에 있는 웨슬리언대학에 진학했다. 하루는 웨슬리언대학에 다니던 둘째 영민이가 중국으로 유학 가겠 다고 한다. 미국과 중국이 국교를 트고 난 뒤 미국대학과 중국 대학 사이에 교환학생 프로그램이 생겼는데, 영민이 남경대학에 유학 신청을 했다는 것이었다. 솔직하게 말해서 우리 내외는 미국에서 공부한 일도 없고 영어도 서툴러서 아이들이 학교에서 어떤 선생과 어떤 공부를 하는지 알지도 못했고 관여할 처지도 못 됐다. 아이들의 졸업식에도 뒷전에서 쭈빗쭈빗 얼굴만 내미는 것이 고작이었다. 대학교도 저희들 마음대로 선택했다. 아무리 당돌하다고 해도 몸이 가냘픈 딸이 혼자서 중국을 가다니, 신경이 안 쓰일 수가 없는 노릇이었다. 나중에 학교에 찾아가서 안 일이지만 중국계 교수가 영민의 중국 유학을 추천했던 것이다.

나는 마음에 걸리는 것은 많지만 또 다른 이유로 영민을 중국으로 보내는 데 반대하지 않았다. 1919년 3·1운동 때 조선독립만세를 부른 죄로 감옥살이를 한 할아버지가 감옥에서 풀려나자마자 안경을 써서 변장하고 중국으로 간 사실이 기억났다. 그는 베이징(북경)을 거쳐서 항주에 있는 지강대학에서 수학했다는 기록이 있다. 영민이 가겠다는 남경대학에서 할아버지가 다닌 지강대학이 멀다면 얼마나 멀겠느냐는 짐작이 갔다. 간 김에 경치 좋다는 항주를 찾아가서 할아버지가 걷던 길도 걸어보고 지강대학에 가서 할아버지의 기록도 찾아볼 수 있는 기회라고 생각했다. 할아버지가 걷던 길을 손녀가 따라가 보는 것도 의미 있는 일이라고 생각했다.

서울에서 태어나 미국으로 와서 중국으로 유학가기로는 영민이가 거의 첫 번째라고 생각한다. 지금 베이징에 가면 수많은 한국 유학생들을 만나게 된다. 그러나 그 때만 해도 한국은 중국과 국교를 트지 못하고 있었다. 남한에서 중국에 유학할 수가 없었다. 그 틈을 비집고 영민이가 중국 남경대학으로 갔다. 가서는 자주 편지를 했다.

중국 남경에서 오는 편지

시력이 약해서 접안렌즈(콘택트렌즈)를 끼는 영민이 안약을 보내달라고 했다. 그런데 보낸 약이 한참 만에 되돌아왔다. 무슨 약물인지 의심이 난 중국 당국자가 되돌려 보낸 것이다. 시장거리에 나가면 외국 처녀인 줄 금방 알아차린 중국 사람들이 슬슬 피한다고 했다. 그렇게 중국 사람들이 외국을 꺼리는 때였다. 한번은 중국 시골에 갔는데 어떤 할머니가 영민의 손을 슬며시 잡고 집 안으로 끌어들였다. 겉은 허름한데 안으로 들어갈수록 화려한 집이었다. 그리고는 얼마나 고생스러우냐면서 자기 손녀딸처럼 다정하게 대해주었다고 전한다. 살아 있는 중국의 속마음일 것이다.

중국 땅에 남한에서는 갈 수가 없었지만 당시 북한에서 간 유학생도 꽤 많았고 사업하는 일꾼들도 자유롭게 왕래가 된 모양이다. 어느 날 이북에서 남경대학에 유학 온 나이 많은 학생들이 영민을 찾아왔다. 영민이 이북 땅에 사는 사람들을 만나기는 처음이었다. 그 중 어느 한 분이, "우리 머리에 뿔이 달렸느냐."고 농담을 걸었다고 한다. 남쪽에서 초등학생들에게 이북 사람은 얼굴이 빨갛고 머리에 뿔이 달렸다고 가르친다는 말을 들은 모양이었다. 나는 남쪽에서 아이들에게 이북 사람들은 머리에 뿔이 달렸다고 가르쳤다는 말을 지금도 믿지 않는다. 황당해도 너무나 황당하지 않은가. 그 자리에서 영민은 무안하고 창피했다고 말했다.

영민이 학교에서 틈을 내서 중국 동북지방(일제강점기 때 만주 땅이라고 했다)으로 배낭여행을 떠났다. 동북지방에서 조선 사람들이 몰려 사는 서탑시장에 들렀다. 서울에서 태어나서 지금은 미국에서 중국에 유학 온 학생이라는 설명을 들은 장마당 부인네들이 모여들었다. 그 중에 한 분은 밥 먹었느냐면서 먹을거리를 쥐어주고 또 다른 분은 저녁에 만나자면서 저녁때가 되자 그의 집으로 초대했다.

그 분의 집에서 식구들과 찍은 사진을 지금도 내가 보관하고 있다. 그 집에서 떠날 때 그 집 노인네가 어려울 때 보태 쓰라고 꽁꽁 모은 돈을 영민의 손에 쥐어주었다. 영민은 그 돈을 집으로 가지고 왔다. 그 분들은 우리의 친척도 아니고 물론 알지도 못하던, 남의 나라 땅 시장바닥에서 장사하는 조선족 분들이다. 영민이가 태어나서 희한한 경험을 한 것이다.

압록강 변에 들른 영민은 신의주 쪽을 바라보면서 사진 몇 장을 찍었다. 지금 우리집 벽에 전쟁 때 부서진 다리와 새로 놓은 다리가 교차하는 압록강 다리 사진 한 장이 걸려 있다.

남경대학 수학을 끝내고 돌아오자 서울에 있는 한 잡지사에서 영민에게 원고 청탁이 왔다. 영민의 중국 여행은 당시에는 아주 드문 일이었기 때문이다. 영민이 쓴 원고 초본에 사진 한 장이 끼어 있었다. 압록강 건너 이북 땅 강가에서 손을 흔드는 어린이의 사진이었다. 그런데 편집자가 붙인 사진 설명이 걸작이었다. '자유가 그리워 손을 흔드는 북한 어린이'였다. 그 사진설명을 본 영민은 얼굴을 붉히고는 그 사진을 뺀 것으로 안다. 엉뚱한 사진설명이었기 때문이다.

영민이 남경대학에 다닐 때 할아버지가 다녔다는 항주의 지강대학을 찾아갔었다는 얘기는 못 들었다.

어머니 몰래 적어준 편지

성보도 웨슬리언대학 3학년을 마치더니 중국 북경(베이징)대학으로 유학을 가겠다고 한다. 영민과 같은 교환학생 프로그램이었다. 북경대학에서 유학 허락을 받았다고 한다. 따로 돈이 드는 유학은 아니다. 그런데 왜 아이들에게 중국 바람이 부나 호기심이 일었다. 여자아이인 영민도 낮선 땅 중국으로 혼자 보냈는데 아들인 성보 너는 안 된다고 말할 수도 없는 노릇이다. 중국을 가자면 미국 시민권이 있어야 한다. 그 때도 아직 한국과 중국은 국교 관계가 없었기 때문이다. 한국 여권을 가지고 중국에 갈 수 없었다. 성보는 미국 시민권을 갖고 있지 않았다. 우리 식구들 모두가 한꺼번에 시민권을 신청했는데 무슨 차질인지 성보 것만 누락된 상태였다.

중국으로 떠날 날이 얼마 안 남았는데도 성보 녀석은 태평이다. 미국 정부에서 하는 일을 내가 서둔다고 될 일도 아니고 해서 내버려두었다. 중국 비자는 유학 가는 학생 본인이 책임지는 일이었다. 그런데 성보가 중국으로 떠날 예정일 일주일쯤 앞두고 미국 연방 이민국에서 편지 한 장이 날아왔다. 성보 시민권이 곧 해결될 것이라는 통보였다. 그동안 시민권 처리 기간이 늦어진 핑계와 다시 빠르게 진행하는 이유가 설명된 것으로 기억하고 있다.

진짜 사유는 이렇다. 아무 힘도 없는 아빠 얼굴만 쳐다보고 있어야 될 것 같지도 않고, 중국으로 떠날 날짜는 바짝 다가오는데 마음이 급한 성보가 대학교 총장을 찾아갔다. 대학교 총장은 그 자리에서 지역 연방 국회의원에게 협조 요청을 했다. 유명한 대학교 총장이 국회의원을 앞세우고 나서니 몇 달이 걸려도 안 되던 일이 일주일 만에 쉽게 풀린 것이다. 미국에서도 빽이 좋긴 좋구나 하는 실감이 났다. 성보는 운동화 하나 신는 데도 십분 이상이 걸리는 느려터진 성격이 있는 반면에 꼼꼼하고 엉뚱한 데가 가끔 보였다.

아시아 한반도에서 태어난 얼굴이 노란 아들이 중국에서도 저 유명한 베이징대학에 돈 한푼 안 들이고 간다는데 속으로는 자랑스럽고 흐뭇하지 않을 수가 없었지만 그것은 내 속에 접어두고, 내가 기뻐하는 데는 또 다른 까닭이 도사리고 있었다. 중국말도 잘 모르는 성보가 베이징대학에서 어떤 공부를 할지는 별로 궁금하지 않았다. 성보가 중국으로 떠나기에 앞서 나는 나대로 바빴다. 35년 전 고향 언덕길을 넘어 전쟁터로 끌려간 뒤 행방불명이 된 형제들의 소식이 '하늘의 힘'으로 점지되는 순간이 아닌가, 가슴이 뛰었다. "네 형들은 살아 있다. 네가 형제를 찾아라."고 유언하신 할머니의 유언이 머리에 새삼 떠올랐다. 할머니는 아무 것도 모르면서 왜 형들이 살아 있다고 했을까. 지금까지 의문이다.

떠나간 형들의 본적과 떠날 때의 주소, 그리고 생년월일을 자세하게 적고, 남겨 놓고 간 사진들을 찾았다. 또 다니던 학교와 그 때 친구들의 이름, 남쪽에 있는 친척들의 현황 등등 걸리면 꼼짝 못할 그물망을 짰다. 문제는 성보가 저의 삼촌들을 찾는다 해도 서로가 알아보지 못할 것이 염려됐다. 형들은 친조카인 성보가 이 세상에 태어나기 전에 행방불명이 됐기 때문이다.

그 동안 형들을 찾느라고 남쪽 땅은 알게 모르게 이리저리 다 뒤졌고, 제3국으로 떠나간 포로 명단에도 형들이 없다는 사실이 확인됐기 때문에 그들이 살아 있을 가능성은 이북 땅밖에 없었다. 그리고 그럴 만한 소문도 있었다. 우리 고향은 남쪽이고 이북 땅에는 조상의 묘소 하나, 알 만한 친척 한 사람도 없었다. 우리는 이북 땅에서 피난 내려온 이산가족이 아니다. 그렇게 전통적으로 생소한 이북 땅이라 형들을 정확하게 찾는다는 것이 복권을 사는 것 같은 느낌도 들었다.

이런저런 자세한 자료를 적은 편지를 공부하러 가는 성보 옷자락 속에 묻어주었다. 물론 말로도 귀에 못이 박히도록 쑤셔 넣었다.

"베이징에 가면 이북에서 유학 나온 학생들을 만날 것이고, 그러면 눈치 봐 가면서 그들의 속을 떠보다가 슬쩍 정보를 흘려라. 낚싯바늘을 던져라. 맘 조심, 몸 조심해라. 남의 말에 흔들리지 말아라. 꼬임에 빠지지 말아라…" 등등이었다. 이 날 성보에게 한 잔소리는 내가 일생 두고두고 할 잔소리를 전부 합친 것보다 많을 것이다.

성보는, "알았어요. 아 글쎄 알았다니까요." 하고 헛김 새는 대답만을 남기고 중국으로 날아갔다. 그 때가 1984년이었다. 손자에게 이런 편지를 써 준 사실을 어머니에게는 감추었다.

큰아들 살아 있다고 믿는 어머니

일제강점기였던 20대 초반에 남편과 사별한 어머니는 40대 중반 전쟁 통에 큰아들을 잃었다. 아들이 죽었는지 살았는지, 죽었으면 어디서 죽었고 살았으면 어디에 있을까, 글자 그대로 행방불명이 된 것이다. 나는 지금까지 남편을 일찍 잃은 여성으로 온갖 수모를 당하고 모진 고생을 겪어온 어머니가 눈물을 흘리는 것을 한 번도 본 적이 없다. 어머니는 큰아들을 찾아서 남한 구석구석을 샅샅이 뒤지며 다녔다. 전쟁이 멎은 뒤에 포로들이 수용돼 있는 거제도 포로수용소까지 찾아갔다. 누군가가 큰아들 심재건을 보았다는 소문을 따라서였다. 결국은 허사였다. 세월이 지나면서 겉돌던 소문들도 잠잠해졌다. 이제는 또 헛소문이라도 들려오기를 기다리는 수밖에 없었다.

어머니가 미국에 올 때도 통신과 여행이 자유롭다는 미국에 가면 큰아들 소식을 들을 수 있을까 하는 바람과 기대가 가슴속에 가득 차 있었을 것이다. 실제로 북에서 고향을 떠나온 자식이나 부모 그리고 남쪽에서 전쟁 통에 자식을 잃은 부모 형제들은 이런 희망을 가슴속에 간직하고 있었다. 그래서 일부러 미국에 왔다는 사람도 만난 적이 있다. 남북 땅은 지척에 두고 자식과 고향을 찾으러 그 멀리 태평양을 건너 남의 나라인 미국 땅으로 오는 이상한 현상을 어떻게 해석하면 좋을까.

어머니는 큰형에 대한 말을 절대로 입 밖에 내지를 않았다. 큰아들을 거제도 포로수용소까지 찾아다녔다는 이야기도 남의 입으로 들은 것이다. 큰아들을 보고 싶다든가, 찾아보라는 하소연도 들은 적이 없다. 큰아들 얘기만 나오면 못 들은 척까지 했다. 70이 넘은 노인네가 미국에 오자마자 봉제공장에서 바느질을 시작했다. 방을 따로 얻어 독립해서 살면서 푼돈을 꼬박꼬박 저축했다. 무슨 물건인지 남모르게 간수하는 모습도 눈치 챌 수 있었다.

"너희들이 에미를 잘 못 만나서 출세도 못 하고 돈도 못 번다."라는 것이 어머니의 한이고 큰아들도 에미를 잘 못 만나서 저렇게 됐다는 것이 어머니가 일생 가지고 사는 고집스러운 고뇌였다.

"애, 성보한테서 무슨 소식 없니?"

느닷없이 물으실 때가 있다.

"잘 있대요."

"아무 소식도 없구?"

"소식은 무슨 소식이요."

대화는 여기서 끝난다. 그런데 어머니가 묻는 '소식'은 큰형 소식을 가리킨다. 어머니는 자기에게 말은 하지 않지만 이북과 가까운 중국까지 간 성보와 나 사이에 무슨 꿍꿍이속이 꾸며지고 있는지를 다 알아차리고 있는 것이다. 그 어머니 속을 다 알면서도 나는 시치미를 뚝 떼는 태도로 일관했다. 요새 말로 하면 속 보이는 기 싸움이라고나 할까.

어머니는 화투장을 손에서 놓는 일이 없다. 새벽은 운수 떼기부터 시작된다. 화투장에 운수 좋은 날도 많이 나왔을 텐데도 운수 보기는 매일 계속된다. 아들 만날 운수가 아직 안 나오는 것이다. 어머니는 또 감리교회, 장로교회, 천주교회도 가리지 않고 나가고 절에도 열심히 간다. 절이나 교회에서 기원하는 내용은 같았을 것이다. 어머니가 봉제공장에서 바느질해서 번 돈 중에서 교회 연보로, 절에서 불공드리는 데로 많이 나갔을 것이다.

어머니는 큰아들이 어디엔가 살아 있다고 의심 없이 믿고 있는 것이 분명했다. 다만 큰아들을 다시 만나게 해달라는 것만이 어머니의 기원이었다. 어머니가 그렇게도 애타게 찾는 큰형은 사실은 어머니 속을 무척이나 썩이는 아들이었다. 지금 안국동 네거리에 있는 풍문여고는 일제 때 원래 휘문소학교였다. 큰형이 이 휘문소학교(초등학교)에 다닐 때 하는 일은 공부가 아니라 그 당시 일본 학생이 다니던 이웃 종로소학교로 쳐들어가서 일본 학생들과 패싸움을 벌이는 일이었다. 조선 학생들이 돌을 던지면 일본 학생들은 칼을 던졌다고 한다.

우리 삼형제는 어머니와 단칸 월세 방에서 한동안 살았다. 그때 어머니는 어느 회사에 나간다고 들었다. 큰형은 아침에 눈뜨자마자 작은 형과 싸움으로 하루를 시작한다. 우락부락하고 괄괄한 큰형은 한 마디도 지지 않고 깐죽대는 작은형이 악을 받치는 것이다. 두 형제의 싸움은 하루도 거르는 날이 없었다. 어떤 때는 그 꼴들이 보기가 지겨워서 들어가기가 싫었다. 화가 받친 어머니도 하도 속이 상해서 훌쩍 집을 나가는 적도 있었다.

그런 큰형이 시골에 피난 와서 또 다른 모습을 보인 적이 있다. 바닷가에서 낚시질을 하던 작은형을 금룡이라는 동네 불량배가 때린 적이 있다. 그 소리를 들은 큰형이 그 놈을 찾아가서 직사하게 패주고 돌아왔다. 그런 뒤에 우리 형제들을 건드리는 놈들이 없어졌다. 책 읽는 공부와는 담을 싼 큰형은 고등학교에 올라가면서(그 당시 학제가 중학교, 고등학교로 분리됐다.) 여학생 따라다니는 일로 전환했다. 밤에 잠 잘 때는 교복 바지를 얌전히 접어서 요 밑에 깔고 잔다. 아침에 일어나면 교복 바지에 다리미로 다린 것처럼 줄이 선다. 그 교복을 뻗쳐 입고 여학생 사냥에 나서는 것이다. 용돈은 엄마를 다그쳐서 뜯어냈다. 나의 형 재건네들처럼 전쟁 때 열일곱 살 난 청년들은 남쪽에서 의용군으로 강제 동원됐건, 북쪽에서 "너만은 살아라." 하고 어머니들에게 등을 밀려 남쪽으로 피난 왔던 그들의 머릿속에는 목숨을 내걸고 싸울 만한 어떤 이념이나 사상이나 정견이나 종교 같은 것이 없었다. 남북 분단의 대세에 휩쓸려 이리 몰리고 저리 쏠리면서 고래 싸움에 새우등이 터질 뿐이었다.

베이징에서 오는 편지

성보 편지가 베이징에서 날아왔다. 그 내용을 대충 정리한다.

성보가 베이징 주재 조선 대사관을 찾아갔다. 베이징에 유학 온 조선(이북) 학생들과 다른 나라에서 온 유학생들의 농구시합을 앞두고서였다. 말하자면 나라 대 나라의 유학생 농구시합이었다. 그런데 평소에는 한 기숙사에서 친하게 지내는 이북 학생들이 농구시합에는 성보를 남쪽 출신이라고 해서 선수팀에 끼워주지 않는 것이었다. 화가 난 그는 대사관에 가서 아주 높은 분을 만나서 항의했다.

자기를 소개하고는 "남북통일을 원하는 마당에 같은 베이징대학교 학생으로 외국 대학생들과의 경기에 왜 자기를 끼워주지 않느냐"고 대들었다. "남북이 한 팀 선수로 같이 뛰면 그것도 통일이 아니냐"고 했단다.

내가 듣기에도 깜짝 놀란 당돌한 행동이었다. 성보의 항의를 받은 대사관이 호의로 주선해서 결국 성보도 한반도팀 농구선수로 뛰게 되었다.

"그래, 너의 팀이 이겼니?" 나중에 물었다.

"말도 마세요. 북쪽 학생들이 어떻게나 반칙을 하는지 집어치우고 말았어요." 하며 씁쓸히 웃는다.

이 농구 사건 이후에 성보가 이북 유학생들과 조선대사관의 관심의 대상이 된 것만은 분명했다. 모든 길이 로마로 통하듯이, 모로 가도 서울만 가면 되듯이 성보의 이 돌출행동이 저의 삼촌을 찾는 길로 통할 것인가, 엉뚱한 상상을 그럴 듯하게 했다.

성보 편지 속에 백두산에서 찍은 사진이 들어 있었다. 한 장은 백두 폭포를 배경으로 찍은 것이고 다른 한 장은 백두산에 올라서 북녘 땅을 바라보면서 찍은 사진이었다. 중국 쪽에서 오른 백두산 정상이다. 그곳을 달문이라고 한다. 성보가 바라보고 있는 저 멀리 북녘 땅에 살아 있는 우리 형제들이 어디엔가 있을 것이다. 둘째딸 영민도 압록강 가를 따라서 걸으면서 북녘 땅을 들여다보고 돌아왔다. 이번에는 아들 성보가 백두산에 올라서 북녘 땅을 내려다보고 있다. 숲속에 가려 있는 토끼 한 마리를 채기 직전에 하늘을 빙빙 도는 독수리라고나 할까. 그 때가 1980년대 초이니까 중국 쪽 백두산이라도 남쪽에서는 갈 수가 없는 곳이었다. 한국과 중국이 국교를 튼 다음에 전쟁 때 고향과 부모자식, 친지들을 두고 떠나온 이산가족들이 중국 쪽이나마 백두산을 서둘러 찾아 오르고 압록강변을 헤매면서 고향 땅을 바라보는 광경과 별로 다름이 없는 것이었다.

얘기가 나온 김에 1989년 7월 14일 북쪽 우리 땅에서 백두산에 올랐을 때의 내 경험을 보탠다. 내 경험은 북쪽에서 듣고 보고 체험한 일을 당시에 적은 일기다.

　백두산 지역은 전쟁을 치르지 않은 곳이다. 옛날 독립군들의 발자취가 있을 뿐 외국 군대의 발길이 못 미친 곳이다. 파란 하늘에서 안개비가 내리는 백두고원 삼지연비행장에 내렸다. 주위가 온통 숲이다. 이깔나무, 가문비나무, 전나무, 자작나무, 사스레나무 그리고 이 지역의 특종인 본나무들이 삼지연 호숫가에 서 있다. 저 멀리 백두산의 흰 머리가 보인다. 장군봉(전에는 병사봉이었다고 한다), 향도봉, 청석봉, 백운봉, 록면봉, 차일봉, 달문(중국 쪽), 백암봉, 쌍무지개봉, 옥설봉, 제비봉 등 열여섯 개의 큰 봉우리들이 천지를 둘러싸고 있다.

　백두산 정상의 날씨는 10분이 멀다하고 급변한다. 8월 이후에는 위험해서 일반 사람들의 등산이 금지된다. 1년 365일 중 242일이 흐리고 그 중 207일은 비가 내린다. 제일 높은 봉우리는 해발 2천750미터, 정상까지 자동차가 올라간다. 천지는 정상에서 560m 아래에 펼쳐진다. 수면 높이는 해발 2190m이다. 수면 면적은 9.16평방km이고 물 깊이는 제일 깊은 곳이 384m, 평균 깊이는 213.3m라고 설명한다. 백두산 중턱에 꽂혔던 〈조·만 국경〉의 정계비는 없어졌고, 중국과의 협상으로 백두산 정상의 3분의 2가 우리 땅으로 돌아왔다고 한다.

　압록강이 막 시작되는 상류지역에는 나물 종류들이 흐드러지게 많고도 풍부하다. 평풍나물, 더덕나물, 우금정, 물생치, 곰취 등등이다. 진달래가 6월에 지고 7월에 라일락이 만발한다. 백두산 영지버섯과 산록의 불로초 애기는 환상적이다. 눈 속에서 핀다는 만병초는 보이지 않았다. 천지 위로는 몸집이 작고 날랜 백두제비가 난다.

　1989년 6월 30일 백두산 정상까지 오르는 삭도가 완성됐다. 길이는 1천200미터, 올라가는 데 7분 걸리고 향도봉 밑에 대피소가 있다. 내려오는 길에 야생 꽃이 만발한 들판에 자리 잡고 소백산 개울에서 잡은 산천어 찌개를 끓이는데 노루와 사슴 궁둥이를 따라다닌다는 쉬파리가 극성을 떤다 백두산에 다녀온 뒤 성보 편지가 뚝 끊어졌다.

행방불명 된 성보

성보는 베이징대학에서 예정된 수학과정을 마치고 베이징외국어대학(베이징 언어학원)으로 옮겼다. 중국어를 더 공부해야겠다고 했다. 그러던 성보로부터 갑자기 소식이 끊어졌다. 기숙사로 전화를 걸어 보아도 성보가 어디에 있는지 아무도 시원한 대답을 못했다. 여행길을 떠나면 그런 경우가 가끔 있기 때문에 그러려니 했다. 행방불명이었다. 그때가 1987년 초겨울이었다.

우리 식구들은 원래부터 서로 떨어져 사는 데는 이골이 난 사람들이라 편지가 좀 뜸하다고 해서 노심초사 안달복달하지는 않는다. 몇 년 떨어져 있다가 만나도 어저께 본 사람들처럼 서먹서먹하지 않게 행동을 한다. 그런데 이번에는 아무래도 이상했다.

"평양에 다녀왔습니다. 여기 큰 아버지 편지를 동봉합니다."

성보는 평양으로 들어가면서 일부러 집에 알리지 않았다. 우리들 특히 저의 엄마가 걱정할 것을 뻔히 알았기 때문이다. 그 편지 속에는 또 다른 편지 한 장과 사진이 끼어 있었다. 사진 한 장은 성보가 평양 기차역에서 저의 큰아버지를 껴안고 찍은 사진이었다. 큰아버지와 조카가 어쩌면 그렇게도 닮았는지…. 서로가 첫눈에 알아보았다고 했다. 이런 때에 세월이라는 것은, 특히 같은 핏줄 앞에서는 별 힘을 못 쓰는 모양이다.

성보는 평양에서 보름 이상을 묵었다. 평양에 있으면서 북에 있는 친

척 형제들을 다 찾아내고 북에서 결혼해서 태어난 형제들과 조카들의
생년월일까지 빠짐없이 꼼꼼하게 적어 보냈다. 상한 사람 하나도 없이
모조리 살아 있었다.

홍두깨처럼, 도깨비처럼 아닌 밤중에 '가족을 찾습니다' 하고 미국에
서 조카 한 놈이 나타나자 북에 있던 가족들과 집안은 벌컥 뒤집힌 모양
이다. 미국에서 사는 우리들이 아무리 반갑고 놀라서 어쩔 줄을 몰라 했
대도 북쪽 형제들이 자기들 고향인 남쪽에서 자라나 미국에서 살면서
그 멀리 찾아간 조카를 맞는 심정에다 비할까. 그것도 하늘에서 내려왔
다면 몰라도 서로가 경계하고 등 대고 있는 미국에서 나타난 조카를 보
고 얼마나 놀랐을까.

조카를 앞세우고 평양 거리 여기저기를 보여주는 삼촌들의 사진이 속
속 배달됐다. 성보 키가 저의 삼촌들보다 컸다. 그런데 삼촌들에게 끌
려 다니는 모습은 귀염둥이 어린아이였다. 대견하고 고맙고 신통하고
자랑스럽고 미안하고 서럽고 안쓰러워하는 모습이 삼촌들의 얼굴에서
읽혔다. 지금도 북에서 오는 편지에 성보 이름이 빠지는 적이 없다. 나
는 이런 경우에 지나치게 겸손하고 싶지 않다. 나도 좋은 일을 한 번 멋
지게 한 것이다. 나보다 더 많은 사람들의 한을 풀어준 것이다. 내 가족
앞에서 남북을 갈라놓은 그 거대한 벽 한 귀퉁이가 무너졌다. 통쾌한 일
이었다.

성보가 동봉한 큰형의 편지는 읽는 나보다도 쓴 형이 더 힘들어 보였
다. 편지지 위에서 그의 눈물이 어른거리고 줄마다 피가 맺혔다. 여기까
지 힘들여 왔다. 그래 좋다. 다음은 또 무어냐. 넘어야 할 고개는 어떤 것
이냐? 그것은 스스로 물어볼 것도 없는 일이었다. 우선 어머니에게 큰
아들을 찾았다는 사실을 안 알릴 수가 없다. 아들의 편지도 보여드려야

한다. 그 때에 쓴 내 일기 한 토막을 소개한다.

성보에게서 편지가 왔다. 큰삼촌이 함흥에 살고 있는데 아이들이 6남매라고 한다. 별안간에 대식구가 는 것이다. 이 소식을 조심스럽게 어머님에게 전했다. 그런데 그리도 찾던 아들의 편지를 보는 어머님은 의외로 담담하다. 아무 말씀도 없다. 그 후 일주일이 지나서 어머니가 식사를 제대로 안 하는 것을 눈치 챘다. 단 한 마디. "형을 어떻게 하면 만날 수 있느냐?"고 물었다. 당시 나로서는 아무런 방도가 없었다. 이왕 성보가 앞장서서 저지른 일이니 성보에게 할머님을 모시고 큰삼촌을 만날 수 있는 길을 부탁하는 수밖에는 도리가 없었다. 기다려보자고 했다.

"알았다. 나 혼자 가겠다."

어머니의 태도는 단호했다. 살아 있다는 것은 다 짐작하던 일이고, 이제 어디에 살고 있다는 것을 알았으니 가지 않으면 어쩔 것이냐였다. 정말 환장할 노릇이었다. 별안간에 무슨 죄를 진 사람이 된 것이다.

7월 초순 베이징에서 편지가 왔다. 성보 편지다. 북한 정부에서 입국사증을 주기로 했으니 할머님을 모시고 오라는 내용이었다. 어머님은 당장 입맛을 회복했다. 그리고 아들에게 가져갈 짐을 꾸리기 시작한다. 사정을 모르니까 짐을 줄이시라고 해도, "그래, 그래. 알았다. 고맙다. 우리 새끼들…." 대답할 뿐이다. 처음으로 듣는 고맙다는 말이었다.

나는 어머니의 짐을 보고 입이 딱 벌어졌다. 언제부터 준비해 온 물건들인지 보따리 보따리 보따리였다. 형에게 보내기 위해 오래전부터 서울서부터 꾸려놓은 짐들이 분명했다. 참 알다가도 모를 일이었다. 이런 경우 남성은 여성의 모성애 앞에 꼼짝을 못하게 된다. 후에 벌인 '뉴욕 남북해외이산가족 찾기' 후원회 일을 맡고서 남북으로 뛰어다니며 경험한 일이지만, 흩어진 가족을 찾는데 앞장서는 사람들은 대부분 어머니, 할머니, 누이들이었다. 남성들은 들러리에 불과했다.

다음은 그 당시에 찾은 이산가족들의 이야기를 곁들인다.

평안남도 숙천의 이재진 씨 어머니 외아들인 이재진 씨를 남쪽으로 피난시킨 홀어머니는 이사를 가지 않았다. 아들이 찾아올 집을 지키기 위해서였다. 미국 뉴욕에서 고향을 떠나온 지 37년 만에 어머니를 찾아가는 이재진 씨를 평양에서 만났다. 그는 자기가 떠나온 집에서 어머니를 만났다. 이씨의 어머니는 며느리에게 줄 혼숫감을 오래 전부터 장만해 놓고 기다리고 있었다. 이재진 씨는 후에 부인을 데리고 다시 어머니를 찾았다. 그 자리에서 처음으로 며느리를 맞은 시어머니는 마련해 놓았던 혼숫감을 며느리에게 전했다. 이재진 씨의 어머니는 외아들을 만난 얼마 후에 세상을 떠났다.

함경남도 함흥의 한우갑 씨 어머니 한우갑 씨의 어머니는 나이 여든아홉 되던 해에 아들이 미국에서 살고 있다는 소식을 들었다. 뉴욕에서 서둘러서 어머니를 찾아간 아들을 어머니는 알아보지 못했다. 어머니는 그러나 수십 년 만에 다시 찾은 50이 넘은 아들이 곁에서 자는 얼굴을 들여다보면서 등도 만져보고 손도 만져보면서 아들을 확인하는 것이었다. 나도 함흥에 갔던 길에 한우갑 씨의 어머님을 찾아뵌 적이 있다. 한우갑 씨가 뉴욕에 돌아와서 밤이 깊었는데 전화를 걸어왔다. 고향에서 오는 길에 어머니 상을 목각으로 만들어 왔는데 그 목각이 자꾸 깨진다는 울음 섞인 하소연이었다. 한우갑 씨의 어머니도 아들을 만난 뒤에 세상을 떠났다.

평안남도 문덕의 최종필 형제 어머니 평안남도 문덕에 사는 최종필 형제의 어머니를 찾아간 적이 있다. 최씨의 형제가 어머니를 찾아뵙고 막 뉴욕으로 돌아간 뒤였다. 찾아준 이산가족들이 어떻게 살고 있는가 보고 싶은 호기심도 있는데다가 그때만 해도 가족을 찾은 이산가족은 어떤 불이익을 당한다는 악의적인 소문이 돌고 있던 때라 사실이 그런지 확인하고 싶었다. 아들을 찾아 준 사람이 찾아왔다는 소문을 듣고 마을 사람들이 모여들었다. 어둑어둑한 저녁이었다. 누구는 술병을 가져왔다. 계란을 가져온 사람, 닭 한 마리를 잡아온 사람도 있었다. 그들은 고향 떠난 친구를 찾아주어 고맙다는 인사를 하면서 고향을 떠나간 또 다른 사람들의 소식을 알아달라는 부탁을 했다. 이산가족 한 사람을 찾으면 동네사람들과 친척 친지들이 서로 수소문해서 수많은 이산가족을 찾게 되는 것이 내 경험이다. 형 최종필 씨는 전쟁 때 인민군에 나갔다가 남쪽으로 넘어와서 다시 남쪽 군대인 국군 복무를 마치고 남미로 이민 갔다가 미국으로 넘어온 사람이다. 전쟁 때 나이가 어렸던 동생은 살아서 돌아오라는 어머니에게 등을 밀려 남쪽으로 내려왔다. 폭격을 당하는 쪽에서 폭격을 하는 쪽으로 가서 몸을 피하는 것이 더 안전했기 때문이다. 이북 땅은 폭격을 당하는 쪽이었다.

함경북도의 정씨 어머니 다음은 당시 북쪽에서 이산가족을 찾는데 협조한 분이 평양에서 두만강으로 가는 기차 속에서 전해준 이야기다. 정씨는 전쟁 때 인민군에 나갔다. 그리고 전사 통지서가 어머니에게 전달됐다. 북한 정부에서는 정씨 어머니에게 연금을 지불하기 시작했다. 아들의 전사통지서를 받고 연금까지 타고 있는 정씨 어머니는 아늘이 죽었다는 것을 믿지 않았다. 아들이 나간 집을 그대로 지키면서 방 하나는 장가가면 쓸 아들 내외의 방으로 꾸미고 혼수도 장만해 두었다.

사실은 이렇다. 아들 정씨는 전투 중에 남쪽으로 넘어왔고, 역시 국군에서 군복무를 마치고 미국으로 이민 갔다. 미국에서 정씨는 의사가 됐다. 그리고 어머니를 찾았다. 얼마 전에 그 아들 정씨가 어머니를 만나고 미국으로 다시 돌아갔다고 한다. 내가 "그러면 여태까지 정부에서 지불한 연금은 어떻게 되느냐"고 물었더니 그 선생이, "사람이 살아 돌아왔는데 연금이 문제냐"면서 내게 무안을 주었다.

흥남이 고향인 노병삼 씨 노병삼 씨는 흥남 철수작전 때 철수하는 미군 수송선에 등이 밀려서 올라타게 됐다. 부두까지 같이 나온 부인, 딸들과 서로를 빤히 바라보면서 놓치고 말았다. 부인과 딸들이 있는 곳에서 불이 나는 것을 바라보면서도 속수무책이었다. 흥남에 두고 온 가족이 살아 있다는 소식을 전했다. 그런데 고향으로 남편을 보내는데 앞장서는 사람은 남쪽에서 결혼해서 미국 뉴저지에서 같이 사는 부인이었다. 그리고 병객인 노병삼 씨를 원래 부인과 딸들이 있는 고향에 안내하는 사람은 지금 부인이 난 딸이었다. 고향을 다녀온 노병삼 씨가 나를 찾아왔다. 평생소원을 풀어서 고맙다면서, "나 마누라하고 또 헤어졌다."고 말하는 것이었다. 그 후 얼마 안 있다가 노병삼 씨는 세상을 떠났다.

이 자리에서 얘기한 분들에게는 한 가지 공통점이 있다. 자신들이 두고 온 고향과 어머니, 부인, 형제, 자식, 친지들을 한시도 잊지 않고 남에 의지하지 않고 두려워하지도 않고 극성스럽게 찾는 점이다. '세월이 풀리면 만나게 되겠지'가 아니라 세월을 바꾸는데 자신들이 앞장을 서는 것이다. 그런데 이상한 것은 이런 사람들이 누구보다도 먼저 가족의 소식을 듣게 되는 점이다. 알던 사람들도 아니고, 돈 받고 하는 일도 아니고, 어떤 특별 부탁도 있을 수가 없는데도 말이다. '하늘이 무심하지 않다'는 말을 믿고 싶다.

뉴욕 이산가족찾기회를 통해 두고 온 북녘 가족 소식을 듣는 재미 이산가족들

꿈에도 잊지 못하던 형제들의 생사를 알아내고 또 찾아가서 만날 수 있다고 해도 미국에서 비행기를 타고 날아가서 이북 땅에 발을 들여놓는다는 것은 그렇게 간단한 일은 아니었다. 거의 평생을 반공 교육을 받으며 자란 나였다. 거리에 나서서 반공 시위도 많이 했고, 대한민국 군대도 복무했고, 이북 땅을 밟게 되리라는 것은 꿈에도 생각하지 못하던 일이었다. 더구나 해방 직전에 어려서 부모를 졸지에 잃고 혼자서 고향인 함경남도 단천에서 삼촌을 찾아서 서울로 내려온 아내는 내가 평양에 가는 것을 달갑게 생각하지 않았다. 그것도 마음에 걸리는 일이었다. 그렇다고 해서 70이 훨씬 넘은 어머니를 혼자 보낼 수는 없는 일이었다.

둘째 딸 영민은 저도 따라가겠다면서 졸업한 웨스리언대학에 찾아가서 여행비를 마련했다. 북한에 다녀와서 거기서 겪은 경험을 강연하는 조건으로 학교에서 자금을 마련해 준 것이라고 들었다. 어머니는 내 눈치를 살피면서 여비는 충분하게 있으니 걱정하지 말라고 나를 안심시켰다. 이때를 대비해서 꽁치꽁치 뭉쳐놓은 돈이었다.

사실 말이지만 이북에 있는 자식을 찾고도 돈이 없어서 찾아가지 못하는 부인네들을 나는 알고 있다. 이북에 가서 아들을 만나고는 미국으로 다시 돌아갈 여비가 없다고 평양에서 떼를 쓰는 딱한 부인도 본 일이 있다. 내게는 그런 걱정이 아니었다. 어딘가 두렵고 불안하고 망설여지는 여행길이었다. 아무리 어렵다고 해도 넘어야 할 산이지만 넘기 전에 준비할 일들이 한두 가지가 아니었다. 아내가 먼저 용단을 내렸다. 어머니를 모시고 당신이 나서야 한다고 딱 잘라 말하면서 내 등을 밀었다.

중국으로 떠나기를 며칠 앞두고 나는 뉴욕 주재 한국영사관을 찾아가서 공로명 총영사를 만났다. 가기 전에 어떤 친구는 미국 시민권을 가졌는데 구태여 찾아갈 필요가 있느냐고 말렸는데 나는 그렇게 하는 것이 마음에 걸렸다. 이북 방문을 남한의 총영사가 찬성하리라고도 생각하지 않았다. 그렇다고 해서 서울에서 미국으로 온 내가 남한 당국을 무시하는 행동을 하고 싶지 않았다. 우선 떳떳하게 행동하고 싶었다. 무엇보다도 제 부모형제를 남몰래 숨어서 만난다는 게 참 웃기는 일 아닌가. 창피한 짓이 아닌가. 그것도 너무 오래 참아오지 않았는가. 이북 땅도 우리 땅이고 내 아내 그리고 그곳에서 태어난 조카들의 고향인데 언제까지나 외면하고 피하면서 살 것인가. 그리고 우리 친형제들이 살면서 목을 빼고 기다리고 있는데.

공로명 총영사는 신선했다. "노모를 모시고 가신다는데 어떻게 말리겠습니까."였다. "잘 다녀오라."고 내 마음의 짐을 덜어주었다. 아무리 개인적인 인사라고 해도 당시의 뉴욕 총영사가 하기 쉬운 말은 아니라는 것은 나도 충분히 알고 있었다. 그 때의 고마움을 언젠가는 한번, 지금은 은퇴한 공로명 선생을 만나서 직접 전하고 싶다.

미국 여객기 유나이티드 에어라인으로 중국 베이징에 도착했다. 당시는 대한항공이나 아시아나항공기는 중국 노선에 취항하지 못하고 있었다. 한국이 중국과 국교가 없었기 때문이다. 베이징공항 출입국장에 "대만동포환영"이라고 쓴 현수막이 눈길을 끌었다. 이 현수막은 그 후에 보이지 않았다. 지금의 베이징공항 건물은 일본의 지원으로 상당히 크고 새로운 시설로 단장됐는데 그 당시만 해도 별로 보잘 것이 없었다. 공항 활주로 근처에서 자전거를 탄 사람들이 지나다닐 정도였다. 당시 이북에서 베이징에 나와 있던 친 선생이라는 분이 북한 입국 수속을 간편하게 맡아서 해주었다. 일행은 어머니와 나, 영민, 그리고 베이징에서 합세한 안내원을 합쳐서 모두 넷이었다.

중국 베이징공항을 이륙한 북한 여객기인 조선민항 기에는 여름방학으로 고향으로 돌아가는 북한 유학생들이 많았다. 그들이 호기심에 찬 눈으로 어머니에게 말을 걸었다.

"할머니, 어디서 오십니까?"

"나? 뉴욕에서 와요."

"예?! 미국에서요?"

"그래, 우리 아들 보러 가요."

이북 학생들은 놀라는데 어머니의 태도는 태연하고 표정은 가볍고 즐거웠다. 마치 이웃집에라도 놀러 가는 기분이다. 조금도 당황하는 기색이나 불안해하는 눈치를 챌 수가 없었다. 흥분도 하지 않는다. 반면에 나는 어떤 초조함과 두려움 그리고 야릇한 흥분을 내 스스로 조종하고 있었다. 영민과 성보 남매는 이미 중국 경험이 있기 때문에 행동이 자연스러웠다.

베이징공항을 떠난 비행기는 한 시간 반쯤 비행 뒤에 평양 순안공항에 내렸다. 7월초 여름 더위가 후끈했다. 그리고 모든 것이 조용했다. 다른 승객들이 이미 공항을 빠져나간 뒤에 우리 가족은 뒤쳐져서 비행기에서 내렸다. 좀 떨어진 공항 청사 주변에서 사람들이 서성거리고 있었다. 그 당시 일기를 들춰본다.

나는 어머니의 손을 잡고 천천히 공항 대기실 쪽으로 걸었다. 그러는데 갑자기 모든 것이 급속도로 움직였다. 큰아들을 발견한 어머니와 엄마를 알아차린 아들이 어느 틈엔가 이상한 소리를 내며 서로 부둥켜안았고, 모자의 일그러진 얼굴은 돌부처기 되어 굳어 있었다. 또 갑자기 모든 것이 정지된 순간이었다. 나는 그들과 좀 거리를 두고 있었다. 모든 사람들의 눈길이 내게 쏠리는 것을 느꼈다.

내 차례가 왔다. 나는 어금니를 꽉 물고 형에게 다가가서 "납니다."라고 말했다. 이 한 마디가 우리 형제가 헤어진 지 37년 만에 내 입에서 나온 첫마디였다.

우리 가족의 만남

우리는 대동강 변에 있는 숙소로 안내를 받았다. 먼저 호텔에 들겠느냐는 제의가 있었는데 내가 되도록 조용한 곳이 좋겠다고 말했기 때문이었다.

우리 식구들은 함흥에서 올라온 큰형과 처음 보는 큰조카 남매, 어머니와 나 그리고 영민이와 성보에다가 평양에서 공항까지 나온 사촌누님 내외분이시다. 사촌 매부는 생물학자인 리정구 씨다. 그 분은 분단 전에 서울 이화대학교에서 교편을 잡았는데 전 이화여대 김옥길 총장도 그때의 제자였다고 들었다. 그 분의 부친은 이만규 선생이다. 해방 전에 배화재단에서 일했고 여운형 선생의 비서를 지낸 한글학자다. 한글 글씨로 유명한 리각경, 이철경 쌍둥이 자매는 우리 매부의 누님들이다. 리정구 씨의 아들과 딸들 모두 박사여서 이북 텔레비전에서 가끔 박사 가정으로 소개된다. 매부는 당시 생물학연구소에서 일하고 있었다. 북으로 간 리각경 선생과 남에 있던 이철경 선생 자매가 후에 심훈의 시「그날이 오면」을 한글로 써서 선물한 족자를 지금 내가 벽에 걸어놓고 있다. 리각경 선생은 북에서 이철경 선생은 남쪽에서 서로 만나지 못한 채몇 해 전에 세상을 떠났다.

평양 교외에 있는 숙소에 모인 식구들 아홉 명과 우리를 안내하는 북쪽 선생들이 저녁상에 마주 앉았다. 비행장에서 서로 껴안고 난리를 치던 우리 가족들은 40년 만에 만난 지가 몇 시간도 안 됐는데 바로 어저께까지 만난 사람들처럼 행동한다. 처음 보는 큰조카 효란과 석보도 새로 만난 사촌인 영민, 성보와 아주 자연스럽게 어울린다.

처음에는 서먹서먹하던 북쪽 선생들과도 술잔이 몇 차례 돌면서 격의가 풀어진다. 그 분들은 아주 정중하고 모든 성의를 다했다. 사람을 막상 만나보면 전에 생각하던 것과는 전혀 다른 모습을 발견하게 되는 나의 경험은 평양에서도 마찬가지였다.

미국에서 평양으로 떠날 때 내 속에 품었던 어떤 두려움과 불안함과 망설임은 사라져갔다. 그러나 여전히 조심스럽고 눈치를 보게 되는 것은 사실이었다. '상식적으로 생각하고 예의를 잃지 말자, 그 분들이 하는 말에 귀를 기울이고 대답은 솔직하고 정직하게 하자, 서로 다른 것 속에서 같은 것을 찾아보자.' 이런 것들이 내 머릿속에서 나를 지휘하고 있었다. 그런데 이렇게 미리 머릿속에 준비한 것들은 서로가 서로를 알고 친해지면서 순서 없이 물거품처럼 사라졌다. 어머니는 남북에서 온 손자 둘과 손녀 둘이 주위에서 시종들처럼 모시고 있고 큰형이 수문장처럼 곁에서 떨어지지 않았다. 내가 더 이상 관여할 바가 아니다. 홀가분했다.

숙소 앞뜰로 나섰다. 내가 처음 맞는 평양의 아침이다. 소나무가 주위를 가렸고 갈잎 숲속으로 꿩이 기어 다닌다. 소나무 너머로는 대동강이 흐른다. 공기는 맑고 내 기분은 상쾌했다. 나는 완전히 다른 세상에 떨어져 있는데 외롭지가 않았다.

"편안하셨습니까?" 북쪽 선생이 웃으면서 다가온다. "불편한 일은 없으십니까?" 나는 그냥 웃음으로 대답했다. 그것이 좋았다.

"피로하실 텐데 오전에는 쉬시지요." 한다. 괜찮다고 대답했다. 절에 가면 스님이 하자는 대로 하면 된다. 북에 가면 꼭 그날의 일정을 의논하는데 대체로 미리 짜져 있는 것이 보통이다.

그날 오후 숙소에서 영화「상록수」를 보았다. 신영균과 최은희가 주연하고 신상옥이 감독한 영화다. 서울에서 이 영화를 만들 때 나는 신상옥 감독과 최은희 씨를 만난 적이 있었다. 평양에서 이 영화를 보게 될 줄은 뜻밖이었다. 이북에 온 신상옥 최은희 내외가 이북을 빠져나가 유럽을 거쳐서 미국으로 간 뒤였다.

북에 있는 가족들은 처음 보는 기회였다. 북쪽에서 일본을 통해서 수입한 것으로 짐작된다. 그러나 이북에서 영화「상록수」를 일반에 공개했는지는 모르겠다. 평양시내 한복판에 있는 인민대학습당 도서관에서 서울에 있던 출판사 민중서관이 발행한 소설「상록수」「직녀성」「영원의 미소」가 들어 있는 심훈 작품집을 볼 수가 있었다. 내가 서울에 있을 때 출판된 책이었다. 북쪽 인사들은 우리가 작가 심훈의 직계가족이라는 사실을 알고 있었다.

그 후에 내가 뉴욕 이산가족 찾기 후원회 사업으로 1987년부터 1995년까지 한 스무 번쯤은 평양에 갔는데 이 자리에서 평양을 새삼스럽게 소개할 필요는 느끼지 않는다. 지금은 많은 사람들이 남북을 오고가고, 남쪽에서 평양을 다녀온 사람들도 많기 때문이다. 그러나 단 한 가지는 생각해 볼 필요가 있다. 북녘 땅은 한 번 가보는 것과 두 번째로 보는 것 그리고 세 번째, 네 번째, 다섯 번째로 보는 것이 크게 다르다는 이야기다. 남쪽에서 북쪽을 가는 사람이나 북쪽에서 남쪽을 가는 사람이나 한 번쯤 둘러보고 그 사회를 속단할 수는 없다는 말이다. 한 번 언뜻 본 느낌이나 경험으로 그 사회를 판단한다는 것은 사실과 다른 짐작을 낳을 수가 있다. 그만큼 오늘의 남북은 같으면서도 다르다. 이북 땅에서 태어나서 자란 사람들이 요즘 남쪽으로 내려와서 떠드는 것처럼 그들이 북한을 잘 아느냐 하면 그렇지도 않다. 무슨 까닭이 있는지 그들의 말은 솔직하지도 않고 자기들이 자란 고장 밖의 일은 잘 모르는 것 같다. 남쪽 사람이 평양만 보고 이북을 아는 척하는 것도 속단이다.

한 이틀 동안 평양 주변을 구경하고 우리는 함흥으로 가는 기차를 탔다. 함흥에서 다른 식구들이 기다리고 있을 터였다. 북쪽 선생이 처음에는 밤기차라고 했다. 그런데 내가 "여기서는 낮 기차를 태우지 않는다는데 사실이냐"고 물었더니 그러면 낮 기차를 타자고 해서 오전에 떠나는 기차로 바꾸게 됐다. 평양에서 두만강으로 가는 제1호 열차다. 제일 편한 침대칸이었다.

내가 북녘 땅을 달리는 기차를 탄 것이 이번이 처음은 아니다. 아버지가 돌아가신 한참 뒤에 나는 전라남도 강진(도암면 석문리)에서 어린 때를 보낸 적이 있다. 김창영 민유심 내외분이 나를 보살펴 주었다. 그때 그 분의 조카인 김항익 형이 있었는데 그 분이 나를 데리고 전라도에서 서울까지 와서 서울에서 함경북도 경성까지 가는 기차를 태워준 기억이 난다. 함경북도 경성에는 우리 큰 이모가 살고 있었다. 일제강점기였다.

큰 이모부는 초창기에 세브란스의전을 나온 의사였다. 이름은 배 헌. 자식이 없는 김창영 민유심 부부는 나를 아들로 삼으려고 했는데 내가 아버지라는 소리를 끝까지 안 하더라는 것이다. 하여튼 나는 그 분들의 신세를 많이 졌다. 그 분들도 김항익 형도 지금은 이 세상 분들이 아니다. 그 후에도 경성에서 서울, 서울에서 경성으로 가는 기차를 여러 번

탔다.

평양에서 기차를 탈 때마다 나는 일제강점기에 타던 기차 생각이 떠오른다. 그때 타던 기차와 지금 타는 기차가 별로 변한 것 같지가 않다. 침대칸도 비슷하다. 나는 창가에 기대고 앉아서 50여 년 전에 지나던 산과 강과 개울과 기다란 굴과 동해바다와 들판을 찾는다. 지금은 많이 변했을 텐데도 내게는 어려서 보던 옛 산천 그대로였다.

함흥에서 만난 사람들

평양을 떠난 기차가 평성과 양덕을 지나고 고원에서 한동안 쉰다. 고원은 우리 민요「신고산타령」의 고향이다. 이곳에서 많은 예술인들이 모여 산다고 들었다. 고원에서 원산으로 가는 기찻길이 갈라진다. 기차가 쉬는 동안 우리 아이들이 기차에서 내려서 돌아다니면서 처음 보는 그곳 분위기를 살핀다. 나도 따라 내려가서 기지개를 켰다. 어머니는 기차 안에서 북쪽 선생들과 화투판을 벌이고 있었다. 이북에서는 화투놀이는 유행하지 않는다고 한다. 그 대신 주패라고 해서 서양카드와 같은 놀이를 한다. 어머니와 북쪽 선생은 화투로 돈 내기를 했는데 북쪽 선생들이 어머니에게 노름빚을 졌을 것이 뻔하다. 나이가 든 북쪽 선생들은 화투를 금방 배웠다.

고원을 떠난 기차는 정평, 금야를 지나고 한주벌(함흥평야)을 가로질러서 오후 늦게 함흥역에 도착했다.

정평은 서울에 사는 나의 오랜 친구이며 전기 관계 기술사인 김정철 군의 고향이다. 정철 군의 아버지는 웬일인지 차츰차츰 실명해서 그때는 아주 앞도 옆도 보지를 못하게 됐다. 내가 자기 고향을 다녀왔다는 소문을 들은 그분은 나를 기다리고 있었다.

한번은 평양에서 오는 길에 서울에 들러서 정철의 아버님을 찾아갔다. 그 분은 "재호 왔냐?"면서 "너, 내 고향에 다녀왔다지. 정평 이야기 좀 해라." 한다. 기차만 타고 지나간 내가 그의 고향을 어떻게 아나. 앞 가게에서 사 들고 들어간 소주를 따라 드리면서 그냥 우물쭈물하고 그 집을 나서는데, "야, 나 한번 고향에 가 볼 수 있을까?" 한다. 나는 "물론이지요."라고 대답은 했지만 곧 이어서 눈 먼 사람이 고향은 어떻게 보나 하는 생각이 뒤따랐다. 그 분도 고향을 보지 못하고 얼마 전에 세상을 떠났다.

우리는 함흥역에서 기차를 버리고 역 밖으로 몰려서 걸어 나갔다. 함흥에서 태어난 처음 보는 조카들에게 끌려서 앞서 가다가 뒤를 돌아보는데 어머니가 어떤 노인을 끌어안고 울고 있다. 외삼촌이었다. 어머니의 바로 손위 오빠다.

우리는 그 때까지 외삼촌이 이북 땅 함흥에서 살고 있다는 것을 모르고 있었다. 머리가 하얀 80에 가까운 오누이가 어린아이들처럼 서로 붙들고 울먹이고 있었다. 북쪽에서는 이렇게 가끔 우리들을 놀라게 했다. 무슨 일이 있는지를 미리 알려주지 않는 것이다. 극적인 효과를 노린다고나 할까. 그 외삼촌은 일제강점기 때는 독립운동을 하느라 바깥세상에서보다 감옥에서 더 많은 세월을 보낸 분이다. 이름은 안병학(동학으로 이름을 바꾸었음)이다.

그 외삼촌은 서울이나 시골에서 틈만 나면 우리들을 찾아와서 먼발치서 어린 조카들을 살피곤 했었다. 전쟁 때도 시골에 있는 우리들을 찾아왔었는데 그 후로는 소식이 끊어졌었다. 외삼촌은 우리가 만난 이후 미국으로 자주 편지를 했다. 편지 내용은 '한강물도 보고 싶고 삼각산도 보고 싶은데 그 땅을 지척에 두고 멀리 미국에 있는 너에게 편지를 쓴다. 누가 우리의 길을 막고 있는지 한심한 세상이다.'였다. 그 분은 서울 종로구 팔판동에서 태어났다.

가족이 갑자기 더 늘어난 우리들은 밀고 당기면서 역전에 가까운 형네 집으로 들어갔다. 동네 부인들이 부엌에서 바쁘게 움직인다. 형수에게 처음으로 인사를 드렸다. 그리고는 6남매나 되는 조카들에게 둘러싸였다.

외삼촌네 여섯 식구, 형님네 사위 둘, 손자 손녀들까지 해서 열세 식구, 미국에서 간 네 식구, 그러니까 스물세 식구가 방 세 개 있는 아파트 속을 비비고 다녔다. 아파트가 좁은 것을 안 북쪽 선생이 넓은 호텔로 옮기자는 것을 식구들이 살고 있는 집에서 같이 지내고 싶다고 우겨서 다 같이 북적대게 있었다. 그런데 식구들은 점점 더 늘어났다.

나는 무척이나 바빴다. 외삼촌 말씀 들어야지, 어머님 모습 살펴야지, 아이들이 어떻게들 닮았는지 보아야지, 처음 만난 형수는 어떤 분인지 눈치를 다듬어야지, 북쪽 선생들의 눈치도 가늠해야지, 나도 지쳐서 잠도 좀 자야지⋯⋯. 그야말로 정신이 없었다. 그리고 주위에서 나를 가만히 두지도 않았다. 이상하게 나는 시차를 느끼지 않았다. 시간관념이 없어졌다.

저녁을 먹고 날이 어둑어둑해졌는데 아이들이 보이지 않았다. 함흥이 고향인 조카들이 미국에서 간 사촌들을 데리고 만세교가 있는 성천강변으로 나갔다고 한다. 거기에 모인 아이들에게 미국에서 온 사촌들을 소개하고 자랑하기 위해서였다고 한다. 그때 영민이 성천강 물가에서 놀던 함흥 개구쟁이들을 찍은 사진이 지금 내 방에 걸려 있다.

서해안에서 자란 나는 동해를 좋아한다. 큰이모가 살고 있던 함경북도 경성(북경성이라고 했다)의 독진 앞바다가 내가 처음으로 동해를 만난 곳이다. 그 후 정전이 되자마자 서둘러 찾아간 강원도 낙산사 앞바다는 항상 내 속에서 산다. 미국 뉴욕에서 살면서 제일 자주 찾는 곳이 동해와 닮은 몬토크 해변이다. 대서양은 물빛이 검고 음산한 기분을 주지만 그래도 동해를 닮아서 좋다. 샌프란시스코 언덕에서 조국 땅을 향해 바라보는 태평양은 멀고 시원하게 펼쳐진다. 좁은 함흥 아파트에서 복작거리기보다는 바닷가 해변으로 나가자고 제안했다. 북쪽 선생이 선선히 그러자고 했다. 음식은 부인네들이 밤새워 장만하고 북쪽 선생들은 차편을 마련했다.

조선조 태조인 이성계가 살던 동궁을 지나니까 곧 마전해수욕장이 펼쳐졌다. 어른들은 소나무 그늘 아래에 마련된 돌로 깎은 들놀이 상에 불고기판을 내려놓고 아이들은 몰려서 바닷가로 달려갔다. 모래사장은 활대처럼 휘어지면서 길게 뻗쳤고 바다는 파랬다. 칠월의 바다는 차지 않았다.

형과 나는 헤어지기 전에 남쪽 고향 앞바다에서 살다시피 했었다. 이번에는 동해안 마전 앞바다 물속으로 같이 뛰어들었다. 멀리 헤엄을 쳐 나아가면서 고향 소식을 전해주었다. 그동안 고향 밤나무 동산은 논으로 풀렸고 그 때 사람들도 다들 죽거나 헤어졌다고 했다. 형은 집을 나갈 때 같이 간 최홍식 씨의 아들이 잘 살고 있다고 전해주었다. 아들을 잃은 최홍식 씨는 아들을 찾아서 동네방네 헤매고 다녀서 동네 사람들이 '왔다갔다 최홍식'이라는 별명을 지어주었었다. 그 분도 고향을 떠나서 세상마저 떠났다고 전해주라고 했다.

남쪽과 북쪽으로 떨어져서 자란 아이들은 마전해수욕장 모래밭에서 경주를 하면서 뛰어놀고 어머니와 외삼촌은 어젯밤에 못 끝낸 이야기들을 계속했다. 내일은 전 가족이 금강산으로 가기로 했다. 북쪽 아이들이나 누구도 그 때까지 금강산에 가본 적이 없었다. 물론 나도 어머니도 가본 일이 없다. 그런데 문제가 하나 생겼다. 누군가는 한 사람이 남아서 집을 지켜야 한다는 것이었다. 형수님이 남겠다고 나섰다. 나는 안 된다고 했다. 큰 조카딸이 남겠다고 나선다. 너도 안 된다고 했다. 다른 아이들은 아무 소리가 없었다. 어디선가 떨어지는 명령을 기다리는 눈치가 분명했다. 내가 나섰다. 우리 식구들 누구도 빠질 수가 없다. 도둑이 없다는 사회에서 집은 무어라고 지키느냐. 도둑이 많은 미국에서도 집을 비우는 수가 많다고 힐난했다.

“알겠습니다.”라는 북쪽 선생의 한 마디로 문제는 해결됐다. 모두가 금강산 길에 나섰다. 나는 우리 가족들보다는 우리를 보살펴 주는 북쪽 선생들과 점점 더 많은 이야기를 나누게 되었다. 예의는 지키지만 격의는 사라졌고 두려움은 괜한 염려로 둔갑하고 말았다. 그 때 우리는 모두가 나이 50들이 넘어서 옛이야기도 쉽게 통했다. 내가 남의 밭에서 참외서리를 하던 재미를 말하니까 그 쪽에서는 한 술 더 떠서 남의 돼지새끼를 자루에 넣어 훔쳐 잡던 이야기를 꺼낸다. 그래서 그건 서리가 아니라 도둑질이라고 했더니 “정말 그랬다.”고 정색을 하고 우겨시 서로들 배꼽을 빼고 웃기도 했다.

원산역에서였다. 어느 노부인이 두리번거리다가 내 앞으로 뛰어오더니 “너 재호지?” 한다. 둘째 사촌누이였다. 얼굴이 많이 상해서 얼른 내가 알아보지를 못했다. 곁에 있던 어머니가, “너 명희 아니냐?”면서 서로 껴안는다. 작은 누이는 내가 온다는 통보를 받고 천내에서 원산역으로 나왔는데 나는 그런 소식을 전혀 모르고 있었다. 북쪽 선생들이 또 한번 나를 놀린 것이다.

작은 누이는 원산호텔에서 밥을 먹기 전에 기도를 했다. 나는 속으로 놀랬다. 사촌네들은 전쟁 때 북으로 납북된 목사님이신 아버님 영향으로 모두가 기독교도들이었다. 그래도 기독교가 미움을 받는다고 들은 이북 땅에서 기도를 한다는 것은 놀랄 일이었다. 식사 전에 꼭 기도를 하느냐고 물었더니 '그런다'고 대답했다. 작은누이도 남편을 따라서 북으로 갔다. 작은누이는 큰딸이 모시고 나왔다. 우리는 다 같이 금강산 가는 길에 어울렸다. 금강산호텔에서 자는데 작은누이가 몸이 쑤시고 아프다고 해서 가지고 간 약들을 털어 주었다. 다음날 아침에 누이는 몸이 훨씬 가벼워졌다고 했다.

우리는 구룡폭포를 보고 삼선암을 돌아서 만물상을 바라보며 천선대에 올랐다. 오는 길에 삼일포를 돌았다. 삼일포 호수에서 보트를 형수와 단둘이서 타게 됐다. 그 보트 위에서 형수가 그동안 지낸 일들을 들려주었다.

우리들은 내친 김에 묘향산으로 갔다. 나는 금강산보다는 묘향산이 좋았다. 묘향산에서 지낸 서산대사가 한반도의 5대 명산을 꼽은 기록을 본 적이 있다. 지리산은 웅장한데 아기자기한 데가 부족하다. 금강산은 아름다운데 푸근한 데가 없다. 구월산은 웅장하지도 못하고 아름답지도 못하다면서도 5대 명산으로 꼽았다. 삼각산에 대해서는 무어라고 했는지 잘 생각나지 않는다. 다음은 묘향산인데 이 산은 정기와 웅장함과 아름다움을 갖추었다고 했다.

내가 본 묘향산은 높고 웅장하고 서해가 바라보이게 앞이 시원하게 터져 있다. 그러면서도 산꼭대기까지 나무가 무성하다. 푸근하다. 산 중간에서 뛰어내리는 폭포는 장관이면서도 위험을 느끼지 않게 한다.

즐거운 송별회 그리고 남은 일들

묘향산 자락에 자리 잡은 향산호텔에서 우리 가족은 송별회를 가졌다. 떠날 날이 잡혀 있어서 자연히 그렇게 됐다. 나는 '나의 살던 고향은 꽃 피는 산골'을 불렀다. 조카 예란은 노래 대신에 할아버지 시「그날이 오면」을 한 자도 틀리지 않고 기억으로 낭송했다. 성보는 '갑돌이와 갑순이는 서로가 사랑을 했더래요'를 부르면서 맨 마지막에 '갑돌이와 갑순이는 이렇게 만났더래요'라고 가사를 바꾸어서 웃겼다. 외삼촌과 어머니도 손자, 손녀들이 노는 꼴이 그렇게도 즐거운 모양이었다. 농담 재담으로 우리들을 즐겁게 했다.

우리들은 평양 숙소로 돌아와서 깨끗하게 즐겁게 헤어졌다. 한 패는 함흥으로 떠났고 또 한 패는 중국을 거쳐서 미국으로 떠나야 했다. 그런데 나에게는 아직 남은 일이 있었다. 평양에서 처음 잠깐 만난 둘째 사촌형이 내내 모습을 보이지 않았다. 금강산도 같이 가자고 했었는데…. 나중에 안 일이었다. 그 형은 우리가 찾아온 바로 그 때 부인이 평양병원에 입원하고 있었다. 그리고 그 병원에서 내가 있는 동안에 세상을 버렸다. 형은 우리가 찾아간 기쁨 속에서 평생 사랑하던 부인을 저세상으로 보내는 희비의 쌍곡선을 타고 있었다. 그 부인은 서울 출신이었다. 그 분의 사진을 그의 딸에게서 나중에 받았다.

평양 큰누님 집으로 큰 사촌 큰형님이 왔다. 함경북도 선봉(옛날의 웅기)에서 왔다. 충남 서산중학교에서 국어선생을 하다가 전쟁이 터지자

젊은 아내와 두 딸을 두고 집을 나간 형이다. 나를 만나는 표정이 얼떨떨했다. 첫마디가 "기환이 잘 있냐"였다. 기환은 남쪽에 두고 간 자기 마누라, 즉 내 형수다. "아이들은?" "은보, 은경이 잘 있지요." 자기 딸들이다. 형은 천정을 한동안 바라본다. 두고 떠난 부인과 아이들에게 미안하고 안쓰럽고 그들을 다시 만져볼 수 없는 한이 천정에 서리는 것일까. 나는 서울에 있는 형수와 은보, 은경이를 떠올리고 있었다. 나는 그 젊은 나이에 남편을 생이별하고 별별 고생을 하는 형수, 그리고 아버지와 헤어진 조카 자매의 서러움과 억울함과 야속함과 월북 가족이라고 해서 당한 수모 등등을 잘 알고 있다. 내가 곧 서울로 갈 텐데 형수와 아이들에게 무슨 말을 어떻게 전해줄 것인가. 특히 형수는 나에게는 누님 같은 분이다. 내게는 유일한 형수였다. 조카들은 내가 시골길에서 자주 업고 다녔다.

나는 형님의 손을 만져보고 무릎도 만져보고 얼굴 표정도 자세하게 살폈다. 서울에 가서 그의 딸들의 손을 만지면 같은 핏줄이 내 손을 통해서 전기처럼 찌르르 전달될 것을 상상했다. 형은 건강이 아주 좋지 못했다. 불안한 느낌까지 주었다. 그 형은 북에서 새장가를 들고 5남매를 두었는데 그 중에 넷은 이미 결혼했다. 그러니까 사위 며느리까지 해서 식구가 열 명이었다.

내가 미국으로 돌아온 얼마 뒤에 형님이 세상을 떠났다는 편지를 받았다. 그는 남쪽에 남겨둔 부인과 딸들의 소식을 듣고 저세상으로 갔다.

할머니 묘소 앞에 서다

이북 땅에서 찾은 가족이 30명이 훨씬 넘었다. 남쪽에 있는 가족도 대충 손꼽아도 30명이 훨씬 넘는다. 이들이 다 할아버지 할머니 두 분의 직계자손들이다. 이 할머니 할아버지의 손자들이 전쟁을 치르고 모진 세월의 풍랑을 헤치면서도 한 사람도 상한 사람이 없었다. 북쪽 선생 말마따나 기적이었다. 그런데 할머니 손자들 중에 남쪽이나 북쪽에서 정치적으로나 경제적으로, 사회적으로 출세한 사람이 하나도 없는 것도 기적이다. 그래서 무사했는지도 모른다.

나는 어머니를 모시고 미국으로 돌아왔다. 미국으로 돌아온 어머니는 봉제공장 친구들, 화투 친구들로 밤낮 둘러싸였다. 그런데 한편에서는 고의적이고 악의적인 소문이 돌고 있었다.

안씨 할머니 참 가엾어요. 글쎄 이북에 ×갱이 아들을 두었대…. 그 소문을 전해들은 어머니는, "후레자식들!" 한마디로 대꾸하고 말았다. 그리고는 다시 봉제공장에서 바느질을 시작했다. 다음번에는 이북에 두고 온 큰손자 석보 결혼식에 갈 준비였다. 나는 고향을 지키고 있는 큰형님에게 자세한 편지를 썼다. 북쪽 가족들이 제각기 써서 보낸 편지도 전했다.

내가 평양을 떠날 때 북쪽에서 해외를 중심으로 한 이산가족 찾기 사업을 제안했다. 그래서 뉴욕에 돌아오자마자 뉴욕 이산가족 찾기 후원회를 조직하게 됐다. 최고 발기위원으로 미국 기독교교회협의회 회장을 지낸 이승만 목사, 이행우 선생, 고강희 박사, 김응택 교수, 함성국 목사, 뉴욕 원각사 오밥안 스님, 뉴욕 천주교 정토마스 신부, 해외동포 신문인 〈일간뉴욕〉 발행인 심재호 등이 참여했다. 이 조직은 뉴욕주에 비영리단체로 등록하고 1988년 3월 1일 정식으로 발족했다.

이제부터는 남의 이산가족 찾아주기에 나선 것이다. 힘겹고 외로운, 이름 없는 우리들의 행진이 또다시 시작됐다. 뉴욕 이산가족 찾기 후원회 사업으로 평양에 가는 길에 서울에 들렀다. 우선 형수를 단둘이서 만났다. 형수의 손을 잡고 북에서 살고 있던 남편의 소식을 직접 전했다.

"건강해?" 형수의 첫 반응이었다.

"아니요. 형수님의 안부를 제일 먼저 물어봅디다."

형수는 '피이' 하고 웃었다. 다음날 형수가 내가 묵고 있던 호텔로 또 찾아왔다. 남편을 만나고 온 내가 보고 싶어서 온 모양이었다. 남편 이야기는 서로가 꺼내지도 않았다. 이 글을 쓰고 있는 지금 형수는 이 세상에 살고 있는 사람이 아니다. 남편의 소식을 들은 지 얼마 뒤에 갑자기 세상을 떠났다. 남편이 북에서 세상을 떠난 뒤였다. 나는 내 조카 자매들이 괴로워하고 거북해할 것 같아서 되도록 그들의 아버지 이야기는 꺼내지 않았다. 그 아이들도 이제는 아들 딸 키우는 나이가 됐으니 떠나간 아버지 때문에 가슴속에 맺힌 앙금이 언젠가는 풀리겠지 하면서. 형수가 세상을 떠난 얼마 뒤에 은보, 은경이가 당시 서울에 있던 나를 호텔로 찾아왔다.

"아저씨, 아버지가 저쪽에서 자식은 얼마나 두었대요?"

"5남매."

"아이구, 많네."

내가 수첩에 적은 그들의 명단을 내놓았다. 들여다보던 자매가 "아들도 있네." 한다. 그들은 이북에 있는 형제들의 생년월일과 이름을 잽싸게 베꼈다. 언젠가 때가 되면 호적에 올리고 싶은 모양이었다. 그날 저녁 호텔에서 비싼 중국요리를 시켜 먹었다. 자기들이 내겠다고 우기는 것을 내가 미리 내버리고 말았다.

충청남도 당진군 송악면 부곡리. 내 고향이다. 내가 태어난 곳이다. 전쟁 때 우리 형제들과 헤어진 곳이다.

　"너의 형제들은 살아 있다. 네가 찾아라."라고 40년 전에 유언을 남기신 할머님 묘소가 있는 곳이다. 나는 혼자서 서울 남부시외버스 터미널에서 당진으로 가는 버스에 올랐다. 비정상이었던 '이산가족'이 정상적인 가족으로 복원됐다는 사실을 할머님께 보고를 해야 한다. 내가 졸업한 송악초등학교 앞 가게에서 소주 한 병과 마른 오징어를 샀다. 그리고 할머니 할아버지 묘소 앞에 섰다.

　"할머니, 형제들을 다 찾았습니다. 다들 살아 있습니다."

(2003. 11)

심훈 선생 빼닮은 그는 누구인가?

김태숙_〈당진시대〉 기자

　　심훈 선생의 셋째 아들 심재호 씨가 30년간 보관해 온 심훈 선생의 친필원고와 사진들을 내놓았다. 이 유품들은 심재호 씨가 언론에 발을 들여놓기 전에 전국을 누비며 찾아낸 것들로 이것을 토대로 1960년대에 심훈전집을 내놓은 적도 있다.

　　언론인이자 민간통일운동가로 남다른 인생을 살아온 그가 "당진이 나를 부활시켰다"며 유품을 선뜻 내놓은 것이다. 그러나 고향에 돌아와 굴곡 많은 가족사를 더듬어보는 심정이 어찌 괴롭지 않겠는가. 심재호 씨를 만나본다.

　　심재호(60세) 씨는 지난 85년 잠시 당진에 다녀간 뒤 꼬박 10년 만에 다시 당진을 찾았다. 충청남도와 당진에서 심훈 선생 유물관을 짓는데 예산을 얻기 위해서는 증빙이 될 만한 유품이 필요하다고 요청이 왔기 때문이다. 그렇다고 심재호 씨의 이번 방문이 유물관에 필요한 유품을 증빙하기 위한 것만은 아닌 것으로 보인다.

　　그의 위치로 보아, 더구나 심훈 선생의 민족적, 문학적 위치로 보아 유물관 건립은 그가 유품을 내놓기만 하면 중앙 어디서라도 가능한 일로 보이기 때문이다. 알다시피 심훈 선생은 인도의 '타고르'와 함께 최초의 민족 저항시인으로 작품「그날이 오면」과 함께 기네스북에 기록되어 있다.

그러나 재미한인신문 〈일간뉴욕〉의 발행인으로서, 날카로운 칼럼니스트로서, 10년간 1천2백 명의 이산가족을 찾아준 민간통일운동가로서 그의 명예와 신망은 아버지 심훈 선생의 그것에 필적할 만하다. 그런가 하면 이산가족 찾기의 일등공신으로 북한에서도 유일하게 기관원 없이 여행을 즐길 수 있는 귀한 손님이 바로 그이다. 어쩌면 심훈 선생이 살았던 식민지 시대보다 더한 속병을 앓고 있는 한국 현대사에서 양쪽의 고통을 모두 보듬으며 그는 한민족의 굳은 정기로 우뚝 서 있다.

이런 평가가 결코 과장이 아니라는 것은 그가 1987년에 창립된 카터 재단의 '국제분쟁조정기구'의 창립회원이며 1989년에 직접 조국평화협회를 창립했고, 90년에는 뉴욕 남북한 영화제를 조직해 남북의 유명 배우들을 한자리에 모이게 했던 당사자라는 점만 봐도 알 수 있다.

심훈 선생의 셋째 아들인 심재호 씨가 부곡리 필경사에서 태어났다는 사실을 아는 사람은 많지 않다. 그는 심훈 선생이 서른여섯 살의 나이로 타계하기 다섯 달 전, 바로 이곳에서 태어난 '필경사둥이'로 간신히 유복자를 면했다. 때문에 그의 기억 속에 아버지의 살아 있는 모습은 없다.

또 아버지의 사망 뒤 가족들이 뿔뿔이 흩어지는 가운데 자기가 태어난 필경사의 당시 모습도 기억하지 못한다. 다만 자기를 키워온 할머니의 강직하고 곧은 모습을 보며 '그녀의 아들 심훈'을 미루어 알 뿐이었다. 행인지 불행인지 휘문소학교를 다니다가 6.25전에 송악에 다시 내려오게 돼 심재영 씨와 기거하면서 송악국민학교를 다녔다.

그는 아버지가 심훈 선생이라는 사실을 자랑하는 법이 없었다. 서울고 시절 선생님 한 분이 "옆 반에 심훈 선생의 조카 손자가 있다."고 말하는데 옆자리 친구가 "여기 아들도 있는데요!" 하는 바람에 깜빡 속았던 선생님으로부터 따귀를 맞은 적이 있었다. 어린 녀석의 당돌한 침묵에 대한 감탄과 연민의 표시였다.

혼자 전국을 돌며 자료를 수집하고 심훈전집을 낸 것은 1966년. 당시 하늘에 별 따기보다 어려웠던 동아일보 입사 제의를 한 차례 거절하면서 그는 아버지 유작 정리에 열을 쏟았다.

동아일보사에 10여 년 기자로 재직했으나 신동아사태가 발생, 중앙정보부의 행패를 보다 못해 '기자가 글을 못 쓰면 기자가 아니다'는 각오로 사직서도 없이 돌연 미국으로 떠났다. 그 와중에 그가 가장 소중하게 챙긴 것은 아버지의 친필원고였다. 한국의 저명 기자에서 미국의 막노동꾼으로 인생의 전환을 맞는 최초의 10년은 그에게 쓴 약 같았다. 그러나 그 생활이 자신을 터지게 하고 커지게 하고 열리게 했다고 한다.(심재호 씨는 열정적이고 표현이 다분히 문학적이다.)

그 뒤 10년간 심재호 씨는 '형제들을 찾으라'는 할머니의 유언에 따라 북한에 있는 큰형을 찾기 시작하면서 자연히 '이산가족'이라는 민족문제의 핵심에 놓이게 된다. 1천2백 명의 이산가족을 만나게 하면서 앞서 10년간 번 돈은 고스란히 다 썼다. 그리고 남아 있는 젊은 열정을 다 쏟았다.

그간 북한에서 세 번, 남한에서 두 번 쫓겨나는 고초를 겪었으나 매번 사과를 받아냄으로써 명예를 스스로 회복하는 자존심도 그는 잃지 않았다.

심재호 씨는 '사과'(?)하기 위해서 이번에 당진을 방문했다고 한다. 인생에 사과할 일이 한두 가지가 아니겠지만 굳이 따지자면 아버지의 일, 고향의 일을 돌보지 못한 점에 대한 사과이다.

그는 지난 30여 년간 나라와 민족의 상처를 어루만지며 남보다 앞질러 달려온 세월의 뒤에서 가족과 고향의 일이 보살핌 받지 못한 채 있는 것을 진심으로 미안해했다. 그리고 그동안 각계와 주민들의 관심 속에서 필경사가 복원되고 지켜진 것에 대해서도 진심으로 고마워했다. "당진에 계신 여러분들이 나를 다시 태어나게 했다."고 심재호 씨는 말했다. 그래서 그는 선뜻 30년 지켜온 심훈 선생의 유품들을 내놓았던 것이다.

하지만 자신의 모든 장점뿐만 아니라 고난과 고통을 수반했던 가족사가 결국은 아버지 심훈 선생에게서 비롯되었다는 점에서 바로 그 아버지의 유품을 내놓는 일이 좀처럼 쉬운 일만은 아니라는 것을 우리는 알아둬야 할 것 같다. 그것은 아마 자신의 혼백을 떼어내는 일과도 같을 것이다.

심재호 씨는 '내 고향은 필경사요, 상록수의 고향도 필경사'라고 거듭거듭 힘주어 말했다.(1995. 11. 27)

심훈 삼남 심재호의 '그날이 오면'

심규상_ 〈오마이뉴스〉 기자

심재호. 그를 보면 심훈 선생(1901~1936)이 보인다. 외모뿐만이 아니다. 삶의 궤적이 영락없는 또 다른 심훈이다. 아버지인 소설「상록수」의 작가 심훈 선생은 그가 태어나자마자 돌아가셨다. 마치 아버지의 생을 이어가라는 숙명을 타고난 것처럼.

아버지처럼 그 또한 셋째 아들이다. 그가 태어난 곳은 소설「상록수」가 쓰인 당진 필경사이다. 얼굴 한 번 본 기억이 없는 아버지가 그에게 베풀어 준 것이 있을 리 없었다. 하지만 아버지의 유전자가 뼛속 깊이 박혀 있었던 모양이다.

심훈 선생은 23세 때 〈동아일보〉에 입사했지만 일 년만에 박헌영 등과 함께 '철필구락부사건'으로 해직당했다. 심재호 씨 또한 〈동아일보〉에 재직한다. 아버지처럼 해직된 것은 아니지만 그 또한 당시 박정희 정권의 언론통제가 심해지자 자의반 타의반 신문사를 그만두고 미국으로 건너갔다.

아버지 심훈이 다시 〈조선일보〉 기자로 입사해 활동했던 것처럼, 그 또한 미국으로 건너가 〈미주동아일보〉 편집국장과 주필, 미주동포신문 〈일간뉴욕〉을 창간하는 등 언론인으로 복무했다.

심훈 선생은 소설가이기 이전에 '독립운동가'였다. 심훈은 1919년 3·1운동에 가담하여 투옥, 다니던 경성제일고등보통학교에서 퇴학당하였다. 이후 중국으로 건너가 베이징 상하이 난징 등에서 망명생활을 하며 다양한 활동을 벌였다.

그의 아버지 세대의 시대적 사명은 독립이고 해방의 날이었다. 심훈의「그날이 오면」에는 독립운동가로 살았던 절절한 심경이 담겨 있다.

> 그날이 오면, 그날이 오면은
> 삼각산이 일어나 더덩실 춤이라도 추고,
> 한강물이 뒤집혀 용솟음칠 그 날이
> 이 목숨 끊기기 전에 와 주기만 할 양이면,
> 나는 밤하늘에 날으는 까마귀와 같이
> 종로의 인경人磬을 머리로 들이받아 울리오리다.
> 두개골은 깨어져 산산조각이 나도
> 기뻐서 죽사오매 오히려 무슨 한이 남으오리까.

일제로부터 해방의 기쁨을 누릴 수 있다면 기꺼이 자신의 목숨을 바치겠다고 말하고 있다. 어두운 식민지 치하에서 자유를 속박당하는 삶이란 차라리 죽는 것보다 못하다고 부르짖고 있다.

「그날이 오면」이 해방을 향한 염원이라면 소설「상록수」는 해방을 위한 방법이라 할 수 있다. 일제에 수탈당하는 농촌과 농민을 지키기 위해서는 일제를 극복할 자주교육으로 힘을 길러야 한다고 말하고 있다.

아버지 세대의 소원이 '해방'이었다면 그의 아들 세대의 시대적 요청은 남과 북의 '통일'이다. 아들 심재호는 통일운동가이다. 1988년 〈뉴욕 이산가족 찾기 후원회〉를 조직해 1995년까지 북한을 19차례 오갔다. 사재를 털어 1천여 명이 넘는 남북 해외 이산가족을 찾아주었다. '조국평화협회'를 발족하고 뉴욕에서 남북영화제를 개최하기도 했다.

그가 남과 북을 오가며 내린 결론이 있다. ‘우리 민족이 아직 분단되지 않았다’는 것이다. 그는 “정치와 사상, 이념이 가로막고 있을 뿐 남과 북의 사람들의 정신은 실핏줄까지 이어져 흐르고 있다.”고 말한다.

그는 “아버지가 지금 살아계신다면 남북통일과 민족화합 문제에 주된 관심을 가졌을 것”이라고 확신한다. 아버지 심훈이 살아 계셨다면 ‘그날’은 남과 북이 통일되는 날이 됐을 것이라고 믿고 있다.

심훈은 노량진(현 경기도 시흥)에서 태어났지만 삶은 충남 당진에서 정리했다. 충남 당진군 송악면 부곡리로 내려온 그는 창작활동에 전념한다. 「상록수」를 비롯 많은 작품이 필경사에서 태어났다. 넉넉지 않은 살림에도 그는 「상록수」 상금으로 야학당을 설립했다.

아들 심재호도 말년의 삶을 집필활동에 쏟았다. 하지만 그가 가장 몰두해온 작업은 아버지의 육필원고 등 유품을 찾고 정리하는 일이었다. 영화 「먼동이 틀 때」의 극본과 제작 시나리오 원본, 시 「그날이 오면」의 일제 총독부 검열본 등을 비롯, 보석 같은 4,000여 장의 육필원고는 모두 심재호 씨의 손에 의해 복원됐다.

지난해 봄 ‘심훈 선생 유품 인수 추진위원회’ 위원들과 방문한 미국 버지니아 주 자택은 말 그대로 ‘심훈기념관’이고 ‘심훈문학관’이었다. 아버지의 흔적은 좁은 방 안에서 끝도 없이 나왔고 유품에 얽힌 사연 또한 끝이 없었다. 그에게 소원이 있다면 ‘상록수문학관’을 재정비하는 일이다. ‘심훈기념관’을 조성해 독립운동가이자 언론인, 영화감독, 문학가로 살아왔던 아버지의 시대정신이 면면히 이어가도록 하는 일이다.

그는 심훈기념관 조성계획을 비롯해 유품 전시 및 세부 활용 계획 등 제반 준비 작업이 마무리되면 유품을 당진군으로 ‘이전’하겠다고 밝혔다. 몇 해 전에는 아버지의 유해를 직접 필경사筆耕舍에 안장했다. 지난

해 당진상록문화제 현장에서 "부친의 친필원고 등 유품을 지난 50년간 수집해 왔다"며 "이 유품은 저의 것도, 당진군의 것도, 대한민국의 것도 아닌 우리의 것임을 잊지 말아 달라"고 말했다. 아버지의 유품이 우리 모두의 자산이자 보물이 되었으면 하는 바람을 피력한 것이다.

창밖을 내다보던 영신은 다시금 콧마루가 시큰해졌다. 예배당을 두른 야트막한 담에는 쫓겨나간 아이들이 머리만 내밀고 족 매달려서, 담 안을 넘어다보고 있지 않은가! 고목이 된 뽕나무 가지에 닥지닥지 열린 것은 틀림없는 사람의 열매다. 그중에도 키가 작은 계집애들은 나무에도 기어오르지 못하고 땅바닥에 주저앉아서 홀짝거리고 울기만 한다.
영신은 창문을 열어 젖혔다. 그리고 청년들과 함께 칠판을 떼어, 담 밖에서도 볼 수 있는 창 앞턱에다 버티어 놓고 아래와 같이 커다랗게 썼다.
"누구든지 학교로 오너라."
"배우고야 무슨 일이든지 한다."
나무에 오르고 담에 매달린 아이들은 일제히 입을 열어 목구멍이 찢어져라고, 그 독본의 구절을 바라보고 읽는다. 바락바락 지르는 그 소리는 글을 외는 것이 아니라, 어찌 들으면 누구에게 발악하는 것 같다.

소설 「상록수」를 읽다 보면 언제나 이 대목에서 주인공 영신처럼 코끝이 시큰해진다. 또 한 명의 심훈인 심재호 씨는 '상록수문학관'에 '심훈기념관' 창틀에 '닥지닥지 사람의 열매'가 매달려 있는 '그 날'을 기다리고 있다.

"아버지 유고, 당진으로 이전하겠다"

최종길_ 〈당진시대〉 기자

독립운동가이면서 우리나라의 대표적인 항일 저항시인인 심훈 (1901~1936) 선생의 유골이 지난 5일 경기도 안성 산골짜기에서 선생의 작품의 고향인 필경사로 돌아왔다. 이로써 심훈 선생 생가가 있는 필경사는 역사적으로 문학적으로 더욱 귀중한 공간으로 거듭나게 됐다. 하지만 선생이 자신의 대표적인 작품 상록수를 집필한 필경사로 돌아오는 데는 72년이란 세월이 걸렸다.

심훈 선생의 명성에 걸맞지 않게 고향으로 돌아오는 길 또한 유족들만 참석한 가운데 쓸쓸하게 진행됐다. 유골 이장을 추진한 심훈 선생의 삼남 심재호 씨는 "심훈 선생이 국가 독립유공자임에도 불구하고 이전에 따른 지원은 못할망정 충남도와 보훈청에서 이장에 따른 절차는 사후 처리하도록 약속을 받았는데도 왜 지금 옮기냐는 등 비협조적으로 일관한 당진군의 처사가 못내 서운하다"면서 분통을 터트렸다.

지역의 무관심 속에 진행된 심훈 선생의 유골 이장은 오마이뉴스, 한겨레신문, 연합뉴스, 조선일보 등 중앙지에서는 신속하고도 비중 있게 보도해 눈길을 끌고 있다.

심재호 씨는 "필경사에 문학관이 지어지면 심훈 선생 유고와 유물 천여 점을 이전하겠다"며 "지역의 문화예술인을 비롯한 지역민들의 관심과 당진군의 성의 있는 자세를 기대한다"고 말했다. 유족들은 또한 내년에는 대대적으로 전국의 문화예술인들이 참여하는 심훈 선생 추모식을 가질 예정이다.

심재호 씨는 심훈 선생의 유골 이장을 위해 미국에서 들어와 한 달 간 머물다 지난 13일 출국했다. 출국하기 하루 전인 12일 필경사에서 만난 심재호 씨는 심훈 선생 문학관 건립 청사진이 나오지 않고 있는 데 대해 매우 안타까워했다.

"이효석 소설가, 이육사 시인 등 많은 문학인들의 경우 유품 없이도 문학관을 지어 그분들의 작품과 정신을 기리고 있어요. 하지만 당진군 에 심훈 선생의 유고와 유품 1천여 점을 이전할 테니 문학관을 지어 달 라고 했는데 한화와 당진군이 서로 떠넘길 뿐 구체적인 답변조차 하지 않고 있어요."

심훈 선생의 셋째 아들인 심재호 씨는 당진군의 처사를 이해할 수 없 다고 말했다. 심재호 씨는 "심훈 선생 문학관은 심훈 선생의 문학 정신 을 기리기 위해 국가사업으로 건립되어야 하는데 당진군에서 청사진도 없이 부곡·복운리 지역을 테크노폴리스단지로 개발하는 한화에 맡겨놓 고 있다"며 "한화는 공단 개발에 필요한 법적인 의무조항 때문에 공원을 조성하는 것일 뿐, 상록수 정신을 기리기 위해 하는 것은 아니기 때문에 당연히 당진군에서 계획서를 가지고 추진해야 한다."고 강조했다.

심재호 씨는 또한 심훈 선생의 유물에 대해 "역사적 가치가 높아 일본 도쿄대와 미국 시카고대에서 유고를 사겠다고 했으나 우리 민족의 유산 이기 때문에 심훈 문학관이 지어지면 이전하겠다."고 약속했다.

필경사에서 태어난 심훈 선생의 삼남 심재호 씨는 아버지 심훈 선생 이 근무하던 〈동아일보〉 기자를 그만두고 1974년 미국으로 이주, 〈일간 뉴욕〉을 발행하면서 이산가족 찾기 운동을 전개했다. 심재호 시는 10여

년 전 워싱턴에 연수를 갔을 때 기자를 집으로 초청해 손수 식사 대접을
하기도 했다. 10년 후에 만난 그는 연로해 보였지만 아버지의 유고와 유
품을 지역사회에 내놓겠다는 변함없는 의지는 역사와 전통의 소중함을
잊고 살아가는 우리의 무관심을 새삼 부끄럽게 만들었다.

심재호 씨는「감옥에서 어머니께 보내는 편지」원본과 영화「먼동이 틀
때」극본,「그날이 오면」의 일제 총독부 검열본 등 친필원고와 심훈 선생
의 유품 수천여 점을 모아 소장하고 있다. (2007. 12. 17)

이 시대의 화두는 '상록수 정신'

우현선_ 〈당진시대〉 기자

독립유공자이자 항일 저항시인인 심훈(1901~1936) 선생의 셋째아들 심재호 씨. 지난주 열린 제32회 상록문화제에 초청된 그를 햇살이 따스한 가을 오후, 필경사에서 만났다. 그는 필경사 주변을 거닐며 어릴 적 기억을 고스란히 펼쳐놓았다.

"저만치에 목백일홍이 한 그루 있었고, 여기가 모두 꽃동산이었어요. 여기서 뛰어 놀았었지……."

필경사에서 태어나 어린 시절을 보낸 그는 1975년 아버지 심훈 선생이 근무하던 〈동아일보〉 기자를 그만두고 미국으로 건너갔다. 뉴욕에서 재미한인신문 〈일간뉴욕〉을 발행하면서 수십 차례 북한을 오가며 이산가족 찾기 운동을 해왔다. 그리고 지금은 40여 년의 언론인 생활에서 은퇴해 50년 간 모아온 아버지 심훈 선생의 유품을 돌보고 있다.

이틀간 늦은 시각까지 상록문화제를 지켜본 심재호 씨는 "많은 지역민들이 동원된 것이 아니라 스스로 참여해 노래하고 즐기고 먹으며 축제를 연다는 것이 참 중요한 의미"라며 "32년간 상록수라는 이름으로 신행된 것에 감사하기도 하고 놀랍기도 하다"고 말했다. 더불어 "내가 가지고 있는 아버지 친필원고들을 어떻게 보여줄 수 있을까, 내가 해야 할 의무를 생각하게 되었다"고 말했다.

심재호 씨는 50여 년간 모은 아버지의 친필원고와 유품 수천여 점을 소장하고 있다. 그 중에는 심훈 선생의 최초로 발표된 글「감옥에서 어머니께 올리는 글월」원본과「그날이 오면」의 일제 총독부 검열본, 영화「먼동이 틀 때」극본 등이 포함되어 있다. 그의 워싱턴 집에는 '심훈기념관'이라는 명패가 걸려 있다.

심 씨는 당진에서 머문 3일간 민종기 군수를 비롯해 당진군청 문화체육과 관계자들을 만나 심훈문학관에 대한 이야기를 주고받았다. 이 자리에서 민 군수는 심훈문학관 건립을 구체적으로 추진하겠다는 공식 의사를 표명했고, 이에 심 씨는 문학관에 자신이 모은 심훈 선생의 유품 수천여 점을 이전하겠다는 뜻을 전했다. 이로 인해 전 세계 어느 문학관도 갖추지 못한 방대한 유품을 보유한 심훈 선생의 문학관 건립의 첫걸음이 시작된 셈이다.

사실 심재호 씨가 당진에 심훈 선생의 유품을 이전하겠다는 뜻을 밝힌 것은 오래된 일이다. 하지만 그동안 심훈문학관 건립에 대한 뚜렷한 청사진이 나오지 않아 이뤄지지 못했다.

"옛 친구들이 그러더군요. '심훈 선생의 유품이 어찌 네 것이냐'고. 그것들은 상록수의 고향, 당진의 것이자 한국의 것이라고. 우리 민족의 유산인 아버지의 유품을 고향 당진에 주고픈 마음이 당진에 대한 나의 애정이자 의무예요."

그에게 당진은 고향이다. 칠십 년이라는 세월이 흐른 지금도 마당 귀퉁이에 피었던 꽃 한 송이까지 생생히 떠오르는 고향. 그는 자신이 세상을 떠나기 전에 고향에 평생토록 모아온 아버지의 유품이 자신이 쏟은 정성만큼 잘 보존되어 오래도록 후손들에게 전해지길 바란다.

그는 문득 물었다. 상록수라는 이름을 가진 나무를 본 적이 있냐고.

"상록수라는 나무는 없어요. 상록수는 늘 푸른 나무들을 모두 일컫는 것이지 어떤 하나를 가리키는 것이 아니죠. 상록수 정신도 마찬가지예요. 상록수 정신은 농촌계몽운동만이 아닙니다. 이 시대에 가장 필요한 것을 고민하는 것. 그것이 상록수 정신이죠.”

그는 당시 심훈 선생이 농촌계몽에 대한 이야기를 다룬 것은 당시 민족의 가장 큰 화두가 농촌문제였기 때문이라고 말했다. 일제에 수탈당하는 농촌, 그것을 막아내지 못하는 지도계층과 사회. 그 시대에 ‘상록수 정신’은 ‘농촌계몽정신’이었다는 것. 그렇다면 시대가 변한 지금의 상록수 정신은 무엇일까. 그것은 이 시대에 가장 중요한 것, 그것을 고민하는 것이다. 그리고 그는 아버지가 살아계셨다면 농촌문제가 아닌 분단된 민족에 대해, 아직 오지 않은 ‘그날’에 대해 고민하지 않았겠냐고 덧붙였다.

상록수 그늘을 향하여 뚜벅뚜벅 걸어갔다.

심훈 선생의 「상록수」 마지막 대목이다.

“박동혁은 사랑하는 채영신을 땅에 묻고 다시 돌아옵니다. 나는 그게 상록수 정신이라고 생각해요. 포기할 줄 모르는 정신. 그래서 나도 포기 안 해요. 박동혁은 그 모진 수모와 역경 속에서도 포기하지 않고 상록수 아래로 다시 걸어 들어가지 않습니까.”

그의 눈시울이 붉어졌다. 이내 상록수 정신, 아버지의 뜻을 잇기 위해 살아온 그의 눈에 눈물이 고였다. (2008. 10. 20)

내 아버지 심훈의 '그날'은 통일되는 날

심규상_〈오마이뉴스〉 기자

흰 장갑을 낀 심재호(73·재미교포) 씨의 손이 떨렸다. 아버지인 심훈 선생(1901~1936)의 육필 원고를 조심스럽게 펼쳤다. 한지에 싸고 작은 함에 간직해온 육필원고가 드러났다.

그는 미국의 전문 학자들의 권유를 받은 이후 줄곧 같은 방법으로 원고를 대하고 있다. 일본 도쿄대와 미국 시카고대 등이 한동안 선생의 유고를 사겠다며 백지수표를 건넸다. 이를 거부하자 그들은 원고가 상하지 않도록 한지에 싸서 보관하고 흰 장갑을 낀 후 원고를 넘겨볼 것을 권고했다. 영국 옥스퍼드대에서는 선생의 시를 번역했다.

선생의 원고는 다른 나라에서 세계적인 유산으로 인정받고 있지만 정작 국내 상황은 다르다. 심 씨는 아버지의 유물과 유품을 전시하고 연구하는 국내 문학관 건립을 위해 수십 년째 애를 태우고 있다. 아버지의 유골은 경기도 용인과 안성 등을 떠돌다 지난 해 말 심 씨 손에 의해 당진 필경사筆耕舍에 안장됐다. 「상록수」의 산실 필경사는 굳게 자물통이 걸린 창고 형태로 명맥을 유지하고 있다. 심 씨가 수십 년간 모은 육필원고와 유품을 고국에 모두 기증하겠다고 밝혔지만 누구도 별 관심을 보이지 않았다. 최근 상록문화제집행위원회 초청으로 당진을 방문한 그는 당진군이 심훈 문학관 건립에 나서겠다는 뜻을 밝히자 "아버지 유품을 모으고 지켜온 보람이 있다"며 "너무 행복하다"고 거듭 말했다.

그는 살고 있는 미국 버지니아 주 자택에 영화「먼동이 틀 때」의 극본과 제작 시나리오 원본, 시「그날이 오면」의 일제 총독부 검열본 등 부친의 거의 모든 친필 원고를 포함한 수천여 점을 모아 보관하고 있다. 1966년에 출간된『심훈전집』(3권·탐구당)과 국내외에 있는 관련 사진 및 원고 사본 자료들은 모두 심 씨의 손을 거쳐 이루어졌다.

심 씨는 근대 문학계 작가들이 남긴 친필원고가 거의 없는 반면 아버지의 경우 1000매가 넘는 육필원고가 남아 있다며 존재 자체만으로도 사료적 가치가 높다고 생각한다고 말했다.

그는 현 시기 계승할 상록수 정신에 대해서는 "아버님이 지금 살아 계신다면 농촌 소설보다는 남북통일과 민족화합 문제에 주된 관심을 가졌을 것으로 본다"고 말했다. 이어 이명박 정부의 통일정책과 관련 "항일독립운동이 없으면 대한민국 건국도 없었다"며 "외국 사람들이 찬성 안 하면 통일도 안 해야 하나" 하는 말로 대미 사대주의식 통일정책을 비판했다.

〈오마이뉴스〉 등을 통해 촛불시위 양상을 지켜봤다는 그는 미국산 쇠고기 수입과 관련해서도 "전 정권에서 고기의 질 문제로 수입을 중단한 것을 현 정부에서 국민과 의논 없이 수입조건을 확 풀었다"며 "한국민들이 내가 먹는 것을 왜 상의 없이 정부가 맘대로 멋대로 하느냐는 이의제기로 이해하고 있다"고 말했다.

그는 "정부가 촛불을 켠 사람들을 불법으로 매도하는 것은 국민의 먹을거리를 맘대로 결정한 정부의 태도에 반대하는 사람들의 씨를 말리겠다는 것과 같다"며 "먹을거리에 대한 의사표현이 불법이면 개혁과 저항운동을 어떻게 하란 말이냐”고 반문했다.

그는 인터뷰 말미에 아버지의 글 중 가장 인상 깊은 대목을 묻는 질문에 「상록수」의 마지막 구절(‘상록수 그늘을 향하여 뚜벅뚜벅 걸었다’)을 언급하다 눈시울을 적시기도 했다.

심 씨는 〈동아일보〉 기자로 재직하다 박정희 정권의 언론통제가 심해지자 신문사를 사직하고 1974년 미국행을 택했다. 이어 〈일간 뉴욕〉 발행인, 이산가족 찾기 운동 사업 등 언론과 민간통일운동에 몸담았다. 그는 충남 당진에서 열린 심훈 선생을 기리는 상록문화제에 초청돼 지난 11일 당진을 방문한 후 필경사(집필지) 등을 둘러본 후 지난 16일 출국했다.

다음은 당진과 필경사를 오가며 심 씨와 나눈 주요 인터뷰 요지이다.

– 미국으로 건너간 것은 언제이고 그동안 어떤 일을 했나?

“〈동아일보〉 기자로 재직하다 박정희 정권의 언론통제가 심해져 신문사를 그만두고 1974년 미국으로 건너갔다. 50년 동안 꾸준히 해온 일은 아버지의 육필원고 등 유품을 찾고 정리하는 일이었다. 1000여 장의 육필원고 등 유품 수천여 점을 찾아 간직하고 있다. 미국에서는 〈일간 뉴욕〉 발행인, 한국의 이산가족 찾기 운동 사업 등 언론과 민간통일운동을 해왔다. 이산가족 찾기 운동을 위해 북한도 수십여 차례 방문했다. 이산가족 찾아 주는 사업으로 빚을 많이 져 빚을 갚기 위해 최근 6년 동안 미국 국제방송국에서 일하다 은퇴했다.”

– 아버지인 심훈 선생의 유품으로는 어떤 것이 있나.

“근대 문학 작가들의 경우 남긴 육필이 거의 없다. 아버님의 경우 1000매가 넘는 육필원고를 남겼다. 세상에 알려진 대부분의 것이 다 내가 모아 정리한 후 제공한 것이다. 이 외에 장편소설「상록수」「직녀성」「영원의 미소」 등 친필원고, 단편「황공의 최후」 친필원고, 시집『그날이 오면』일제총독부 검열판, 「상록수」 영화 각본, 영화소설「탈춤」 영화 각본과 「먼동이 틀 때」 촬영 원본, 붓으로 쓴「오오 조선의 남아여」, 각종 사진 등 수천여 점이 있다. 일본 도쿄대와 미국 시카고대 등으로부터 아버님의 유고를 사겠다며 백지수표도 건넸지만 모두 거절했다. 나도 사람인지라 고민이 없진 않았지만 팔면 안 된다고 생각했다.”

백지수표, 그래도 팔면 안 된다고 생각했다

－〈심훈 문학관〉 건립을 위해 애써 온 것으로 안다. 진전은 있나?

“〈상록수기념사업회〉라는 단체가 있다. 당진에 있는 옛 친구들이 주도해 만든 것인데 몇 해 전에 상록수 문학관을 건립한다고 청사진과 설계도까지 실린 책자를 미국으로 보내 왔다. 도와주려고 한국으로 와서 확인해 보니 구상만 있지 실제 실행 계획은 없었다. 속았다는 기분이 들어 속이 많이 상했었다. 다행히 이번에 만난 민종기 당진군수와 당진군 담당관이 “지금 있는 심훈기념관을 확대 정비하는 방식으로 아버님의 유품을 전시하고 연구하는 문학관 건립을 본격 추진하겠다”고 약속했다. 군정 책임자가 나서 공식적으로 추진하겠다고 해 매우 행복하다. 나 또한 50년간 모은 아버님의 유품을 모두 기증하기로 했다. 단 무작정 기증하는 것이 아닌 아버님의 문학 연구와 전시공간 계획을 구체화한다는 조건으로 기증하겠다고 했다.”

－ 현 시기 심훈 선생의 ‘상록수 정신’은 무엇이라고 생각하나?

“아버님의 소설적 배경이 된 것은 당진군 송악면 부곡리에서 당시 시작된 '공동경작회' 활동이다. '공동 경작회'가 농작물 시험재배에 성공하는 것을 보고 상록수를 쓰기 시작했다. 「상록수」가 말하고자 한 것은 일제에 수탈당하는 농촌과 농촌을 지키기 위해서는 일제에 저항하고 자립자조하면서 자주교육을 해야 한다는 점을 강조한 것이라고 본다.

하지만 아버님이 지금 살아 계신다면 농촌 소설보다는 남북통일과 민족화합 문제에 주된 관심을 가졌을 것으로 생각한다. 「그날이 오면」 시를 썼지만 8·15 해방이 왔음에도 그날이 안 왔다. 해방이 비극이 되는 분단이 될 줄을 꿈에도 모르셨을 것이다. 아셨다면 아버님이 말한 '그날'은 통일이, 남과 북이 통일이 되는 날을 말하는 것이라고 생각한다."

아버지가 말한 '그날'은 남과 북 통일되는 날일 것

― 이산가족찾아주기 등 민간통일운동을 해온 입장에서 이명박 정부의 통일정책에 대해서는 어떻게 평가하나?

"(잠시 침묵을 지키다) 말하지 않으려고 했는데 해야 할 것 같다. 분단은 다른 한편 통일운동의 시작이었다. 한 마디로 건국 60주년 기념행사는 항일독립운동을 폄훼하는 일이다. 독립운동이 없었다면 건국도 없었다. 통일정책과 관련해서 하고 싶은 얘기는 남과 북이 통일하는 데 외세 때문에 하냐는 거다. 그럼 외국 사람들이 찬성 안 하면 통일 안해야 하나? 외국 말을 안 들을 수 없는 상황이더라도 이는 정도의 문제다."

― 미국산 쇠고기 수입 문제를 놓고 촛불시위가 벌어졌고 현재도 처벌 문제로 후유증을 앓고 있다. 미국에 거주하고 있는데 어떻게 보나?

"영국에서 광우병이 발생했을 때 미국이 어떻게 대처했는지 아나. 영국 축산농민들이 거의 망할 정도로 강도 높게 대응했다. 한국의 경우 전

정부에서 광우병을 우려해 미국산 쇠고기의 뼈와 내장 등 질 문제를 들어 수입을 중단했다. 그런데 현 정부의 경우 국민과 의논하지 않고 수입 조건을 확 풀어 버렸다.

나는 한국국민이 문제 삼는 건은 무엇보다도 이 같은 정부의 태도에 대한 문제제기라고 본다. 내가 먹을 것을 왜 상의도 없이 정부가 맘대로 멋대로 하느냐는 이의제기라고 본다. 이 문제로 대통령이 두 번이나 사과했다. 사과할 일을 왜 하나. 정부가 유모차를 끌고 나온 애 엄마를 비롯, 촛불을 켠 사람들을 모두 불법으로 매도하는 것은 국민의 먹을거리를 맘대로 결정한 정부의 태도에 반대하는 사람들을 씨를 말리겠다는 것과 같다. 먹을거리에 대한 의사표현이 불법이면 개혁과 저항운동을 어떻게 하란 말이냐.”

당진은 〈상록수〉의 고향… 고향에 모두 주고 싶다

– 심훈 선생을 기리는 〈상록문화제〉를 본 소감은?

“상록문화제에 참석한 것은 두 번째다. 첫 관람 때보다도 참여 군중이 더욱 늘었다. 수천여 명의 관중이 동원되지 않고 자발적으로 낮부터 밤까지 꾸준히 참석했다는 것은 매우 중요하다. 「상록수」를 읽었느냐 안 읽었느냐는 중요하지 않다고 생각한다. 상록문화제 이름으로 문화를 즐기는 그 자체가 대단한 자기 발전이라고 생각한다.”

– 심훈 선생에게 당진은 어떤 곳이었나?

“사료적으로 아버님은 노량진 출신(현 경기도 시흥)이다. 아버님이 내가 태어나자마자 돌아가셔서 당진을 고향으로 생각했는지는 알 수 없다. 나이 서른이 넘어 당진에 내려와 직접 집(필경사)을 짓고 돌아가시기 직전까지 살았다. 또 이곳에서 〈상록수〉가 태어났다. 아버지와 지낸 상록수 사람들도 당진 사람들이다. 때문에 아버지 육필원고와 유품은 당연 당진 것이라고 생각한다. 같은 이유로 당진사람들이 심훈 선생의 작품을 당진 것이라고 말하는 데 동의한다. 나는 필경사에서 태어났다. 당진을 자랑스럽게 생각하고 고향에 내가 갖고 있는 것을 모두 주고 싶은 것은 애정이고 의무다.”

– 아들 입장에서 심훈 선생의 글 중 개인적으로 가장 인상적인 작품과 이유를 꼽자면?

「상록수」의 마지막 구절인 '상록수 그늘을 향하여 뚜벅뚜벅 걸었다'는 대목이다. 주인공인 동혁은 또 다른 주인공인 영신이 병이 악화되어 숨지는 등 모든 것을 다 잃었다. 하지만 그는 고향으로 돌아와 다시 농민을 위해 살 것을 다짐한다. 마지막 구절은 그가 상록수 정신을 포기하지 않는다는 의미다. 마지막 구절을 읽으며 눈물을 흘린 때도 많다.”

살아 있는 심훈 기념관 만들어야

우현선_ 〈당진시대〉 기자

미국에 살고 있는 심훈 선생의 삼남 심재호 씨가 아내(설도섬 씨)와 함께 지난 13일 당진을 방문했다. 늦은 밤 고향에 도착한 심씨는 날이 밝자마자 이번 고향 방문의 가장 큰 목적이라고 밝힌 부친 심훈 선생의 성묘에 나섰다.

"아버님의 묘를 이장한 지 3년이 됐어요. 헌데 이장한 뒤로는 아내가 한 번도 아버님을 찾아뵙지 못해서 성묘를 위해 고향을 찾았어요. 물론 겸사겸사 상록문화제에 참여하기 위해 개최시기에 맞춰서 왔지요."

미국에 거주하면서도 여러 차례 고향을 찾았던 심씨지만 이번에는 예전보다 더 많이 기쁘고 고향에 대한 자부심을 느낀다고 말했다. 당진군에서 심재호 선생이 미국에 보관, 전시 중인 심훈 선생의 유품을 당진으로 옮겨와 전시할 기념관 리모델링을 추진 중에 있기 때문이다.

본지와의 인터뷰 등에서 줄곧 심훈 선생의 유품은 '상록수 정신의 모태가 된 당진, 우리 모두의 것'이라는 점을 강조해 왔던 점을 상기하면 당진에 심훈 선생의 유품을 전시하고 많은 사람들이 이를 공유하게 되는 일이 그에게 더 없는 기쁨인 게다.

"50년 넘게 모아온 아버님의 유품이에요. 하지만 그것은 개인이나 단체의 것이 아니에요. 우리 모두의 것이고 한국의 것이고 상록수의 고향 당진의 것이죠. 그러니 당진 필경사에 심훈 기념관이나 문학관을 마련해 이를 보호하고 전시하고 많은 이들이 함께 나눠야 한다고 생각해요.”

심재호 씨는 이 같은 이유로 문화재청에서 심훈의 육필원고를 문화재로 지정하겠다는 통보에 대해 답하지 않고 있다고 말했다. 문화재로 지정되면 국가에 기증을 해야 하고 그렇게 되면 심훈의 육필원고가 고향 당진에 돌아오지 못하게 될 것이라 생각하기 때문이다.

“문화재청에서 심훈 육필원고가 근현대 문학사 중에서 유일한 제1급 수준의 유물로 문화재로 지정하겠다고 통보해 왔었죠. 아버님의 유품을 인정해 준 것은 참 고마운 일이지만 저는 ‘노(No)’예요. 정부에 기증한다면 독립기념관이나 중앙도서관으로 갈 텐데…. 심훈의 유품은 모두 고향인 필경사로 돌아와야 비로소 살아날 수 있어요.”

심재호 씨는 심훈 기념관이 단순히 유품을 보관하는 곳이 아니라 심훈의 정신과 작품을 많은 사람들이 공유할 수 있는 ‘살아 있는 기념관’이 되길 바란다고 말했다.

“유품을 창고에만 보관하는 것이 아니라 많은 사람들이 함께 나누고 느낄 수 있는 살아 있는 기념관이 되어야 합니다. 심훈의 글도 현대화해서 방문객이 쉽게 이해할 수 있도록 해야죠. 구체적인 활성화 방안이야 전문가 등과 논의해야 하겠지만 유리관에 혹은 수장고에 갇혀만 있는 골동품이 되어서는 안 됩니다. 또 집은 사람의 숨결이 있어야 살아나는 것이에요. 헌데 지금의 필경사는 창고 같아요. 사람이 사는 집으로 만들어야 해요. 현재 있는 것부터 잘 정비해서 알맹이를 튼실하게 만드는 것이 중요해요.”

심 씨를 비롯한 아들 내외 가족과 함께 심훈 선생 추모제에 참석했으며 이틀 동안 열린 상록문화제에 참관했다. 상록문화제 기간 중에는 이

철환 군수를 비롯해 '심훈 선생 유품 인수 추진위원회'와 만나 유품 인수
에 대해서도 협의했으며 일정을 마치고 미국으로 돌아갈 예정이다.
(2010. 10. 16)

『심훈시가집 제1집』 이렇게 복원됐다

우현선_〈당진시대〉 기자

심훈의 셋째 아들 심재호 씨가 평생토록 모으고 간직한 심훈의 유품 4천5백여 점을 미국에서 당진으로 이전해 오기로 약속했다. 본지는 그 과정을 지켜보고 보도하면서 새삼 '기록한다는 것'이 얼마나 중요한가를 깨닫게 되었다. 심훈의 육필원고에는 일본인들이 시뻘건 줄로 검열한 흔적이 그대로 남아 있었다. 한 사람이 평생토록 경험하고 기억하고 있는 역사가 얼마나 방대하고 중요한 유적인가. 역사를 경험한 이들의 증언을 기록하는 것은 또 얼마나 중요한 일인가.

심재호 씨가 한 달여 간 당진에 머물며 심훈 육필원고를 총정리한 뒤 지난 15일 미국으로 떠났다. 그는 평생토록 아버지 심훈의 발자취를 쫓았다. 심훈의 유품을 모으고 관리하는 것을 자신의 업으로 삼았다. 그 자신도 아버지 심훈을 빼닮은 삶을 살아왔다. 군사정권 시절 〈동아일보〉 기자로 일하다 스스로 그만두었다. 이후 미국에서는 이산가족 찾기 운동으로 북한을 수시로 오갔다. 심재호 씨가 미국으로 돌아가기 전, 그가 기억하는 필경사와 공동경작회, 아버지 심훈의 육필원고를 모으게 된 과정 등에 대해 듣고 기록한 것을 연재 보도한다.

심훈의 셋째 아들 심재호 씨는 4천5백여 점의 심훈 육필원고 등을 평생토록 모으고 간직해 왔다. 심훈만큼이나 우여곡절 많은 삶을 살아온 심재호 씨는 군사독재정권 시절 미국으로 급히 건너가면서도 아버지 심훈의 유품은 등에 지고 다녔다. 처음 아버지의 유품을 송악 부곡리 큰집 다락방에서 발견했을 당시, 그는 아버지의 유품이 역사적으로 중요한 가치가 있다는 사실은 인지하지 못했다고 털어놨다. 다만, 얼굴도 기억나지 않는 아버지의 온기를 느낄 수 있는 유품이었기 때문에 그것을 보관하는 일은 자신의 몫이라고 여겼을 뿐이다. 물려받은 재산 하나 없이 맨몸으로 부딪치며 살아오는 동안, 어쩔 수 없이 남의 손에 아버지의 유품을 맡겨야 할 때도 있었다. 하지만 전국, 세계 어디를 가도 유일무이하고도 방대한 심훈의 육필원고와 유품을 탐내는 이들은 각처에 도사리고 있었다. 유품을 팔라는 대학부터 슬쩍 유품의 일부에 손을 대는 인사들까지. 심재호 씨는 수십 년이 흐르는 동안 잃어버리고 도둑맞은 유품이 꽤 된다고 털어놨다. 그 중 하나가 바로「그날이 오면」이라고 알려진 『심훈시가집 제1집』이다.

"「그날이 오면」이라고 알려져 있지만 원래 본인이『심훈시가집 제1집』으로 직접 이름을 지었어요. 그리고 1919년부터 1932년까지라고 적었지. 알려진 사실이긴 하지만 자신이 손수 책을 만들었어. 직접 원고를 쓰고 끈으로 묶어서 만든 거지. 책을 만들어서는 조선총독부에 출판 허가를 냈다고. 그랬더니 그렇게 새빨갛게 그어서 돌려준 거예요."

심재호 씨는 "『심훈시가집 제1집』은 여러 번 도둑을 맞았다"며 "잃어버렸다 찾기를 여러 번 반복했다"고 말했다.

"세상에『심훈시가집 제1집』은 하나뿐인데 그걸 자꾸 도둑맞으니까 마음이 급해졌어요. 그래서 서울고등학교 후배 중에 출판사를 하는 녀석이 있어서 당장 영인본을 만들어야 한다고 말했지. 내가 현찰 주고 원고를 넘겨줄 테니 영인본으로 만들어라. 이것 하나밖에 없는데 더 이상 잃어버리면 안 된다고 말이야.”

그렇게 급히 만든 영인본이 바로 차림출판사에서 2000년 1월 1일 펴낸 『심훈전집 제1권 그날이 오면(영인본)』이다.

한편 심재호 씨는 “아버지가 출판 허가를 받기 위해 조선총독부에 보낸 원고가 어떻게 다시 본인에게 돌아왔는지 모르겠다.”고 말했다.

“『심훈시가집 제1집』을 보면 일본 사람들이 어떻게 검열을 했는지 정확히 알 수가 있어요. 빨간 줄이 주욱 그어져 있는 게 그대로 나타나 있으니까요. 그런데 왜 검열을 하고 다시 본인에게 돌려보냈는지가 의문이에요.”

하지만 심재호 씨는 첫 영인본이 마음에 썩 들지 않는다고 말했다. 급히 만든데다가 자신이 미국에 살았던 터라 직접 제작과정을 보지 못해 결과물이 엉성하다는 것이다.

“만들긴 만들었는데 형편없어요. 내가 미국에 있었으니까. 체계와 순서가 엉망이라 조만간 다시 만들 계획이에요. 그래도 그게 살렸어요. 국가 보물이 살아난 것이죠.” (2011. 10. 31)

아버지 '심훈' 지키는 여정, 참 외로운 일

심규상_〈오마이뉴스〉 기자

"다시 고국에 올 수 있을까요?"

심훈(1901~1936) 선생의 삼남인 '심훈 미주기념관' 심재호 대표(80)가 지난 4일 심훈 문학의 고향인 충남 당진에 있는 필경사 내 부친의 묘소(당진시 송악읍 부곡리)를 찾았다. 미국 버지니아주에 거주하는 그의 한국 방문은 3년 6개월 만이다. 심훈 선생은 독립운동가이자 저항시인 겸 영화인으로 농촌 계몽문학의 대표작으로 꼽히는 소설 「상록수」를 이곳 필경사(筆耕舍, 붓으로 밭을 일군다는 뜻)에서 집필했다.

그의 목소리는 여전히 칼칼했다. 메모지에 써내려가는 손놀림은 느리지 않았다. 적당히 짙은 글씨에서는 힘이 느껴졌다. 하지만 그의 손에는 전에 없던 지팡이가 들려 있다. 움직임도 예전에 비해 많이 둔해졌다. 하지만 그의 직관에는 날이 서 있었다.

심훈 삼남 일가족, 40년 만에 묘소 앞에 서다

심 대표의 자녀들은 물론 손자(심훈의 증손자)까지 온가족이 동행했다. 중국에 사는 심 대표의 장남인 성보씨(52)가 말했다.

"한식을 맞아 온 가족이 할아버지(심훈 선생) 묘소에 모였어요. 그동안 가족들이 각각 묘소를 찾아 왔지만 온 가족이 한 데 모인 건 40년 만에 처음입니다.”

당진시는 심훈 기념관 조례를 제정(2012. 12)하고 지난해 9월 ‘심훈기념관’을 개관했다. 심훈기념관은 당진시와 심 대표의 공동노력으로 설립됐다. 그만큼 심 대표는 당진시에 조언과 유품 기탁 등을 아끼지 않았다. 그런데 수백여 명이 모여 열린 개관식에 정작 그의 모습이 보이지 않았다.

“꼭 오고 싶었죠. 오지 않은 데에는 여러 이유가 있었어요. 이미 지난 일이니 사연을 다 말하고 싶지는 않아요. 간단히 한 가지만 말하자면 당진시에서 보낸 초청장을 개관식이 있은 다음 날에서야 받았어요. 시에서 나를 초청할 마음이 없었던 거죠. 간접적으로 ‘오지 않았으면 한다’는 당진시의 입장도 전해 들었어요. 게다가 개관식을 앞두고 시에서 이해할 수 없는 언행을 보여 당진시장에게 해명을 요구하는 편지를 보내기까지 했어요. 아직까지 답변을 받진 못했지만…….”

심훈기념관 공동 설립 심 대표, 개관식 불참 이유는?

무슨 일이 있었던 것일까? 그가 언급한 ‘이해할 수 없는 언행’이 궁금했다.

“당진시 담당 공무원이 이메일을 통해 아버지 유품인 육필원고에 대해 ‘약속대로 빨리 내놓으라’고 하더군요. 위협으로까지 느껴지는 강압적인 문구였어요. 그래서 ‘육필원고를 준다고 약속한 일이 없는데 이게 무슨 말이냐’고 따져 물었어요. 당진시장에게 조사와 해명도 요구했죠. 이후 해당 공무원으로부터 ‘잘못 알았다. 다시는 그런 일 없을 것’이라는 사과를 받긴 했지만 전혀 진정성을 느끼지는 못했어요.”

그는 아버지 심훈이 남긴 육필원고를 50년을 쫓아다니며 모았다. 개인의 것이 아닌 민족의 자산이라는 생각에서였다. 그렇게 모은 원고 사본 등 4000점의 유품을 당진시에 위탁했다.

"당진시에 필경사는 물론 아버지 묘지도 맡겼어요. 아버지 육필원고를 사본형태로 모두 넘겼어요. 2013년 1월 당시 이철환 당진시장과 쓴 협약서(심훈 선생 유품 전사본 인도 및 관리에 관한 협약)에는 '심훈 선생 유품의 사용과 관리에 대해 당진시에 일임, 원고 사본 등 4000점의 자료(심훈의 책상·문갑·의자·친필원고·대본 및 각본·편집자료·작품구상 메모·사진)를 위탁 사용 하도록' 돼 있어요. 상업적 이용을 빼고는 심훈 문학관과 기념관에 원고 사본을 활용할 수 있는 모든 권리를 줬어요. 그런데 '친필원고 원본을 왜 넘기지 않느냐'고 하니 도대체……."

그는 이날 가족들과 지난해 개관한 심훈기념관을 둘러봤다. 소감을 물었다.

"애를 많이 썼고 수고해 주신 분들께 감사드립니다. 기념관 논의를 시작한 지 15년 만에 문이 열렸네요. 그동안 당진군수 3인과 시장 2인, 그리고 책임 과장 8명이 바뀌었어요. 하지만 기념관에는 심훈 정신이 빠져 있어요. 심훈 정신의 세 가지는 독립운동, 저항운동, 자생운동이라고 생각합니다. 그런데 이런 정신을 알게 하는 전시물은 거의 없더군요. 관련 없는 책만 꽂아 두고…. 개선이 필요합니다."

– 전시 자료가 부족한 게 아닐까요?

"지난 달 워싱턴에서 3일 동안 심훈 원고 전시회를 했어요. '약소민족의 저항기록'이라는 제목으로 원고 중 일부를 전시했습니다. 약 200여 명이 전시회장을 찾을 만큼 성황이었어요. 관람객들의 주요 관심은 일본이 심훈의 원고 어디에, 어떤 문구에 빨간 줄을 그었냐에 쏠렸어요. 내가 당진시에 건넨 4000점의 원고 사본이면 일 년 사시사철 전시품을 바꾸고도 남습니다. 그런데 이걸 하나도 활용하지 않고 있어요. 수장고에도 심훈과 전혀 관련 없는 자료들만 들어 있더군요.”

그는 심훈을 위하고 지키는 일을 “참 외로운 일”이라고 표현했다. 지나온 여정을 떠올렸기 때문일까? 눈시울이 붉어지더니 이내 주르륵 눈물방울이 흘러내렸다. 그런데도 그가 지금까지 '참 외로운 일'을 자처하고 있는 이유는 '아직 믿고 줄 곳'이 없기 때문이란다.

“참 외롭고 참 괴로운 일이예요. 그래서 국민 모두가 해줬으면 좋겠어요. 아버지 유품을 찾는 일에 평생을 쫓아 나섰지만 자식 것이라고 생각한 적 없어요. 우리 민족의 유산이라고 생각해요. 그런데 솔직히 이걸(육필원고를) 믿고 줄 곳이 없어요. 제대로 지킬 거라는 믿음이 가지 않아요. 일례로 원고 원본을 달라고 하면서도 안전을 보장하는 '보험'조차들 생각은 전혀 안 해요. 어찌됐든 남북이 통일돼 통일정부가 선다면 기꺼이 내줄 생각이에요.”

'심훈 이야기' 출판 준비 중

그는 아버지와 관련된 모든 얘기를 직접 풀어 놓은 '심훈 이야기' 출판을 준비 중에 있다.

“심훈기념관 설립 안내서라고나 할까요. 꼭 하고 싶었던 얘기를 마지막 일이라고 생각으로 쓰고 다듬었어요. 약 250쪽 분량입니다.”

그가 인터뷰 말미에 다시 눈시울을 붉혔다.

"아버지 심훈은 내 삶의 시작이자 의무였어요. 심훈기념관 설립은 내게 남은 피 한 방울까지, 내 고향과 내 민족에게 바치는 마지막 의무였죠. 이번이 마지막 방문이 아닐까 하는 생각이 드네요. 그렇지만 오는 9월 16일 개관 1주기 기념식 때 또 오겠다는 꿈은 잃지 않고 있습니다."
(2015. 4. 5)

집앞에 **심훈기념관**을 세웠습니다

나의 아버지 심훈이 생전에 가장 사랑했던 사람은 큰조카인 심재영이었다. 어머니 서씨를 일찍 여의고 동생 재웅이마저 잃은 재영은 아버님, 어머님 사랑을 제대로 못받고 살았다. 오직 작은 삼촌(심훈)만이 그의 어른이고, 친구이고 그를 아껴주는 인생의 동반자였다. "너의 아버지는 성격이 극성스럽고도 아주 세심한 사람이다"라고 나의 이모가 전한다. 한편 심재영은 성격이 아주 부드럽고, 부지런하고, 누구도 싫어하는 사람이 없었다. 우리 형제들은 그를 〈큰형님〉이라고 부르며 졸졸 따랐다. 그런 부드러은 사람이 작은 삼촌 심훈에 대해서는 아주 격하게 보호하고 나섰다. 작은 삼촌에 대해서 누가 말 한 번 잘못하면 그 자리에서 눈이 벌개지면서 따귀 한 대가 올라왔다. 작은 삼촌 심훈은 그가 쓴 소설 「영원의 미소」에 "나의 사랑하는 조카 재영에게 준다"라고 썼다. 그리고는 소설 「상록수」의 주인공 중의 하나를 만들었다.

심재영은 작은 삼촌 심훈이 갑자기 세상을 떠나자, 그의 인생이 무너졌다. 소설 「상록수」에서 박동혁은 심재영, 채영신은 최용신으로 여주인공이다. 그런데 그 둘은 생전에 한번도 만난 적도 없는 사람들이다. 하루는 큰형님이 나에게 말했다.

"작은 삼촌이 돌아가고 하두 세상이 답답해서 최용신 여사가 활동하던 청석골을 찾아갔었다. 그리고 동네를 한번 돌아봤지…." 그것이 전부였다. 소설 「상록수」를 쓴 심훈도 최용신 여사를 생전에 만난 일이 없다고 큰형님이 전했다. 박동혁과 채영신은 「상록수」 속에서 민족을 지키는 청년 대표였을 뿐이다.

신문사, 잡지사 등에 소설 또는 시를 쓰며 일정한 수입 없이 헤매던 작은삼촌을 당진 부곡리 집으로 낙향시킨 장본인이 장조카 심재영이다. 1932년이다. 그리고는 지금의 필경사를 지었다. 1934년이었다. 모두는 이 집을 '새집'이라고 불렀다. 대지 1천평에 집터는

2백평이었다. 심훈이 터를 잡고 집을 직접 설계했다. 그리고는 후에 소설 「상록수」의 주인공들이 된 공동경작회 청년들이 덤벼들어 집을 지었다. 집 주위에 꽃을 심었다. 심훈은 이 집에서 소설 「상록수」를 지은 것이다. 지금 이 집 필경사는 〈충청남도 유형문화재 107호〉로 등록되어 있다.

1936년 심훈이 이 필경사에서 살면서 당시 「상록수」 출판 일로 서울에 갔다가 갑자기 급병으로 세상을 떠났다. 심훈이 세상을 떠나자 상록수의 공동경작회도 무너지고 말았다. 하지만 심훈이 남기고 간 집 '필경사'는 상록수 주인공인 공동경작회원들이 지켰다. 주인을 잃은 필경사 뜰에 난 잡초를 손으로 쥐어뜯고, 지붕이 무너지면 쌈짓돈을 털어서 다시 이었다. 자기들이 지은 집이라는, '우리들의 집'이라는 자존심에서였으리라.

심훈이 서거한 지 1년 뒤 1937년에 당시 부곡리 공동경작회원 16명이 모여 찍은 사진이 지금 〈심훈기념관〉에 전시되어 있다. "작은아버지가 너무 그리워서 흰옷을 입고 추모 겸 기념사진을 찍은 것"이라고 큰형님이 나에게 설명해주었다. 이들이 '심훈추모제'를 이끈 분들이다. 올해로 심훈추모제가 79년을 맞았다. 아버님 추모제를 맞을 때마다 나는 고향과 필경사를 지킨 이 분들의 추모제도 합동으로 지냈으면 하는 염원이 있다. 이 분들도 지금은 다들 고인이 됐다.

당시 부곡리 공동경작회원들은 25세에서 30대에 이르는 청년들이었다. 물불을 가리지 않는 한창나이들이었다. 이들이 동네에서 벌인 운동 중에 금연운동, 금주운동이 있었다. 그런데 심훈과 공동경작회원인 재영이 가장 좋아하는 것이 삶은 돼지고기 한 점에 막걸리 한 잔 그리고 담배 한 대였다.

"재영아! 너 이따가 밤에 집에좀 들러라. 몰래 딱 한 잔만 하자." 작은아버지가 꾀었다고 큰 형님이 전했다. 그래서 "형님 갔어요?" 하고 물었더니 "가기는 갔지. 작은아버지 명령인데…." 그 다음 이야기는 여러분 상상에 맞긴다.

내가 커서 장가를 들고, 당시 〈동아일보〉 기자로 일할 때, 큰형님이 핑계만 있으면 서울로 오셨다. 서울에서는 곧바로 막걸리집으로 모시고 갔고, 내가 고향 부곡리에 내려가면 큰형님이 나를 데리고 동네집들을 한바퀴 돌았다 그 때마다 부엌에서 막걸리가 빠지는 일은 없었다. 큰형님은 나에게는 아버지 같은 형님이지만 더없이 마음놓고 말하는 친구였다. 그래서 나는 같이 산 적이 없는 내 아버지에 대해서 많이 아는 편이다. 그 때마다 작은아버지에 대한 이야기와 자신에 대한 이야기들이 이어지곤 했다.

지금 부곡리에 있는 큰집(심재영 고택) 사랑채에 서재가 있었다. 이 서재에는 큰형님의 절친한 친구였던 홍승희 선생이 일본 경찰의 눈을 피해 친구 심재영의 시골집으로 피난시킨 책들이 많았다. 심훈의 유물이 아니다. 지금 심훈기념관 전시관 수장고에 '기증' 명목으로 보관되어 있다는 이들(4백에서 6천여점)이 심훈의 유품인지 아닌지는 철저한 검증을 거쳐 규명되야 할 것이다.

심훈이 세상을 떠났는데도 일본 형사가 이 서재를 드나들었다. 심재영의 동태를 살피기 위해서였다. 큰형님 설명으로는 누군가의 고발로 당시 야학당의 동태를 감시하기 위한 것이라고 했다.

큰형님은 당시 이승만을 독립운동가로 몹시 존경했다고 했다. 1945년에 해방이 됐다. 그 때는 광복이라고 하지 않고 그냥 해방이라고 했다. 그리고는 이승만정부가 들어서고 당진경찰서장이 부임했다. 새로 부임한 당시 당진경찰서장은 다름 아닌 일제 때 큰집을 드나들면서 심재영을 감시하던 바로 그 형사였다. 심재영은 그 순간 또 무너지고 말았다. 작은아버지가 세상을 떠났을 때 무너졌던 가슴이 또다시 무너진 것이다. 갈길을 잃고 말았다. 아무것도 할 수 없는 무력한 존재가 되고 말았다. 그리고 전쟁이 나고 , 일제의 학정 속에서 민족을 사랑하던 친구들과 가족들은 뿔뿔이 헤어지고 말았다. 내 큰형님도 세상을 떠났다. 올 4월에 큰형님 묘소를 찾아뵙고 큰절을 했다. 작년에 심훈기념관을 세웠다고 보고했다.

내가 한글을 깨칠 때가 되었다. 아버지 심훈과 큰형님 심재영과 부곡리 공동경작회원들이 토담으로 야학당을 동네 언덕위에 세웠다. 눈 뿌리는 날 저녁 공동경작회원이었던 한 분이 솔밭 눈길을 걸어 어린 나를 업고 야학당으로 갔다. 나를 업은 그의 등에서 내 가슴으로 스미던 그분의 체온을 어떻게 설명할 수 있을까. 심훈과 심재영, 부곡리 공동경작회 청년들의 가슴에 흐르던 체온이 바로 그런 것이었다. 그 체온이 우리들의 '고향을 지킨 원동력'이었다.

2016년 1월

심 훈의 셋째 아들 심재호

*이 책『심훈을 찾아서』를 아버님, 큰형님(재영) 그리고 고향을 지킨 분들에게 바칩니다.

충남연구원은
'충남 재발견' 시리즈 출간을 통해 그동안 덜 알려졌던 지역의 문화·예술·환경 등 우수한 자산과 사람의 이야기를 발굴하고 그 가치를 재조명하고자 합니다.

심훈을 찾아서

발행 2016년 1월 25일
저자 심재호
기획 충남연구원
      충남 공주시 연수원길 73-26
      041 840 1114
발행 도서출판 문화의힘
      대전 동구 대전로 867번길 52(삼성1동) 한밭오피스텔 406호
      등록 제117호 · 전화 042 633 6537 · 전송 0505 489 6537

ISBN 978-89-90647-97-9
ⓒ 심재호 2016

값 14,000원

이 도서의 국립중앙도서관 출판예정도서목록(CIP)은 서지정보유통지원시스템 홈페이지(http://seoji.nl.go.kr)와 국가자료공동목록시스템(http://www.nl.go.kr/kolisnet)에서 이용하실 수 있습니다.(CIP제어번호: CIP2016000725)